全职爸爸

一个上海家庭的角色互换实验

毛利——著

中信出版集团 | 北京

图书在版编目（CIP）数据

全职爸爸 / 毛利著 . -- 北京 : 中信出版社，
2019.10（2024.1重印）

ISBN 978-7-5217-0823-3

Ⅰ . ①全…　Ⅱ . ①毛…　Ⅲ . ①散文集 – 中国 – 当代
Ⅳ . ① I267

中国版本图书馆 CIP 数据核字 (2019) 第 149338 号

全职爸爸

著　　者：毛利
出版发行：中信出版集团股份有限公司
　　　　　（北京市朝阳区东三环北路27号嘉铭中心　邮编　100020）
承 印 者：三河市中晟雅豪印务有限公司

开　　本：880mm × 1230mm　1/32　　印　　张：11
字　　数：270千字　　版　　次：2019年10月第1版
印　　次：2024年1月第3次印刷
书　　号：ISBN 978-7-5217-0823-3
定　　价：49.80元

前言

为什么我需要一个月薪两万的全职爸爸?

距离小陈正式上岗做全职爸爸，竟然已经一年半时间了。这十八个月里，我被问最多的一个问题，就是：他什么时候去上班啊?

全职爸爸，那能算工作吗？新闻里，美国的全职爸爸说，在不少人眼里待在家中的爸爸几乎等同于一个懒惰的流浪汉。美国都这样，国内对全职爸爸的评价当然也高不到哪儿去。

从一开始我宣布这个决定，在公众号每周连载全职爸爸工作报告，就有无数苦口婆心的粉丝留言告诉我：让一个男人待在家里不上班是不行的。这时候小陈还没上岗，等他大张旗鼓地准备孩子的幼升小，又出去租了房子，让我们一家三口从我爸妈家搬出来住，非议自然更多了。

很多人讲小陈是吃饱撑的，丈母娘做饭带小孩多好，这种好日子竟然不过？我妈在小陈上岗初期，也常常有一种自己的好心被当成驴肝肺的委屈。在上海乡下，很多中老年妇女早早为自己安排好了余生，帮子女带带小孩，闲下来的工夫搓搓麻将，这就是退休生活。

这些大妈们常常觉得，带小孩不是浪费成年人赚钱的时间吗？你放心，小孩我肯定给你带好。你小时候什么也没有，我不是也带得很好？

小陈带着儿子和我搬出来的这一年，六岁的儿子学会了自己洗澡、刷牙、穿鞋、穿衣服。原来在我妈家，他什么都不会，只要人站起来，就有两个贴身侍从从头帮到脚。

促使小陈下决心带我和儿子搬出去的，可能是他在饭桌上看到我三十多岁的一个人，亲妈居然还在叮嘱我：吃鱼要小心刺。

我有很多朋友，都是过着传统模式的生活，爸妈正常上班，爷爷奶奶外公外婆负责照看小孩。身处这种模式中，这些朋友经常会告诉我：牺牲一个人在家全职不值得。幸好他们没有接着说：另一半老是待在家里，你不担心和你没有共同话题吗？

很多全职妈妈都会听到这种议论，好像女人一旦选择全职，就是为家庭牺牲自我，将来只能依附着男人生活，再也没有出头之日。

唔，我必须要谈一谈，促使我让小陈做全职爸爸的源起是什么。

在很早以前，我和小陈作为新手爸妈忙得手忙脚乱时，我跟他说：这样吧，将来谁成功了另一半就回来带孩子。

当时我还做着小陈能早日发达的美梦，因为我们这一行 ，发财的概率实在是不大，搞文学创作，也就是勉强糊口而已。

没想到几年后我的一本小说卖了版权，入账一百多万，我当即有种发达的喜悦，跟小陈说：兑现承诺的时候到了。

当然并不是说小陈事业失败，而是没有像我这样，突如其来赚到一笔钱。以他当时税后两万的月薪，我掐指一算，如果年薪三十万，我至少可以“包养”他三年，为什么不呢？

我是一个非常坚定的热爱体验生活的人。

小陈能做全职爸爸，我简直做梦都要笑醒，终于可以把小孩百分百甩给他了。

在他还是普通爸爸时，他经常号称自己最喜欢的事情，就是跟小孩一起玩。我其实是一个没有什么耐心的人，有小孩的最初几年，我完全依靠强大的母性撑下来。为什么不让喜欢小孩的人做喜欢的事?

小陈考虑了几天，想想大不了过一年再重新上班嘛，就答应辞职了，尽管辞职的过程稍显漫长。一个多月后，他和我在家里四目相对，当时我唯一的想法是，哎呀，便宜他了，小孩上幼儿园的那八小时，这哥们儿正闲得在家里看电影，而且是一部接一部地看。

幸好度过短暂的迷茫期后，小陈非常忙碌地进入了幼升小的工作阶段。

这一年来，他加了无数的家长学习群，去了无数的培训班，陪小孩上了无数的课。别人经常说，为什么一个爸爸带小孩，你还要给他钱，这不是他应该做的工作吗?

我的薪资标准，完全是按照他上一份工作来定的，发钱的初衷是，这样我可以更加居高临下，理直气壮。如果不发钱，在小陈忙着做饭带孩子的时候，难免会对我气不打一处来：你就不能帮忙干点什么吗?

大部分家庭矛盾都是这样产生的。但我是个作家呀，近距离观察全职爸爸的工作、父与子的交流活动，再忠实地反馈到文字上，真是一种非常美好的享受。

原本打算连载一年的工作报告，在五十二期时戛然而止，后来我一度有点失落，小陈又干了很好笑的事，居然不能告诉大家了。

关于发薪水这件事，我唯一没想到的是，他的两万月薪，竟然会这么不够花。

以前对男人只有非常肤浅的印象，小陈正式跟我每天在一起后，我才发现，他真的可以一次吃下三斤杨梅，对着一脸盆小龙虾大吃特吃，非常形象地展现了当代已婚男性的特点。

让小陈这位全职爸爸跟很多全职妈妈比，他应该很失败，努力了一年，也没在厨艺上有什么进展，还经常丢三落四，也没做出什么特别伟大的事。

不过我得承认，如果现在让小陈出去上班，我的家庭生活会原地崩溃，很可能再也没办法好好写东西了。想到这点，我心甘情愿继续给他发工资。

家，就是两个人的互相支撑。

有人出钱，有人出力，并不用分男女，更不用分胜负。

目　录
contents

爸爸都能变成育儿奇才，因为爸爸拥有女人没有的定力。

女伯爵写信给蒙田，请教如何让孩子有个最好的开端，蒙田在《论教育》里的第一点忠告就是：您应该充分克制自己的母性。

新人上任三把火

——全职爸爸第一周工作报告

我问："那么，你到底什么时候准备全面培养小孩？"

他答："冰冻三尺，非一日之寒，一天内培养好，不可能的。"

小陈第一天上班，给自己立下两个小目标：一，每天早睡早起；二，减肥。

他给自己设了三个闹钟，七点零五分、七点十五分、七点三十五分。

儿子八点上校车，三十五分是最后的期限，二十五分钟内完成穿衣刷牙洗脸吃早饭，对于五岁小朋友来说，相当于人类登月行动，每一步都是伟大的一小步。

小陈第一天和自己老板，也就是我，一起睡到了十点半。

起床后他捶床大叫："我以后不能这样了，你不要影响我。"

第一天他熟悉了一下新单位的地形地貌，并一举发现了其中矛盾重重的老问题。比如厨房里的日本进口电饭煲，居然脏成那样，真的没人注意过这个事情吗？

他描述自己如何吭哧吭哧洗了一个中午，把它洗得里外如新，然后用干净得令人发指的电饭煲，给自己熬了一碗粥。中途我去看了一次，粥只够一个人吃，我有点不满，“什么意思？老板就不吃饭了吗？”

下午两点，我发现小陈一直在楼下忙碌，忍不住又去看了一次，“你在干什么？”

他正在卫生间用电吹风吹电饭煲，回头朝我害羞地笑了笑：“好像洗的时候进水了，我修一下。”

小陈修了整整半个多小时，中途体力不支，上来说：“你知道吗，我本来是个对粥很有要求的人，但是现在只要电饭煲好好的，我吃什么都无所谓。”

日本电饭煲真的质量不错，电吹风竟然吹好了，让小陈非常得意，他摇头晃脑地说：“我就知道是面板进水出了问题。”

第二天他去了宜家，他和儿子打算把北面的一间杂物房改造成儿童房，整个双休日都在整理东西，该扔的扔该卖的卖，从里面整理出来二十多双高跟鞋，小陈问我还穿吗？他同时跟我指出这是一个严重的物资囤积问题。他说：“我最近正在网上卖东西，要帮你卖吗？”

“你怎么卖的？”

“很简单，一个一千二的新秀丽背包，我卖六十块钱，好多人抢着要呢。”

“以后别跟我提这个事了！！”

小陈去宜家买了儿童床、鞋柜、整理柜，并获得一笔儿童房特批资金。

他还买了一个耀武扬威的电动螺丝钻，时不时跟我炫耀一下，“你看，有了这个东西，再也不用拧螺丝拧到手酸了，真的很方便。”

我觉得的确是个好东西，但是半夜两点还有微型电钻声，让我非常生气，“你到底要弄到几点？”

后来才明白，作为老板我不应该让员工半途而废，他想加班就让他加吧。

第二天中午，小陈很不好意思地说：“哎，我早上扔垃圾，把剩下的螺丝也给扔了。”

他开始打宜家的客服电话，摁了十几个分机号，才找到管螺丝的部门。他一边开着免提一边跟我抱怨：“你说，我就想要一点螺丝，为什么这么麻烦？”

我从商场的角度考虑了一下，如果拨一个键就能轻易找到螺丝，那顾客怎么吸取教训？以后没完没了地丢螺丝怎么办？小陈花一下午时间，终于弄到了螺丝。我很佩服他百折不挠的精神，如果是我，肯定算了，说不定直接拿点 502 胶水把木板粘上得了。

美是不经意的缺憾嘛。

第三天，小陈买的东西陆陆续续都到了，对讲机、监视器，全部安排在儿童房里，儿子正式入住自己的房间。我妈提心吊胆，“这样真的行吗？”

我第一时间维护了小陈的权威性，让我妈不要多嘴多舌，“都把你‘开除’了，你还说这么多干吗？”

儿子胆小如鼠，据我妈描述，晚上一定要挨着人才能睡着，她绝不相信小孩能一个人睡一间房，而且小孩踢被子怎么办？一个晚上要给他盖十几次呢。我妈作为老臣相当不满。小陈信心满满，说：“我定了闹钟，两点一次，三点一次，我会过去看的。”

他的确定了闹钟，但是一次都没醒，中年男性睡觉的时候，就像死过去一样，怎么踢都踢不醒。

每次只有我醒了，万籁俱寂之中，摁掉闹钟，跑到隔壁房间，看到儿子趴在床尾，小孩为什么会在睡觉的时候发生自转呢？真是神奇。我想起他两个月大的时候，有人随便咳嗽一声，就能让他哇哇大哭。现在他跟他爸一样，扔到麻袋里装着走都不会醒。

人类的成长真是一个谜啊。

儿子在单独睡的第一周，并没有出现什么大碍，除了尿床一次，感冒一次，这就像新董事上马，股价总会产生一点波动一样，是自然的事情吧。

小陈已经摸清了规律，他保留早上的前两个闹钟，取消第三个闹钟，因为他发现真的到七点半的时候，我妈一定会急吼吼上来敲门，“快点起床啊，怎么还不起床，马上迟到了！”

我妈就像拯救世界的超级英雄，每一次都力挽狂澜，把小孩赶上末班车。小陈伺候完儿子刷牙洗脸，立刻上床，补一个回笼觉。

我问：“那么，你到底什么时候准备全面培养小孩？”

他答：“冰冻三尺，非一日之寒，一天内培养好，不可能的。”

儿子依然磨磨蹭蹭，依然说话不算数，但是人看起来很开心。他跟我的交流越来越少了，看到我只会说一句：“妈妈你怎么起得这么晚？”或者另外一句：“妈妈你怎么回来这么晚？”

我出门去谈项目，可能会越来越忙，但丝毫没有以前的愧疚感，以前每次出门，一到下午五点，就焦虑孩子怎么办，现在半夜一点到家，也觉得理所应当，这正是我养家的责任。

当然会有一点担心，哎呀，小孩跟我不亲了怎么办？

直到有一天晚上，小陈照例要监察儿子吃饭，一碗饭磨蹭了半小时没吃完，儿子数着米粒扒饭，时不时停下来手舞足蹈讲个笑话，

“妈妈，哈哈哈，你看我用米粒摆了一个米饭笑哈哈。”

小陈生气了，忽然拿起一颗酸奶糖说：“你吃这么慢，我就把你的酸奶糖吃掉。”

那是儿子的饭后奖励。

儿子看着爸爸用手拿起酸奶糖，嘴巴一扁：“不要！”

紧接着大哭起来，暴怒：“踢死爸爸！”

一个妈妈可以“卑劣”到这种程度，就是当听到小孩的狠话，反而暗地觉得很开心：太好了，他不恨我，我们可以有一种更良好的共生关系。

他和他爸可能要进入一种相爱相杀模式了。

作为老母亲的我不禁粲然一笑。果然退出育儿项目是对的，不要在不擅长的领域试图做出成绩。

全职爸爸育儿到底如何，试看下一回分解。

艾文爸爸说：对付孩子的一千零一种办法

正式介绍一下，我儿子叫艾文，上学时给他取了个英文名Elvin，后来他自己给叫成了矮文，那时他的确是班上最矮的。

离职至今快有两个月了，主要针对艾文的几个不足之处加以培训或纠正：

1. 运动方面，陪着他学会了骑车、拍球，能戴着手臂圈游泳，接着还计划提高轮滑技能，训练高球入门；

2. 生活方面，让他自己吃完一碗饭，自己穿衣，自己睡觉（昨天刚脱离陪睡），越来越多的事情让他坚持自己做；

3. 学习方面，给他安排有规律的看书时间和作息时间，尝试更多样的英文学习。

两个月来他的进步自然不小，但我也有诸多迷惑，有必要和诸位爸爸妈妈一起探讨。我把这一阶段的项目进展情况罗列如下：

1. 自行车训练；

2. 拍球训练，幼儿园上学期的必备技能还没掌握；

3. 游泳，下水就紧张，洗澡时超怕眼睛进水；

4. 轮滑；

5. 高尔夫，对比各兴趣班费用，高球课程实在太便宜了；

6. 吃饭，这事我大概能说上一万字；

7. 阅读，这件事最重要，应该放在第一位的，艾文内向，天生爱阅读，估计随他妈妈，最近我正在研究如何培养他的阅读习惯。

总之要做的工作很多，真是辞职恨晚啊，应该早一年就退隐江湖，全心对付他的。

爸爸育儿的核心优势

——全职爸爸的第二周工作报告

大妈们袖着两只手，想看看小陈的核心优势在哪里。

后来琢磨出来，他的先进之处，可能是懂得放手。

小陈不看书的。

我从来没见他在家翻过一页书，那么他的育儿攻略是哪儿来的？

他于本周轰轰烈烈展开了儿童房二期改造工程，开始装壁纸、空调、衣柜，小孩暂时在我房间打地铺，我说："不用搞得这么隆重吧？稍微弄弄就好了。"

小陈断然否决，他说小孩只有在一个真正的房间里才能好好学习，他要打造一个集学习、娱乐与休息多功能于一体的大型综合性儿童房。

我在十平方米的小房间里看着他运筹帷幄、信心十足的样子，总觉得有点眼熟。

脑海中开启搜索引擎，终于想到了，这不就是中央七套《致富经》节目中那帮养母猪的人，最喜欢说的话吗？

"饲养好母猪的第一个环节，就是给它们建造一个舒适的家。猪场应建造在水源充足、交通便利、背风向阳的地方，场内生活区、办公区、生产区应合理分配。”

小陈的育儿经听起来跟养母猪很像，他说小孩一定要有自己的房间。这么想起来，以前我妈带小孩的方式，可能就是人猪混养模式，一种极其粗糙的养殖方法，跟十八世纪瑞典农民把小猪放在房间里一起睡觉一样。

对小陈来说，这是不可接受的，他必须要改变，给小猪一间自己的房间。

小陈在儿童房给自己摆了张桌子，设置出办公区，每天晚上等小孩睡着后，他就在那里一边吃辣鸡爪一边写美国房车旅行攻略。

有天晚上还叫了一份五十八块钱的拌牛肉，整个房间充斥着大蒜混杂辣椒的气味，跟夜宵相比，他的攻略看起来就像一个五斤重的实心大馒头，让我想起以前在卫生间蹲厕时，拼命看洗发水说明书的岁月。

叫小陈写攻略不是个好主意，我琢磨着以后不能这么开发员工的剩余价值了，应该把他的光和热用在最适当的地方。

小陈白天补觉的时候，通常是我妈最焦躁的时候，她终于等到小陈出门办事，跑过来跟我投诉：“我每次打你老公电话，他怎么都在睡觉？”

我脸上挂着和蔼的微笑：“你为什么老是打他电话？”

我妈气势汹汹，继续投诉：“你老公真的不靠谱，他出门从来不关灯，昨天出去连门都没关，要不是我回来，我们家早就被人搬空了！”

我妈这代人特别喜欢用别人的大手大脚、好吃懒做，来衬托自己的勤劳朴素、吃苦耐劳，这些中老年妇女特别喜欢凑在一起，数落自己的媳妇，作孽呀，早上八点还睡在床上；数落自己的女婿，作孽呀，车开来开去好像加的是自来水，不是油。

我猜，小陈最近可能位居小区话题榜前列。整个小区的大妈都知道，小陈专门回来带小孩了。

大妈们袖着两只手，想看看小陈的核心优势在哪里。

后来琢磨出来，他的先进之处，可能是懂得放手。

比如教小孩骑自行车，说放手就放手，一群大妈叫起来，“哎哟哎哟小孩摔下去啦。”

小陈遗世而独立，轻喝一声：“没事，他会自己站起来。”

儿子戴着全套护具，在地上摔成皮蛋，他往前摔、往后摔、连环摔、跳着摔、滚来滚去摔，摔得大妈都看不下去纷纷领着自己小孩回家了。几天后，儿子终于会骑车了，他变强了。

小陈带着骑车的小孩在小区里溜达，喜气洋洋展示自己的第一阶段教育成果。

有个大妈看完之后很感动地说，“果然孩子还是要爸爸带，爸爸心硬呀，小孩一头栽到绿化带里去了，我看他就站在外面，一动不动。”

我和我妈听了都心里一惊，开始满小区寻找小孩的身影。

看到小孩矫健的身姿，小短腿拼命蹬着轮子，不知道为什么我第一时间竟然想到，哎呀，他要是以后迷恋上山地极限自行车，摔个鼻青脸肿怎么办？

小陈依然没有停下脚步，他又给小孩买了一辆更大尺寸的自行车。

他比以前更爱买东西了。每天都在买各种各样的东西。

他买了三个对讲机，说可以在楼下放一个，这样我妈就不用朝楼上大声嚷嚷了。我劝他赶紧打消这个念头，我妈就连说别人坏话都用铜锣一样响的声音，乡下人喜欢这种中气十足的发音。

他说：“噢，那我们可以出去玩的时候用，放在两辆车上随时沟通。”

“我们为什么要开两辆车出去玩啊？”

“哎呀，肯定有用得到的地方。”

他还买了红外线摄像头，方便晚上看儿童房的情况。夜里十二点，他看了一眼后说：“啊，被子踢了，我再去盖最后一次，后面就靠他自己吧。”

这一定是最无用的东西，因为不管你什么时候打开摄像头，良心都催促着你过去一趟，小孩的脚露在外面，胳膊露在外面。我发现自从放弃看摄像头后，我晚上睡得好多了，就让小孩自谋生路吧。

有一天我看着明媚的春光，说：“不如去野餐啊。”

小陈点头说：“好啊。”

第二天家里便多了十几个彩色盒子，一只巨大的野餐篮。

小陈得意扬扬地说：“做什么事，都要有仪式感。”

他往每个盒子里塞进去各种食品，一只篮子沉得像装了个小孩一样。

我有点绝望，感觉负担不了这样的生活了，本来只想拿个三明治坐在树底下，懒洋洋吹吹春风。后来周末这一天，我左手一个野餐垫，右手一辆儿子的自行车，小陈更是身负重担，背着双肩包，两手分别提着野餐篮和帐篷、护具、准备放飞的风筝、给儿子踢的球。

走进公园两百米后我们就决定安营扎寨，因为实在走不动了。

对着七八个碗里的食物，我忽然觉得那些带着盼盼小面包野餐的人，其实挺美滋滋的，我根本做不到在人潮汹涌的公园里以优雅自得的态度，慢慢喝一口茶，嚼一口三明治。

小陈殷勤地拿出保温杯说："我给你准备了一百度的热水，要不要现在烫一碗生菜？"

谁想在公园吃烫青菜啊?!

小陈躺在毯子上说："你知道吗？有一种智能平衡车，可以背东西的，人走到哪里，就背着东西跟到哪里。等我买了这个，以后出门就轻松了。"

我不禁用尽全身力气大喊："这个月啥也别想买了！"

艾文爸爸说：我不是真的狠心哦

从我真正开始决定教艾文骑车，到他完全掌握这项技能，也就花了两个晚上。小区里的大叔大妈们看到艾文经常摔跤，大概会以为我是个狠心的爸爸。艾文骑车摔跤，我是从来不扶他的，不是我不担心，而是根本无须担心。其一，我在后面跟得紧，摔得重不重我心里有数；其二，每次摔完之后我会让他确认护具是否复位，以保障下一次不受伤。偶尔他骑累了，趁摔倒时趴着不起来，我就过去问有没有受伤，听到他说没受伤（偶尔说痛，但真的没伤过一次），我就站一旁去等他自己站起来。所以对小孩"狠心"的前提是，做好安全防护哦！

男人之间的较量
——全职爸爸第三周工作报告

在我看来，小陈属于能力还不错的人，可在我爸看来，小陈差不多是块废物点心。

在我看来，小陈属于能力还不错的人，文能订机票做攻略，对洗衣服有迷之热爱，他总是喜欢问我，你身上这件洗吗？快点，我要开始洗衣服了；武能带娃陪吃陪睡一条龙。不错了，我没能力做到的，他都做得不错。

可在我爸看来，小陈差不多是块废物点心。

有一天小陈开车出门，回家的时候发现车胎爆了，疑似行驶过程中有块地上的铁片站起来毅然决然插了进去。小陈的策略是这样，他准备打电话给保险公司，他们有免费拖车服务，开个拖车过来，送 4S 店大约两三天能修好。我爸听说后霍然起身，如大侠一般用千斤顶卸下轮胎，自己扛在电动车上去了路口的修理厂补胎。

整个过程他都一言不发，但是第二天去亲戚家吃饭，他喝完酒开始嘲笑小陈："哈哈哈，补个轮胎还要打电话叫保险公司，哈哈哈，门口补一补不就完了。"周围大叔们频频点头，"啧啧啧，现在的年轻人啊，4S 店都是骗子呀，肯定要叫你买个新轮胎。”

我爸那代人看见装修得不错的 4S 店，里面有茶水有点心，有漂亮服务生过来端茶送水，第一直觉都是——骗钱的。如果不骗钱，装修的钱哪儿来？漂亮姑娘的工资谁发？他们抵触成熟的商业社会，认为其中必有蹊跷。我爸最喜欢去那种简陋至极、破破烂烂、员工穿得跟乞丐一样脏的修理厂，觉得那里会有良心价，而且懂行。

他看到小陈买的净水器，说是骗人的，这都是骗人的。看到小陈买的平衡车，他又摇头，呵呵，这种东西。

上一代人嘛，要理解，我特别渴望小陈能开风气之先，让我爸明白，时代变了。

然而小陈又出事了，清明节去扫墓，他的车被擦了，车上装着扫墓需要的所有东西，全家人在坟墓前等着小陈，久等不来又浩浩荡荡从墓园出来，去看到底出了什么事。

小陈的车被加塞了，他没让，对方气势汹汹下车，说：“你让一下不就好了吗？”

小陈的回答我认为堪称完美，他说：“我不喜欢别人插队。”

如果是我开车发生这样的事，我爸肯定会以社会人的角度训斥我：“他傻你也傻啊？碰到这种人你不让开点？”

现在面对小陈，我爸只能又叹了口气，男子汉唯有酒后吐真言，我爸是铁血真男人，白天没喝酒的情况下，只能默默摇摇头，一个皱眉之中蕴含着“你不懂社会”的八百字小作文。

小陈浑然不觉，他回家还开开心心告诉我：“对方那辆车的司机很生气，好像是被老婆骂惨了。”

当然，清明这种凄风苦雨去扫墓的日子，还碰到擦车，连我都觉得崩溃，怎么会有这种事？

有时候我甚至怀疑小陈是不是故意的，他或许觉得与其去墓地扫墓，不如在马路上伸张正义。

小陈每天都会带小孩出去玩，我小时候，我爸也很喜欢带我一起玩。

在有限的童年记忆里，我爸是出场较多的那一个，当时我妈工作比较忙，几乎每天上下学，我都坐在我爸那辆二八大杠自行车上。

我爸当年很可能是比较温柔的男人，他很喜欢小孩，不过可惜的是，他照顾小孩相当缺根弦。有一次我印象很深刻，放学坐在我爸自行车后座上，是一个暖烘烘的春日，鸟语花香，他和朋友并排骑在马路上，九十年代的乡间公路，汽车还不怎么多见，我爸和对方兴高采烈地讨论着昨晚的牌局，那时流行打红五星，他说他手里三张 A，拿出来的时候别人眼睛都直了。

我爸笑得前仰后合，一个笼头没稳住，后座的我正着迷地看着路边草丛里白粉蝶翩翩起舞，醒悟过来时，自己已经摔在草堆里了。我爸依然在前面起劲地蹬着车。

我奋力呼喊："爸爸，爸爸——"

我爸这才回头，恍然大悟，他飞奔回来看到我鼻子上全是血，第一句话是："你可千万别告诉你妈啊。"

小陈不会做这样的事，他对儿童安全非常重视，从安全提篮到各种安全座椅，前前后后大概买过五六个。

儿子总是坐在安全座椅上，像坐在龙椅上一样。

清明过后两天，儿子告诉我："今天爸爸在田里摔了一跤，两只脚都是泥，然后他就找了个大水坑开始洗，洗了好长时间。"

我问小陈："这是真的吗？听说今天七度你在乡下水坑里洗脚？"

小陈闭上眼睛："有什么办法，真的是刺骨的冷。"

他为了找一块空地给小孩飞无人机，一不小心踩进干涸的河泥，可谓可歌可泣。

"你洗脚的时候儿子在哪里？"

"他坐在车里看着我啊。"

小陈看孩子的本事还行，就是看自己的本事不太行，日常总有倒霉事。

他给小孩买了全套护具骑车，但是自己穿上溜冰鞋，摔得两手都是血。他为了让儿子不被太阳晒，专门背个帐篷来春天的草地上。结果走的时候花了二十分钟，始终收不起那个号称一步收拢的帐篷。

他招呼我："你过来帮我重新支起来。"

我当时觉得有点不太对劲，因为每次我爸弄这顶帐篷时，都会冲我说："你走开点，千万不要动。"

我还是伸手过去帮他了，然后啪嗒一声，帐篷的弹簧准确夹到我的拇指内侧，瞬间的疼痛感几乎达到极致，肉被弹簧夹飞了一块，还有一小块迅速形成了指甲大小的乌青块。

小陈看了一眼，迅速做决定："快点戳破这包污血。"

他拿出了一根牙签。

我倒吸一口冷气，终于知道了我爸为什么好几年从没让我碰过这顶帐篷，我爸知道我是个智障，小陈不知道。

我爸虽然大男子主义，但到底是我爸爸啊。

晚上吃饭的时候，我爸先看到了小陈满手的伤痕，再看到了我的大拇指，立刻说道："你们是不是动帐篷了？"

世上只有爸爸好。

看来只有我儿子能体会小陈的好处了。

据说儿子那天在车里目睹小陈摔了个大马趴，在寒风里洗脚的全过程，过了很久才跟他回顾："我觉得你那天很搞笑哎。"

艾文爸爸说：聊聊安全座椅

从孩子出生到现在，我一共给他买过五个安全座椅，在此给大家分享下我的使用经历，欢迎借鉴或讨论。

NO.1 婴儿时期，安全提篮

从孩子生下来出院开始，就该用安全座椅去接他了。那时候置备安全提篮后，艾文奶奶要是坐在车上，总是会心疼，不想把他放进去，总是会问一句："要不还是抱着吧，就这么点路。"万万不要有这样错误的认识。孩子最安全、最舒适的位置就是在这个篮子里，必须态度鲜明地告诉她。

印象中，多数时候艾文在车上都是睡着的，下车后大人直接提了篮子进家门，不会影响他的睡眠。

安全提篮使用阶段：出生至孩子体重达到十二公斤时，建议使用至孩子九个月大左右，这也看第二阶段的安全座椅适合什么时候衔接。如果在这一阶段孩子习惯了睡在提篮里，那么接下来所有阶段他都不会抗拒安全座椅了。

NO.2& NO.3 发育时期，安全座椅

这两个安全座椅分别装在两辆车里，是同一时期使用的。一个座椅差不多二十来斤，拆装虽不难，但每次小孩换乘另一辆车都要拆装一次也挺麻烦的。所以后来又买了一个，在爸爸和妈妈的车上都有艾文专属位置。

奶奶看到第二个座椅后很不理解，说："这不是已经有一个很贵的安全座椅了吗？另一辆车就不能买一个便宜的将就用着吗？反正不常用。"不行，安全问题是不能将就的。

这一阶段的安全座椅，我有几点小建议：

1. 尽量选择座椅角度可调节的。若座椅本身角度固定不可调，安装的时候注意椅背尽量后躺一些，底座垫上一些八开的书来调节角度也可以。想象一下你在旅途中，一路打瞌睡又没法睡是不是太痛苦了，头部根本无处依靠啊，不要让宝宝有这样的感受。

2. 把座椅安装在副驾驶的后方，跟驾驶位是一个对角线，再把车内后视镜调节到对准宝宝的角度，能随时监控到后面的情况，一路放心。这个位置，你只要头部一侧，用余光也可以看到，平时给孩子递个水什么的，也十分方便。

3. 安全座椅相当笨重牢靠，经久耐用，但其实它服务的时间并不会太长。孩子差不多到五到七岁，就可以考虑把安全座椅升级到高级版了。

NO.4 发育时期，高级版安全座椅

其实就是增高垫，让孩子可以绑上车上的安全带。我买的是 ISOFIX 接口的，方便固定。

NO.5 租车时使用的安全座椅

在美国和日本，租车公司都会提供安全座椅。有一次逛超市发现一个折叠款的，印象中是不到四十美元。我向来喜欢简易便携的带娃神器，所以如获宝物般喜悦。

这个神器就是坐垫和带子的结合，能保证安全带是束在肩膀上，不会勒住脖子。虽然舒适度差了些，在国内旅行还是很好使的，毕竟国内租车公司没几个提供安全座椅的。

很多着急的妈妈曾向我咨询，问孩子不愿意坐安全座椅怎么办?

没错，中国法律没有明确规定儿童不能坐副驾驶，或必须使用安全座椅。没有强制要求，也就难怪那么多家庭不备好安全座椅，或者买了之后抱怨孩子不肯使用，让它成了一个颇占位置的装饰。

但安全永远必须放在第一位考虑啊!

从现在起，不妨告诉自己和你的孩子（主要是自己），在车库门口，或者小区路口，会有警察守着专查安全座椅。试想如果真有警察站在门口候着，你会轻易向这点小麻烦妥协，一次次地被记三分罚二百吗?

成功秘诀：不要只是假想有这样的规定，始终坚信这就是真的。

三个关键词：耐心，耐心，耐心。毕竟孩子并不是那么难沟通（三岁以上）和安抚的（三岁以下）。

如何与岳母和平共处?

——全职爸爸第四周工作报告

千万别把丈母娘的客气当真。平常还好，出门旅游的时候尤其要充耳不闻。

小陈对付我妈只有一种方案：不听不听……

要与岳母和平共处，第一条原则：离岳母越远越好。

不过经过我全方位观察，大部分丈母娘都会在小孩出生后，跑到女婿的世界里，她会不会走看运气，最主要看财力。家里请保姆阿姨的，一般老年人都很识趣地离开。

电视剧《我的前半生》里女主角的亲妈在女主角离婚前就不怎么出现，出现的时候还要看看女婿脸色，见好就收，开脚就溜。

目前我们一家三口借宿在我爸妈家里。每每想到没给小陈创造一个良好的工作环境，我总是忍不住半夜唏嘘，扼腕叹息。借宿一开始是为了省钱，后来是为了孩子，搬家的话小孩要换幼儿园，不换幼儿园还住在这里的话，附近又没什么看得过去的房子，总体感觉是又丑又贵，要么是乡间拆迁安置毛坯房，要么是暴发户专用豪华中式田园风别墅。

我总是语重心长劝小陈，忍一忍，再忍一忍，总有一天，等我有钱了，买好房，到时候我一定把我爸妈拦在门外。怕他不信，我还专门跑去跟我妈说："以后等我买好房子，你不要来跟我住。"

她呵呵一笑："你买得起吗？"

总之，这就是目前比较尴尬的家庭内部生态环境，我们暂时没有一笔巨款来打破僵局。我提醒小陈："孙悟空不也被压在山下五百年吗？对伐？你想想这是不是一种特殊的磨炼？"

小陈说："下学期搬出去吧，还有五个月。"

经过一个月的磨合期，小陈已经摸索出了一套和我妈的相处之道。

千万别把丈母娘的客气当真。平常还好，出门旅游的时候尤其要充耳不闻。

我妈拿着一个小箱子跟我们一起去云南，为了显示她没占我们便宜，一直走艰苦朴素路线。比如问我住的酒店是不是农家乐，比如我问她吃什么，她一定说随便吃点算了。刚跟我吐槽过飞机上那个饭是辣的，到房间我问她要吃点什么，她坚决摆手："不要不要不要，我饱了，什么都不要。"

小陈对付我妈只有一种方案：不听不听……

我们一共四个人，他点了五个菜，我妈果然从隔壁房蹿过来，拿着筷子，以一种"我绝对不是坐下来正经吃饭，真的是随便尝两筷子"的姿态，加入战斗，这时候她又有了新的说辞，"来都来了，吃点当地特色吧。"

当地特色也都是辣的，炒米粉、炒苦菜、辣子炒肉、家常豆腐，通通都是辣的。辣到远方来客每个人都大口喝饮料，如果这时候小陈说一句“还是妈做的菜好吃”，我妈肯定高兴疯了。

当然小陈不是这种人，他吃得格外起劲，只要一出门就两眼发光，什么都要尝尝。幸好我妈跟以前不一样了，不会再说：“外面的菜有什么好吃的，你看这么油，厨师为了肉嫩，会放一种粉的，你知道吗？我做菜从来不放，小孩吃这种东西能好吗？”

沈女士说了两句：“辣，辣死了。”然后就识趣地回房间了。

第二天小陈说：“我们要去丛林飞跃，妈，你去吗？”

“我不去。”

小陈买了四张票，我妈站在台子上，不停地为小孩担心，“宝宝行不行啊，这里这么高，他怕的吧？”

儿子一声不吭地滑到了丛林那一头。我想起有一次带我妈和小孩一起看 4D 电影，小孩全程只是紧紧攥着我的手，我妈全程大呼小叫：“啊呀，有水喷出来，妈呀座位底下有东西，怎么有风吹过来啊？”

沈女士童心未泯，果然一路叫着过去了：“我有点害怕啊啊啊啊啊！”

小陈保护儿子，在前面慢腾腾走各种钢丝、梅花桩、小吊桥。沈女士心急，总是跃跃欲试冲上去，然后停在半路，忽然开始脚底打战：“我怕呀，怎么办呀，教练你放我下去吧。”

教练是个二十岁左右的彝族小伙子，对我妈千求万求：“阿姨你一定要坚持啊，你掉下去我要拿梯子去把你捞上来，太累了。”

我想象了一下现场打捞的场景，不禁为我妈默默祈福，如果她掉下去，第一个想要灭掉的人，可能就是小陈吧。

等沈女士渡过难关后，忽然就放松了，又开始问教练：“小伙子老家哪里？一个月工资多少？”

不知道为什么她总是对别人赚多少钱特别感兴趣，我们一家专程飞来云南看野生动物，她像专程来做暗访一样，一会儿问扫地大姐，今年多大，一个月赚多少，一会儿又问整理房间的，一个月赚多少。

于是我偷偷问她：“你对我老公一个月拿两万薪水有什么看法？”

她叹了口气：“你们的事，我能说什么？”

沈女士进化了，居然不会插手别人的家务事了。

小陈坚守着自己的底线，路上小孩有点咳嗽，我在酒店写稿，他俩带着小孩开车出去买药。药买回来，沈女士忽然说：“小陈啊，这个药可能要加大剂量，我以前都是喂一包半才好。”

小陈怒不可遏，厉声制止：“怎么可以这样！医生说吃一包就一包，乱吃药不行的。”

我不禁为小陈鼓掌，哇，男人果然不一样，换了是我，可能表面不言不语，背地乱骂一通。TVB 的电视剧里经常有深明大义的婆婆跑出来跟儿媳妇念经：家和万事兴，某某虽然有错在先，但人不坏，我看他也是一念之差……

不知道为什么这段话在我脑海里一直雪藏着，我想哪天搞不好可以拿出来跟沈女士说说，点化她一番。

云南之行后半段我妈又恢复了典型老年人做派，去哪都抱怨，这个有什么好吃的，那个有什么好玩的。小陈带着儿子，权当什么都没听到。

男人真神了，大脑里好像有个屏蔽界面，有些话想听到就可以听到，想听不到通通事不关己。

我儿子有时也是这样，叫他去洗澡，他趴在地上专心致志玩陀螺，后来我问他："你为什么要假装听不到？"他说："这样我就可以多玩一会儿，嘿嘿。"

小陈可能也是这么想的，假装听不到我妈说什么，这样他还能多玩一会儿。

小陈宣布要辞职那天，沈女士到处跟邻居说："我省力了，以后不用带小孩啦，我女儿把我开除了。"

某个月黑风高的夜晚，小陈带着儿子在公园练拍皮球，儿子无论如何都掌握不了拍皮球的窍门，我在公园跑步，跑了一圈又一圈，看着儿子把球拍起来，手就是按不上去。

我妈在旁边散步，过了一会儿过去亲自教小孩："宝宝，你看外婆是怎么拍的。"

儿子按我妈的方法，依然拍不起来。我和我妈同时觉得崩溃了：拍皮球这么简单都不会吗？

拍皮球啊，又不是叫你做奥数、学中国象棋、诵读《论语》、自学潜水、练习数独……

小孩跟木头一样听不懂，小陈在旁边一遍遍地教他："要使劲拍下去，手拿过来，这样才可以。"

从七点到九点，小陈教了两小时拍皮球，小孩依然只能拍两下。

我妈先走了。

后来我也走了。

走在路上我一阵庆幸：两万块真的太值了。

沈女士可能也是这么想的吧。

艾文爸爸说：上海女婿的真情告白

很多人对于我寄居夫人娘家的生活充满了好奇，可能已经臆想了丰富的斗争场面。

其实婚后六年，我在上海也才完整地生活了六个月吧，目前并没有什么劲爆内容值得一提，看以后能不能攒一些。

和丈母娘的生活斗争没有，饮食文化竞争有一些。福建食材在上海有些水土不服，渐渐我就失去了从福建带货的兴趣。而福建口味的我也没能给家里带来多少饮食变化，酱油仍是厨房里的主旋律。

生活就是一场长途旅行，在哪都过本土生活就很好。

如何做个精打细算的家庭主夫？

——全职爸爸第五周工作报告

当你在半夜两点躺下，四点又需要爬起来的时候，你总是会不由自主地叩问自己的灵魂：这一切到底是为了什么？

小陈是个很朴素的人，处处讲究节俭。

比如上次去云南的时候，他犹豫不决地问："你说我们订直飞还是订需要转机的机票？"

我认为这是一个多余的问题，当然要直飞啊！

可是，他皱起眉头跟我商量："你看我们三个人，转机的话，就省出一辆平衡车的钱了。"

哦，那也很有道理。我想了想自己好像也并不是什么日理万机的高端商务人士，能省则省嘛，那就选最便宜的转机机票吧。

第二天小陈买回了平衡车。第三天我们早上五点钟出门，登上了早班机。

当你在半夜两点躺下，四点又需要爬起来的时候，你总是会不由自主地叩问自己的灵魂：这一切到底是为了什么？

以前我会回答自己：辛苦和操劳是人生宝贵的财富，是催人上进的法宝；吃得苦中苦方为人上人，没有今天的奋斗，哪来明天的享受?

可是当早起的痛苦和奋斗具象为一辆平衡车的时候，看着坐在车上不停揉眼睛的小孩，啊，我心中忽然有点不平衡。

小陈依然在节俭的路上狂奔，上周末他准备带小孩跟我去长沙签售，我说："你查查机票贵吗？贵你们就别去了。"（已婚妇女幸福的秘诀毫无疑问是能够一个人清净两天。）

小陈断然否决："我们不坐飞机，长沙这么近，坐高铁就好了。"

"高铁要五个多小时呢。"

"对啊，坐飞机还要提前到机场排队安检，时间差不多。"

很多商务男有个绝技，一上任何交通工具，瞬间可以睡得一塌糊涂。小陈幻想的高铁行，是一上车他就和儿子美美睡上一觉，醒来一看，还有半小时就到站了。

儿子给他爹上了宝贵的一课：带孩子这件事，永远该在两点之间找条最短的路。

据说小孩在火车上一直不肯睡觉，为了躲避亲爹，像浣熊一样坐在扶手上，坚持眺望茫茫夜色中的风景。

五个小时的搏斗，一定很累。因为小陈在火车上就买好了回来的飞机票。

有时候你真的要忍很长时间，才能不把伤人的话说出口：喂，早知道这样提前买飞机票不就好了，临时买的飞机票多贵啊。

不算这些意外开支，他大体上还是保持着一个普通工薪阶层的修养。在上海月入两万，小陈确保了自己跟高消费主动挥手再见，他买三百块三条的裤子，我作为老板相当看不下去，"你可别这样，你穿这种裤子跟我出门，别人会误以为我穿的名牌是假货。”

他对此无所谓，并且还要摸着我买的衣服的面料，说：“这个不够滑，下次别买了。”

“名牌，你懂不懂？我穿的是一个人的身价。”

然而我每个月也就买衣服花点钱。我妈认为我们一家人根本没有什么需要花钱的地方，毕竟每个人都住在家里，只有儿子一大早出门去上幼儿园。

一号给小陈发的工资，十号的时候，他告诉我：“唉，看样子你还需要给我打点钱。”

什么？

“两万块去哪儿了！你买了两百条裤子吗？”

小陈坐在副驾驶，一边吃牛肉干一边说：“你真的是不当家不知道柴米油盐贵。浴巾粗了要不要换？牙膏没了要不要买？楼上净水器是不是花钱买的？你知道你以前的生活质量有多差吗？”

“我也没觉得现在的生活质量有多高啊。”

他递给我一瓶水，“你看，我连水都给你买五块钱一瓶的。”

“我喝两块钱的农夫山泉和怡宝就可以，哎呀，没什么外人，我们没必要花冤枉钱。”

当晚小陈很殷勤地给我煎了块牛排。

我尝了一口，忍不住大夸特夸：“你进步了，竟然可以煎出这么好吃的牛排。”

“那还用说，我一直在进步。”他非常得意地坐在我面前，微笑着说：“当然跟牛排好也有关系，你吃的是一百八一块的澳洲和牛。”

真的没想到，一块小小的牛排，价格相当于他买两条裤子的钱。

小陈觉得他还没把和牛的精髓煎出来，他想买一个铸铁锅。

我不想吃牛排了，牛排这种东西到底有什么好吃的？中华饮食的精髓，就在于利用寻常普通甚至不起眼的食材，做出令人心驰神往、激动万分的美食。没想到工薪阶层的小陈这么容易跑偏了道路，他看着我一口又一口吞下和牛，满意地浮现出笑容："现在知道我把钱花哪里了吗？"

我忍痛又给他打了一笔钱，忍不住细细嘱托："以后我喝两块钱的水就行了，你千万别把钱花在我身上，记得，千万，不要花在我身上，我这个人对吃吃喝喝没什么欲望。"

小陈说好的，然后开开心心去参加全职爸爸聚会。

身为资方，我不禁又揪起了一颗心。真怕他们互相交流老婆给多少工资什么的，万一我是给得最少的一个怎么办？出发前他给我看了看这个全职奶爸群的名字，大意就是奶爸联合国，一看就是个维权组织。

里面只有小陈是中国人，其余三个全都来自德国，还有一个西班牙哥们儿准备新入伙。这是一个非常严肃的组织，当小陈聊起以前的工作时，一个德国人立刻凑上来，"什么，哥们儿，你以前还有工作？你这点不太能达到我们的标准啊。"

按理说，员工们的聚会一般都从吐槽老板开始，有时候吐槽还能变成一次运动。

没想到我才变成老板一个月，就眼睁睁看着唯一的员工参加了工会。

小陈回来后，我多少有点紧张，"喂，你们都聊点什么啊？不会是凑在一起骂老婆吧？"

他白我一眼，说：“怎么可能？”

他说他们在一起聊了旅行，各种吃吃喝喝玩玩乐乐，他给我看了别的全职爸爸的微信朋友圈，塞班冲浪、日本滑雪、印尼潜水……都是花钱的运动啊。

我一阵紧张，毕竟最近的一次旅行，是带全家去大理爬山。

看看人家西方文明社会的标准。

他又告诉我，其实别人也有烦恼，有个哥们儿说，最近真的没钱了，需要开始在家煮饭，不能顿顿出去吃啦。

真是令人沮丧，住在乡下的我们，每次出去吃饭都像过节。

“那你有没有打听对方拿不拿工资？”

“第一次怎么可能聊这么深入。”

全职爸爸真开心啊，出门聚会也不比来比去，一群男人喝喝啤酒聊聊吃喝玩乐，回家跟老婆分享一下，老婆立刻紧张起来，不能再懈怠了，对方住世茂滨江的话，我怎么能无动于衷？

我要让小陈挺起腰板做人！

小陈毫不在乎，起劲地吃着卤猪脚，说：“下次我要坐地铁去，这样就能跟他们一块喝酒了。”

艾文爸爸说：不带孩子的人根本不知道养小孩有多贵

夫人每隔一段时间，就会对我买的某件东西感叹：这么贵！

就像她每次告诉我她的衣服和包包的价格的时候一样，我也常常惊诧：这么贵！

我们只不过是互相不了解对方领域的行情罢了。养小孩就是这么精致这么贵的。

夫人对养小孩这件事的认识还停留在艾文三岁以前。那时候，逛个公园花五块钱买个风车，儿子都能开开心心玩一星期。那个时期艾文用的大多数物件都十分便宜，最大的消费不过是每个月一箱的纸尿片，也才几百块。

刚搬家的时候，我们把艾文原来房间里的衣柜和床都搬来了，夫人问为什么不把他的学习桌椅一起搬走，还能再用好多年嘛，宜家的质量也不差。

醒醒，儿子已经长大了。宜家的产品，过渡用用还不错，正经的学习桌椅当然需要符合人体力学设计的，由专业的公司生产的。

“学习的事，不能将就。眼睛的事，绝不将就！”

爸爸带的小孩会有什么不一样？
——全职爸爸第六周工作报告

男人似乎是不能用道理来沟通的生物。

男人靠实力沟通。

儿子正以肉眼可见的速度发胖。

我发现人类对于体重是有杆标尺的，例如男人对女人，女人若是超过一百二十斤，他就很难当你是个女人，更常见的会把你当成哥们儿，手挽手内心也没有一点澎湃起伏。

当儿子体重超过四十斤的那一刻，我非常强烈地意识到，啊，他再也不是小宝宝了。

绝对不可能还像以前那样，随时随地把他抱起来，把玩一番，“哎哟好可爱哦，怎么会有这么可爱的小孩。”现在举起儿子，内心会有一丝害怕，有种或多或少要看他心情如何的忐忑。

这家伙现在杀伤力太强了，摸着他结结实实的手臂和大腿，就像一个小型沙袋，仿佛蕴含着无穷的力量，可怕，太可怕了。以前抱睡着的小孩赶路，走到停车场固然劳累，也算可以承受。现在抱起沙袋的一刹那，总有一种想将其扔在路边的冲动。

儿子再也不是以前那个跟人一撞迅速倒地的小孩了，当他在小区骑车时，犹如一枚小型巡航导弹，令人闻风丧胆。

这一切都是小陈的功劳，果然爸爸带的小孩不太一样。

妈妈带小孩，大部分习惯以理服人。以前每次我带儿子出去玩，要回家的时候，他就变成九头牛都拉不动的逆子，“不要，我不想回去，还要再玩一会儿。”我一开始特别耐心，“要回去吃饭咯，吃完饭才有力气玩啊。”随后使用育儿方法上常用的选择战术，“再玩五分钟就回去好吗？”“不要。”“再玩十分钟行不行？”“好。”小孩对时间没概念的，其实三分钟后我就会撤了，无奈他中途变卦说：“不行，我还是要回去。”

“你为什么说话不算数？”这时候我胸中已经开始燃起一股火苗，亲生的小孩像个大风箱一样把火越吹越大。讲理失败，我开始冒火了，拿出家长的权威：“叫你走你就走，你不想走也行，我一个人走啦。”

儿子开始哭了，一边哭一边说着“不要啊不要”。

是什么让时间把我磨成了悍妇？谁能想到生命中会出现一个专门跟你对着干你还不能一走了之的男人？

男人似乎是不能用道理来沟通的生物。

男人靠实力沟通。

每天下午儿子从幼儿园回来后，都会自行穿戴上护具头盔，他要去骑车。好几年前我曾经梦想过这样的场景，小孩在前面骑着车，我在后面跑着步，他锻炼了我瘦身了，多么完美的母子健身计划。

后来才发现，这只能是他还不怎么熟练的时候，一旦学会，一个成年人根本追不上骑自行车的五岁小孩，我跑得都要断气了，只能在后面拼命大喊："儿子，等我一下，等我一下。"

小陈站在他的平衡车上，冷冷看我一眼，一言不发追上去了。

刚买回来的时候我还嘲笑过，"这辆车简直就是废物，你没有腿吗？不能跑步吗？"

小陈用实力证明了，追孩子还是需要一个发电的工具。

前几天在网上看到欧洲的一个最新研究成果，说小孩的抗疲劳能力堪比铁人三项选手。我不禁恍然大悟，这种野兽一般的孩子，怎么能够靠道理来说服呢？

爸爸之所以带得好孩子，毫无疑问，是因为爸爸更擅长长距离作战的户外消耗运动。我就没见过哪个现代女性能笑嘻嘻在烈日下追着小孩玩的，多半都是愁眉苦脸琢磨着：该死，日晒时间超过十五分钟了，又要长斑了！

自从小陈开始带小孩后，儿子明显续航时间短了，以前他能精神到夜里十一二点，现在每天晚上十点左右，居然没动静了。生活多给了我一小时，我掐指一算，感觉可以比原来多活好几年。

有一天小陈带小孩去公园骑了一下午车，当天晚上七点左右，孩子到家没多久居然睡着了。

难以置信，我幸福得想放一串鞭炮，又要压抑住浑身的兴奋，一口又一口贪婪呼吸着久违的宁静的空气。小孩睡着的夜晚，人仿佛一下子变年轻了，往事历历在目，当年我有那么多无所事事的夜晚。这一天，托小陈的福，居然又可以一个人看看日剧了。

爸爸非常适合带孩子。

爸爸的策略就是尽可能把小孩的电放完，让他自动关机，上床睡觉。

当然小陈也走了一点弯路。

比如那台平衡车，每次儿子在前面忽然刹车停住，跟在后面的小陈一个措手不及，会往前直接飞出去，这让我相当担心，现在种牙太贵了，因为带小孩把门牙都磕掉，未免太不值得。

比如小陈曾经尝试过，为了让小孩明白什么是错误的事，在他犯错的时候，会把他抱起来打屁股。我劝了几次，不能这样。后来我发现好几次儿子一生气，就开始挥起双手，边哭边暴打亲爹。

一巴掌接着一巴掌，疾风骤雨一般，打在小陈圆圆的肚皮上。通常是因为当爹的逼着儿子去做他不愿意做的事情，拽着他的手用公厕的烘干机啦，用智能马桶给他洗屁股啦。男人真的很残忍，看到小孩不愿意做什么事，非要带他去做什么事。

美其名曰：挫折教育。

目前来看，挫折教育还是有一定成果的。

小孩明显比以前爱上幼儿园了，小陈没辞职时，儿子经常想赖皮不上幼儿园，嘴里嘟囔着“我不想去幼儿园，我想在家里玩”。现在，他的积极性明显大幅提高，每天从幼儿园回来，训练一项接着一项，骑车两小时，拍皮球两小时，无论拖延多长时间都要吃完碗里的饭，还有时不时的英文训练。儿子真辛苦，怪不得每天都要坐第一班校车去幼儿园。

然杀敌一千自损八百。

为了让小孩早早睡觉，小陈夜夜累倒在儿子一米五的小床上，一个成年男性，每晚十点前准时睡着，小陈终于靠儿子成了全中国作息时间最健康的中年男子。

全职爸爸到底不一样。影视作品中全职妈妈通常在一天的忙碌后，趁小孩睡着，重新扎好散乱的发丝，开始投入下一场战斗，把被小孩弄乱的家复归原位、收拾东西、整理衣物、准备第二天吃的早餐，家务永远做不完，女人总想付出更多。

小陈每次在被我摇醒后，都会告诉我："不，我要睡了，养精蓄锐很重要。"他说得也对，睡梦中的小孩，咂了咂嘴，俨然是童话故事中沉睡的怪物。

明天，对小陈来说，又将是一场近身搏斗。

艾文爸爸说：我儿子三年换了六辆车

我真正教艾文骑车，也就花了两个晚上，他在两天内就完全掌握了这个技能。

手扶在他自行车屁股上一路跟跑，偶尔偷偷放开几秒钟。开始几次可能放开的时间相当短，就一两秒，并且还得找个借口说我要擦汗，因为他一察觉便开始尖叫。

之后每次放开的时间越来越长，我弓着快伤残的老腰，内心却无比喜悦。

在这之前，艾文在车类运动方面，好像一直都落后于别人家的小孩。从小到大，小三轮、滑板车、平衡车、自行车全都买齐了，但都感觉不到他有一般男孩应该有的兴致。

几个月前，出门散步他都带上了平衡车，动作迅速熟练之后，他终于换上那辆带有辅助轮的十四寸小自行车出门散步。

三月的一个周末，我们带上他的车在偌大的郊野公园玩，我见他从一座坡度十五度左右的桥上下来时根本不刹车，车子在快速下坡时一会儿朝左边偏，一会儿左边辅助轮又离地十厘米朝右边扑去。

我紧跟着并拎住他的衣领，虽然吓得不轻，但那时我就知道了，辅助轮不能给他辅助了，而是限制了他的进步。

我提议拆轮子。

他可高兴了，当天回到家里便拆了。

第二个周末我就带艾文去挑选了大一号的自行车。

经过上一周的骑行，艾文骑车基本上很熟练了。但是换了大号自行车后却遇到了难点，他身高不够，没办法坐在座垫上起步，他得站着踏两下让车子有了初始速度后再坐上去骑行。

这个难度明显超出了他的预期，屡屡失败摔倒在地，以至于他对新车的喜悦很快转变为仇恨，好像是这辆车偷走了他的骑车技能似的，他十分恼火并哭着对我说要把这辆车退掉，要回去骑原来的小车。

我也没想到他这么快放弃，没有遇到过挫折的孩子怎么能成长。

当时我也很生气，告诉他如果不想骑就把这车扔了，家里那辆车我要卖给别人，已经被预定了，他以后就没车骑了。

我承认我是粗暴了点，他更大声地号哭了两声，擦干眼泪继续练车。

就这样踏了一晚，勉强能够上车；又踏了第二晚，他终于掌握了这个技能，从此自行车变成他的真爱。现在，但凡他要轻易放弃的事情，我都以学车的经历为例让他坚持。

铁血男儿减肥记

——全职爸爸第七周工作报告

小陈的体重，主要是因为教育小孩吃饭要认真增长起来的，当爸爸的为了以身作则，每天晚饭都在餐桌旁坐足一个钟头，一定盯着儿子把饭吃完。

小陈很看不起我提减肥的样子，每次我说，“明天真的要开始减肥了。”他都面无表情地回答：“这是你第一百三十六次说这句话，有意思吗？”

他决定要给我示范一下，什么是真正的男人的减肥。

我不禁想起毛姆在一篇短篇小说里，写一个男人是怎么样看不起屡教不改、怎么说都不听、执迷于自己悲剧的女性，小说结尾，男人终于忍不住愤愤而言：女人就是女人。

我期待着一部铁血男儿减肥记。

小陈在周一站上体重秤，那是一只人站上去后数字就像抽奖一样，翻滚几十次的精密电子秤，他上去的时候口中直呼：“啊啊啊啊……”

我站旁边看着数字一点点稳定显示为 72.4 公斤，发出一阵爆笑。脑海中站起来一位华妃，冷笑着说："就凭你也敢跟我斗？"

小陈的心情丝毫不受影响，从体重秤上跳下来面不改色说道："没事，过两天我的体重就是 6 字开头了。"

小陈的体重，主要是因为教育小孩吃饭要认真增长起来的，他刚辞职的时候，大概还只有 70 公斤，无奈小孩吃饭不认真，每次不管小陈怎么耐心教育，小孩吃到一半仍会情不自禁玩起来。当爸爸的为了以身作则，每天晚饭都在餐桌旁坐足一个钟头，一定盯着儿子把饭吃完。

"吃饭要认真，"小陈最喜欢在饭桌上反复强调这句话，"这样才可以长高、变强，你不想做个厉害的小孩吗？"

儿子有一次歪着头忽然说："爸爸，你小时候吃饭肯定不认真，你都没妈妈高。"

我强忍住一肚子笑意，匆匆离席。

小陈的减肥计划当然是从买东西开始的，以前冰箱里放的都是我妈腌的大头菜、金华火腿、速冻饺子，这周开始打开冰箱，风味大不一样，全是大包沙拉菜、整袋黄瓜、牛奶、十几块各式牛排。

我有点震惊，以这种健身运动员的饮食方式，不满三个月，应该能产出一枚小型美国队长吧？

不过前两天我就发现了他的一个巨型漏洞——小陈太能吃水果了：每天晚饭后他一定会切半只西瓜，和儿子一人一盘；杨梅上市的季节，他买了六斤，在家两天迅速吃完；云南寄来的李子，单子上写着三斤，我琢磨这三斤李子去哪了，小陈满不在乎地回答："三斤一下子就吃完了。"

"你这样怎么减肥啊？"

他信心十足地说："吃点水果有什么关系，上一下厕所就没了。"

"哦，是吗？"

他的策略就是不吃饭，多吃蔬菜水果和肉类，根据本人的减肥史，这应该是传说中的石器时代减肥法，石器时代的智人从来没有肥胖症的焦虑，靠吃大量蔬果和生肉为生。本来想提醒他一下，智人这么吃就没有活过四十岁的。

不过男人有个特点，老婆说什么都当耳旁风。

随他去吧，他为了表示自己减肥很努力，白天时不时躺在床上说："感觉有点低血糖，我躺一下缓一缓。"

两天后小陈站上体重秤，一边看着数字闪烁一边说："我应该是瘦了。"

红色的数字跳着跳着，一路跳到了 73.5 公斤。

小陈面色凝重，走下来像输掉了整个世界。

这以后他就再也没有当着我的面称过体重了。

两天后他宣称，已经找到胖的元凶。

那就是西瓜！

作为前辈，我很想告诉他，并不仅仅是西瓜这么简单，杧果、水蜜桃、榴梿、波罗蜜样样都是凶手，稍微好吃点的都能叫人前功尽弃，不知道他有没有明白，为什么长久以来我只吃苹果番茄火龙果。

小陈不买水果了，专心致志只吃黄瓜，还办了游泳卡，每天开车半小时从乡下去城里的游泳馆，幸亏我妈这回没多嘴一句："车子是加自来水的吗？"

5 月 8 号，一个凉风习习的夜晚，我们一起出去散步，路过便利店，我告诉他："你知道吗？今天是可口可乐的生日，1886 年 5

月 8 号，美国有个药剂师开始在药房出售一种专利药，就是你最爱的可口可乐。”

小陈“噢”了一声，“那就买一瓶吧。”他还买了两袋辣鸡爪。

这次我终于能站在道德的制高点质问他：“你不是说要减肥吗？”

他嘿嘿笑了两下：“可口可乐难得过一次生日。”

男人真的太小看减肥了，你们知道为什么女人在减肥这条路上走得这么难这么险吗？这个月瘦五斤，下个月反弹八斤，难道是因为女人格外脆弱吗？

是因为大部分男人压根没有开始减肥过，人性都是一样脆弱的。

小陈开始逐一攻破减肥路上的妖魔鬼怪。

一次我看他一脸沮丧坐在餐桌边，我说你怎么了？他说心情不好。

他指着一包丘比沙拉酱说：“这东西热量你知道多少吗？一百克两千多千焦。”

“我知道啊，不然我为什么吃沙拉从来不蘸酱？”

小陈表情有点扭曲，“那你怎么不告诉我？”

“我以为你知道我是因为沙拉酱热量高才不拌的，你以为我真的喜欢干吃菜叶子？”

小陈沉默了。

呵呵，他对我为了减肥到底吃过多少苦完全一无所知。

经过一大轮减肥失败后，小陈忽然不再是那个乐观开朗的男人。

他依然会吃西瓜，但是吃的时候多了三分敬畏之心，边吃边说：“怎么办，五碗米饭啊。”

他依然会吃沙拉拌点沙拉酱，买了五瓶各式日本沙拉酱，说：“这个好，热量很低，一瓶才几百千焦，缺点就是太难吃了。”

他依然会去游泳，不过再也不那么斗志高昂，刚开始去的时候他告诉我每次游一个来回就想象自己少了五十克，八个来回就是四百克。我作为曾经每天训练游三千米的校队游泳选手，只能告诉他，运动呢，是有分别的，有些是减肥运动，有些是开胃运动。

小陈开始真正陷入了减肥的恐慌，他终于着急起来，说："那怎么办啊，这样下去我要一百五十斤了。"

周末早上，父子俩一大早起床去参加幼儿园美食节，中午时我打电话问："你们回来吃饭吗？"

小陈说："回来吃一点吧。"

"一点是多少啊？"

他很认真回答："我说的一点是吃一根黄瓜。"

中午时分，小陈带着儿子回来，果然手起刀落削了一根黄瓜。儿子在冰箱前转来转去说想吃一个冰激凌。

小陈打开冰箱，仔细研究冰激凌的热量，发现一个才三百焦，非常痛快地和儿子一人拿了一个。

吃完后，他又打开冰箱，拿出一盒冰冻小龙虾，说道："我不是饿，就是觉得没吃饱。"

呵呵，男人到底是男人。

艾文爸爸说：做全职爸爸后，小孩胖了，我也胖了

事到如今，我不得不承认我的体重管理计划暂时失败。

那就聊聊我是怎么胖起来的。

首先，我压根没想过我会胖起来。这是有强大的数据和经验依据的：

1. 结婚许多年，别人胖了我没胖。我为什么如此确定，因为婚礼上穿的修身版西装，离职前我穿着还挺合身的。

2. 当爸爸许多年，别人胖了我没胖。身边多少朋友和同事，在孩子出生之后，没时间运动休闲或睡眠减少，身材慢慢走样，跨入肥胖界，至少也是微胖界。

3. 步入中年许多年，别人胖了我没胖。中年发福，这是生命轨迹，几乎不可阻挡。但夜宵排档、啤酒、烧烤，我一年也没几次，成功绕开了这条轨迹。

可以说，人生中最重要的三次长胖节点，我都扛住了。

这么多年没胖起来，导致我误以为自己是个易瘦体质，敞开了吃。每当看到夫人为了减肥而半夜出门跑十公里，吃沙拉从来不放拌酱，住在高端酒店里也鲜少吃早餐，我总是赐她三个字："至于嘛！"

其次，摄入糖份太多。

在吃这件事上，我本来以为自己做得很好。比如我几乎不碰甜点，我不吃巧克力，我不喜欢饼干薯条……但我超喜欢吃时令水果。草莓、杨梅、李子、枇杷、蓝莓、葡萄、西瓜……轻易就把一年四季排得满满当当，每天摄入量远超 NRV（营养素参考值），并且理由十分正当——再不多吃点，过季就吃不到啦。

第三，饭量大涨。这里有两个因素：

1. 陪小孩吃饭，我得以身作则，每餐一碗饭我必须老老实实地吃完，然后催着艾文认真吃饭时才能让他信服。

2. 自搬家另起炉灶之后，我的饭量被动地提升了 50% 以上。花两小时整出一桌菜，虽然口味常常不及格，导致剩菜很多，但自己亲手做的，舍不得倒啊，剩多少我都要吃完。

第四，垃圾食品吃太多。

我有熬夜四件套：凤爪、鸭掌、鸭脖和可乐。

搬家的时候向夫人特别申请了一个小冰箱，存放的大多是我的碳酸饮料。

我从不认为带娃是辛苦的，仅仅是精力消耗大一些。每天艾文放学回来之后，我负责全方位陪伴，包括且不限于陪玩、陪运动、陪吃饭、陪上课、陪写作业、陪阅读、陪做手工……（陪睡觉、陪洗澡前几个月已从清单中划去，艾文已经能自理。）

当艾文上床之后，结束一天高强度的工作，我打开冰箱取出一瓶可乐，这是多么自然的一件事情。

第五，没时间运动。

前面讲那么多，不外乎三个字：吃多了。

但只是因为吃太多的话，情况也不至于如此糟糕。导致肚子、大腿、脸上等关键部位的脂肪大量繁殖的另一个重要原因是运动太少了。

去年刚从公司辞职的时候，我还积极地往游泳馆跑。仅仅两个月之后，就从一周四次减到一周零次。

不是我懒，是没时间了。原来花在游泳上的时间，一大部分被逛淘宝或叮咚买菜给挪用了，剩下的一小部分用来收快递。

如今家里离不开我，哪怕我只是送艾文去学校的半小时工夫，回家后夫人便嚷嚷着要把电脑搬回她爸妈家里工作，理由是："隔几分钟就要给快递开一次门，我怎么工作嘛。"

就算我空闲时间很多，我又怎么好意思出门游泳嘛，去一趟得花两小时，回来之后夫人肯定要气炸了。

第六，看着自己一天天长胖，却无能为力。

我当然不会像夫人一样，明明看着自己在长膘，却半年不上称，拒不刷新数字。我对自己的体重监测得很频繁，然而这也没啥用。

作为全职爸爸，我牢记自己工作的核心内容是陪孩子。既不能少吃（体力不支怎么带孩子），也不能多玩（时间都不是自己的）。减肥健身，简直就是奶爸的爱马仕级福利。

这周的全职爸爸俱乐部聚会，我把体重的事对大家说了。几个德国爸爸看了看自己的肚皮，笑着对我说："Welcome to the club."（欢迎加入俱乐部）自豪的语气中略夹杂着疲惫和无奈。

你一天到晚到底在忙什么?
——全职爸爸第八周工作报告

“你一天到晚都在忙什么?”

据说这句话堪称杀死全职妈妈的金句。

小陈一听到这句话，迅速弹起来反问：“你不知道我有多忙吗?”

带小孩像一场苦行。

整个过程有如走 318 国道徒步去西藏。

当一个年轻人宣布他要走路去拉萨，周围人脸上一定会有一种震惊的眼神：放着好好的工作不做，去干啥？徒步?

当然当然，带小孩比 318 国道徒步听起来名义要强大一点，毕竟是传宗接代的大事，但是带小孩听起来并没有任何成就感。

很多人会告诉你，科学研究表示，小孩长大后成就如何主要靠天赋，学习成绩好坏是基因决定的，花那么多时间精力去培养根本没必要，很多人从小跟着爷爷奶奶长大，不也成才了吗?

小陈正是在这种舆论环境中，开始了全职爸爸的工作，他站在 318 国道的起点，脚还没走出水泡，就收获了一大堆冷嘲热讽，和打着好心的旗号，其实是来拆台的实力强拆部队。

我的乡下亲戚，说话从来不会遮盖文明的外衣，一句句问询就跟刀子一样，直扎心口，诸如，大男人整天待在家里干吗？小孩上幼儿园了还需要陪吗？前两年他没辞职，小孩不是也养得蛮好吗？

全职爸爸一天到晚到底在干什么呢？

小陈上岗后才明白，这是一份多么艰巨的工作，工作时间从早上七点半开始，他把儿子从床上拖起来，像赶猪出圈一样，不停吆喝着："快点快点，来不及啦，快点快点，来不及啦……"

这是一种完全无意义的吆喝，睡眼惺忪的儿子看起来跟猪一样茫然失措，也跟猪一样，一不舒服就会发脾气，一刻不停地哼哼。不同的是，猪哼哼是一种动物本能，你能跟牲畜生气吗？小孩哼哼唧唧只让人心浮气躁，但除了忍耐毫无办法。

人类文明守则第一条：不欺负弱小。不能因为他哼哼，就往他屁股上踹一脚。

早上赶猪出圈，晚上赶猪入圈，都要伴着同样的吆喝声，"快点起来，快点睡觉。"我自己带小孩的时候，认定这是世界上最大的苦役，当时小陈只会在旁边评论，"你啊，太没有耐心了。"

现在他亲自上场，才两个月，画风由里到外彻底置换，他不止一次告诉我，这家伙不凶他不行。

有时候小陈凶得让我都感到害怕，说没收玩具就没收玩具，说取消外出就取消外出，雷厉风行到让小孩除了痛哭没什么别的办法。他还规定儿子只能站在一个角落里哭，手段之残忍，作风之毒辣，让全家跟着瑟瑟发抖。

说真的，带小孩没什么了不起，不过就是耐心细致加时时刻刻的陪伴。

说真的，走路去西藏需要的也不过就是把腿动起来而已。

这就是为什么，站在旁边冷嘲热讽的人是多数。

嗨，这事有啥了不起的？还要专门辞职回家做？

连我，有时在家看到小陈坐在电脑前，也觉得是种莫大的浪费，忍不住呼呼喝喝：“你帮我去干点什么吧。”

如果对方一口拒绝说不行，我就会脱口而出那句话：“你一天到晚都在忙什么？”

据说这句话堪称杀死全职妈妈的金句。

无数女人只要一听到这句话，立刻觉得气不打一处来，自己跟二十四小时保姆一样忙忙碌碌转来转去，在别人眼里只是只无头苍蝇？

小陈一听到这句话，迅速弹起来反问：“你不知道我有多忙吗？”

嗯，即便是我，也容易口不择言，满心想的都是，这有什么了不起的？

直到这个周末，一家三口出门旅行，从机场开始，儿子再一次让我重温了，他到底有多么麻烦，又是如何把大人的精力一点一滴榨干。

从上飞机开始，我不幸挑了个跟他一起坐的位置，他的五百个为什么一个接一个脱口而出：

“这架飞机是什么型号的？”

“窗户上这个小洞是干吗用的？”

“这上面这行字是什么意思？”

“妈妈快看，外面那个旗是干吗用的？”

小孩以为我是搜索引擎，只要输入问题，就能输出十万条答案。

我每次回答说我不知道，他就挑起眉毛，不屑地说：“你怎么连这个都不懂？那你快点拿手机查一下。”

有本书叫《不朽的远行》，作者是法国著名作家，同时还是法兰西最年轻的院士，有一天他决定出门徒步走上朝圣之路，在路上他有一个伟大的领悟，朝圣路上最重要的事情是什么？是保证自己的睡眠。

小陈非常能睡，他每天晚上十点半就睡着了，他告诉我，我跟你没法比，我明天早上七点半就要起床上班。

以前我总是想，这哥们儿开什么玩笑，晚上十点半就睡觉，他还能有朋友吗？

周末出来玩的第一天，儿子开开心心跟我玩了一天，我在晚上九点半，顺利倒下。

带小孩，比徒步更加艰险一点，朝圣之路好歹是寂静的，很多人身体经受了折磨，心灵却得到了净化，原理就是，当你把自己当成世界上最微不足道的一份子，那些原本在乎的东西，都已经不再重要了。

小孩不一样，他让你的人生，时刻充满着喧嚣，根本来不及细想，自己到底需要点什么，时光已经匆匆流逝，一天就这么过去了。

你的的确确是卑微的一份子，但是不知道为什么，对金钱和欲望更加渴望。

小陈到底跟我不一样，出门旅行，我关注的只是小孩玩得开心不开心，有没有吃饱喝足。他在行李箱里，装了八本英语书，每天拿两本出来，抓着儿子每本读五遍。

没出门前，他给小孩报了两个补习班，一门英语，一门数学，每次小孩从补习班里跑出来，都会看到门口楼梯上，坐着自己那绝不愿意屈服的老父亲。

我在监控上看着小孩跑出来的画面，不禁母性大发，“算了算了，要不别学了，大不了以后我养他。”

小陈翻我一个白眼：“什么都算了，还怎么长大？”

被磨炼的儿子每次经过十小时睡眠，睁眼一瞬间，都是一句甜甜的，“爸爸，我要起床了。”

这大概就是带小孩跟朝圣之路最大的相同之处吧，每天早上醒来，都发现自己比昨天更强了。

艾文爸爸说：

作为一个每天在线二十多个小时的优秀员工，夫人密切关注着我的思想动态。是出于关怀，还是想要钓鱼执法？我拿捏不准。

每次夫人问我这一天到底在忙些什么的时候，我都很难把那些琐碎的事情拼够八个小时（艾文在幼儿园，也就是我不带娃的八个小时），导致在夫人眼里我每天都是这样度过的：喝可乐，啃鸡爪，虚度时光。

旅行中的夫妻风暴

——全职爸爸第九周工作报告

男人从盖世英雄到智障人士，往往只有一步之遥。

女人从胸口能碎大石，到小肚鸡肠，也就咫尺的距离。

经过数次旅行的历练，小陈已经是堪称完美的旅伴。

他每次出门都拖着两大一小三个箱子，箱子上端坐四十斤的儿子，身后还背一只巨大的双肩包，我们的计划是去冲绳十天，他看起来像要带着全家去非洲住上半年。

我偷偷告诉他，别带那么多东西了，你发现没有，有钱人永远只带最简单的行李，因为他们到了目的地可以买。

小陈白我一眼，眼神好像是在说，人怎么可以打无准备之仗？

他的旅行精神其实是两个字——随缘。

到了冲绳我们才知道，街上大部分商场，八九点已经关门，商店街六点过后到处是拉下来的卷帘门，海鲜市场七点半人去楼空，冲绳人不用赚钱的吗？

小陈得意地看我一眼：“是不是，多带东西没有错。”

这回他再也不像在美国那次，隔几个小时忽然冒出一句“糟糕”。他看起来游刃有余，每次我开口问，“小孩的防晒霜带了吗？”“带了。”“他的帽子带了吗？”“带了。”“水壶带了吗？”“带了。”

无懈可击，让我心生一阵崇拜，丈夫终于成长了。

直到从冲绳出发去石垣岛这天。那天我们是中午十二点半的飞机，早上九点半，一家人才从睡梦中惊醒，一阵鸡飞狗跳，随便塞塞箱子，我脑海中已经铺垫好最坏的结果：要退房要还车，很可能赶不上飞机，没准要在那霸住一晚，需要买第二天的机票，要是没票怎么办？直接租个车过去？海岛哎，没办法开车。

这种火急火燎的情况下，我看到小陈一遍又一遍抖着被子。

“喂，快点走啊。”

“你等我找找有没有什么落下的东西。”

他仔细地搜索一番，还趴着往床底看了两次，确保万无一失。一家人十一点十分到达机场，护照、手机、钱包、小孩，都在。

取机票时小陈打开包，忽然迸发出一阵娇媚的傻笑。

“我就说有什么不对，我电脑没带。”

在刚结为夫妻的阶段，你对婚姻和爱情还一片懵懂无知时，这种老公忘了东西的事件，会让你产生巨大的同理心，你会跟他一块焦急一块无奈，啊，怎么会发生这种事情？

后来你才知道，婚姻就是人与人互相观察对方最蠢的行为，你会忘记手机、丢掉帽子，你老公会到处找钱包和小孩，然后两个人会对着吵架，“都怪你……”

男人从盖世英雄到智障人士，往往只有一步之遥。

女人从胸口能碎大石，到小肚鸡肠，也就咫尺的距离。

不过一开始的一惊一乍，最后都会变成我这样的笑对人生。

除了小孩丢掉能让我跳起来外，小陈丢掉任何东西，我都不感到意外。务必要牢牢看住自己的东西，千万不要把手机、电脑、钱包交到他手上，对于那些把漂亮手提包甩给男朋友拎的女人，我只会在内心深处发出柏阿姨式的嘲笑，“老居不脱手，脱手不老居”（重要东西千万要捏在手里的意思）。

做妻子久了，不知道为什么，内心会有一点龌龊思想，希望他电脑拿不回来，这样以后每次酒店退房前，都能问他一句，你忘了当年你在冲绳酒店丢过一部笔记本电脑吗？

可惜飞机晚点，小陈拿着计程车司机送来的失而复得的电脑，笑眯眯走进登机口。

啊，从道德层面，我为他高兴，但从夫妻角度，我略感遗憾。

大部分已婚妇女不太能意识到自己的残忍。

直到小陈被狮子鱼刺伤，我写下这半句话，仍然忍不住笑出声来，一想到他在海滩上跳来跳去嗷个不停，在医院诊室像产妇一样哼哼，手肿得跟猪蹄一样，整件事除了哈哈哈没什么别的语言可以来描述。

后来他说，很想给酒店写感谢信，那两个女服务员全程除了不停给他换热水，还一直蹲着安慰他，“再坚持一下，救护车马上就来。”

我试着换位思考，如果肿的是我，老公在旁边哈哈笑，我一定会在后半夜起床抓一只狮子鱼放在他肚子上。

小陈忍着剧痛，像义士一样，还在半夜坚持用没受伤的手洗完了全家的衣服。

这事怎么想怎么奇怪，不像是丈夫所为，简直就是可以上电视的劳模事迹。

那一刻，我想过涨工资，甚至想过发一笔精神文明奖金。

后来我明白了，那就是一种劫后余生的喜悦。

小陈被刺后的第一天，整个人都喜滋滋的，不管我提议干什么，他都无条件执行，度假从探险风立刻换成少妇风：花两小时吃顿悠闲的早餐，在泳池边晒晒太阳，去村里吃碗刨冰，他还大喜过望地告诉我，经过五小时的剧痛，他迅疾减掉三公斤。

人类的忍痛能力真是了不起。

这天我不禁担心，他会不会去海边再找一下狮子鱼。

这是旅途中最幸福的一天，老公一旦听话，总的来说，比儿子听话的功效好一百倍。

可惜二十四小时过后，魔力就消失了。

小陈又变回了丈夫的传统模样，主要表现为——看不得老婆有半点脆弱的地方。

他很积极地鼓动我下午去海滩，一旦我对烈日有半点不满，他立刻甩出一句："那你等半夜十二点再出海。"大部分丈夫不太在意妻子的容貌，特别是后者身份时限越长，看起来越像自己的脚底板一样，长什么样不重要，重要的是实用与否。

以前我骗他，我是紫外线过敏患者，现在他暗戳戳追着我问："你的紫外线过敏呢？什么时候好的？"

自从他瘦了六斤后，还特别喜欢玩一种把戏，让我试试他新买的T恤滑不滑，我表示拒绝后，他立刻顺嘴接上："是不是太小了？"

他还喜欢在太阳下当着一群游客的面大喊："你这个姿势看起来太胖了，你到底要不要认真拍照片？"

大部分时候，丈夫就像小学五年级时坐在后面的男生，一天八小时以抓老婆的小辫子为乐。

然后等老婆噼里啪啦大发一通火，他忽然就安静下来，用一种无辜的小眼神静静看着你，问："你是怎么了？"

最后一天，小陈在机场安检前，忽然喊起来："糟糕，儿子水壶好像没有拿。"

我露出了浅浅的微笑，那是一个崭新的水壶。

小陈格外懊恼："我完美了这么多天，没想到还是败在一个水壶上。"

我越笑越开心。

小陈懊悔地哀叹起来："你就等着我丢东西是不是？"

是的，最近三个月都别想涨工资了。

艾文爸爸说：狮子鱼事件的总结与反思

我在冲绳的竹富岛被狮子鱼刺伤了两根手指，江湖上对这件事褒贬不一。一部分人对我的勇猛无畏肃然起敬，典型代表是全职爸爸俱乐部的几个壮汉爸爸们；还有一部分人因为我的无知笑出了腹肌和苹果肌，以我夫人为典型代表。

经此事件之后，我的反思如下：

第一，我刷新了对疼痛感的认知。

以前人们常说男人无法理解女人生孩子的痛，后来就有人发明了生孩子疼痛体验机。其实也不用那么麻烦，这一年来我曾想过开一家类似的疼痛体验馆，用不了啥装备，就养一条石头鱼、一条狮子鱼，分级体验，保证真实。

第二，我的忧患意识大幅提高。

每一次外出休假都要准备得更加充分，最直接的做法就是添置装备。一家人出门旅行，无论去哪我都会带个大急救包，从不嫌麻烦。

因为这次是在海边栽的，所以以后去海岛休假的装备要特别充分。我会自带充气式救生衣、潜水手套、袜子……每人一套。

这些东西装一起，就占了一个行李箱。一些无知的人看到我带着这样的重装备出门，总要嘲笑一番："你只是去一趟三亚！又不是要去非洲！"

别猜了，这些嘲笑又是以夫人为典型代表的。

让她笑一笑又何妨？想到这次如此痛苦的经历，就是两百斤的装备我也要拖着去。万一下次是踩到石头鱼呢？

第三，对父子情有了深刻的了解。

我受伤的当下，立即就从水里跳出来了。看到我嗷嗷叫的惨状，别说是人，任何物种都能听出我有多痛苦。艾文看我惨叫不止，插不上话，转头对他妈说："我知道狮子鱼是不能摸的，爸爸就不知道，他去摸了。"

我们明明是一起发现、一起尾随狮子鱼好长一段路的。最后我决定去摸一摸，做足了准备动作，艾文在旁边有足够的时间对我喊停。

可他就是想验证一下狮子鱼是不能摸的。

以后遇到任何困难，我就想想狮子鱼带来的痛，那么大的苦难我都挺过来了，还有什么是我熬不过去的呢？

喂，你不会是想变成网红吧？
——全职爸爸第十周工作报告

提纲里总有几个问题，是针对别人怎么看待全职爸爸的：去家庭聚会亲戚会说闲话吗？周围亲戚朋友对你做全职爸爸有意见吗？每次看到这些问题，我都觉得非常奇怪，小陈怎么了，他是每天大大咧咧走进女厕所了吗？他在公众场合拉起衣服给小孩哺乳了吗？他从此就开始蹲着尿尿了吗？

小陈腼腆地跟我打了个招呼：“又有一家媒体想采访我。”

哎？

自从他三个月前辞职开始，这都已经是第四家媒体了，要说世界上有什么工作刚上岗就能让人兴趣大增，探脑袋查看个究竟，全职爸爸应该是其中一种吧。

我有一种奇怪的感觉，因为这份工作并非像环球旅行家、入殓师、驯兽师，多么新奇独特，说白了不就是夺走传统女性的工作嘛。小陈恭恭敬敬拿来采访提纲，问我要不要看看？

提纲里总有几个问题，是针对别人怎么看待全职爸爸的：去家庭聚会亲戚会说闲话吗？周围亲戚朋友对你做全职爸爸有意见吗？

每次看到这些问题，我都觉得非常奇怪，小陈怎么了，他是每天大大咧咧走进女厕所了吗？他在公众场合拉起衣服给小孩哺乳了吗？他从此就开始蹲着尿尿了吗？

带小孩，应该用成绩来说话才对。

现在的成绩是，小陈突飞猛进饱受关注，儿子，依然停留在，吃饭还不错的阶段。这让我有点不是滋味，整个感受有点像我一个朋友从地铁站接了流浪猫回家，喂上两个月猫粮，猫变得皮毛滑亮，敦敦实实。儿子也是这样，经过两个月定点喂养后，养成每餐一碗饭的习惯，日益茁壮，照此速度下去，大概他十岁时我就打不过他了。可怕。

可是进步仅限于此，要说什么语数外上的飞跃、情商上的进步，一点没看出来。儿子依然还是那个，问他三加四等于几，声如洪钟回答是六的小朋友。

而我老公原来只是个普普通通的上班族，辞职回家后，开始三大飞跃。

第一，他飞跃了阶层。经朋友介绍，加入全职爸爸俱乐部，这个俱乐部里有三个德国人、一个西班牙人，朋友听说后说："哟，小陈一脚跨进西方文明社会了嘛。"说得好像有点道理，很多上海女孩一辈子都想找个老外，谈恋爱练口语，不行找个英语老师也凑合。我没做到的事情，小陈做到了，现在有四个老外天天陪他练口语，而且他们每次聚会都在环球金融中心，这个车开进去还要过安检的地方。这些爸爸们在一起回忆往昔展望未来，谈的压根不是小孩和功课，而是过去自己去了哪里玩，将来准备要去哪里度假。

第二，他变成了社会瞩目的焦点，你看，富豪找明星做太太，要求她退出影视界回家带小孩，女明星卸下红装，一声不吭开始相夫教子。过几十年后出来，大家一阵喟叹，红颜易老，韶华易逝……

为啥呢，为啥我老公回家带小孩倒是他一生辉煌的起点？本人从事写作多年，兢兢业业勤勤恳恳，一直渴望着秒变网红的那一天，没想到最近接到的采访都是："请问能采访一下你丈夫吗？"

小陈趁势开了一个公众号，一开始我没放在眼里，因为他在我的公众号上发了两篇攻略，每篇都是当月阅读量新低。

"好了好了，你自己去开个号吧，别影响我文章阅读量啊。"

小陈写了一篇自己怎么半夜吃掉六个冰棍的文章，将近七千人阅读。又写了一篇"嗷嗷嗷"，怎么回事啊，"嗷嗷嗷"也有七千阅读量？有个朋友一直用专业水准做一个有机农业的号，致力于向大众推广可持续农业，背后有一个专家队伍，勤勤恳恳写了几十篇，阅读量也就两三千。我问她对小陈的公众号怎么看？

她答了四个字："世界要完。"

第三，小陈对做网红这件事越来越上心了。他刚开始辞职的时候，每天都在通宵达旦买东西，半夜两点不睡觉，我问他在干吗？他说："喏，我要给儿子买个捉虫的夹子，买个安在自行车上的喇叭，还有，家里的浴巾要换，小孩的室内鞋要换，书包也要换个大点的。"我把这些都理解为，给猫换毛的阶段。

我心想换完毛，哥们儿差不多就能进入正常生活了吧？没想到最近他经常半夜对着手机，认真地回复网友信息，这跟已婚男人出轨有着异曲同工之妙，同样耗费大量时间，同样对老婆再也不当回事了。不同点是，我在旁边看一眼他不会跳起来说"你干什么”。我眼睁睁看着他打上两百字给读者解答，如何买了五个安全座椅。感觉他就像那些女团里的小女孩，非常敬业又努力，要大家投他一票。

而且效果竟然还不错，评论纷纷说什么“我是毛利老师五年的粉丝，可是我现在更爱看你写的东西”“以前每天盼着毛利更新，现在更希望看到你更新”“每天都看看你更新了没，再看看毛利”。

诸位，小陈到底做了什么？

他刚刚开了一个月的公众号，期间搬家一次，好几次跟我抱怨，“你说这些人怎么这么不忠诚，我换一个公众号，竟然有两千人没跟过来。”

我感到瞠目结舌。

我被男人神奇的自信震惊了。

今天早上他帮我处理一些公务，我随口提了一句，“你要开公司吗？”

他毫不犹豫地点头，“应该要吧，我感觉我会做大。”

我思考了一会儿，“那么，苟富贵，莫相忘？”

“噢，对了，”小陈婉转地问我，“你对采访大纲有什么意见？比如这条，全职对于你和你的家人来说，是否有经济压力？”

“这个嘛，无所谓吧，当然你不要把我说得太有钱了比较好。”

“嗯，我是这么想的，全职对家人没什么经济压力，但是对我很有经济压力。”

“为什么？”

“这个月的工资你又没发。”

“哦哦哦，我马上发，这条就不要提了啊。”

我认为他可能会红，因为他这么快就知道使用舆论压力了。

艾文爸爸说：辞职后我最害怕的十件事

一嗷成名后，幸福来得太突然，但我的日常生活并没有太多变化，向大家汇报如下：

每天还是朴实地思考着艾文玩什么，几点回家吃饭，读哪本书，什么时候睡觉，我今天体重多少，这种食物热量多少。

每天等艾文睡着后再溜回我的工位打开小夜灯，琢磨选题，编辑视频，再配点文字。文字迟迟未配好但已困得不行，为了第二天早上满血对付艾文，只好放弃更新，带着对一万多名粉丝的愧疚入睡。

很多媒体问我当全职爸爸是否有压力，我仔细总结了一下，辞职后我最害怕的十件事如下：

1. 变懒，睡得太多，变成矮胖爸爸；

2. 轻松拿工资，失去进步的动力；

3. 我父母不理解，觉得男人没工作没收入太丢脸；

4. 岳父母认为全家只有艾文妈妈在为家里做贡献；

5. 我在朋友圈被特别看待；

6. 对艾文的陪伴方式不正确，让他对我由爱生恨；

7. 艾文长大后，我因为就业偏见或自己的技能过时，无法复出；

8. 艾文妈妈霸权；

9. 社交圈越来越小，朋友越来越少；

10. 工资不够花时，向老婆开口要钱，十分别扭。

备注：以上除了第 1、2、3 件事在辞职的时候有些顾虑，第 4、5、6、7、8、9 都是为了凑数的，实际并没有发生。但是第 10 点，为避免总是被夫人质疑钱都花哪去了，我现在花了三块钱买瓶可乐都要如实报账。

鸡血爸爸养成指南

——全职爸爸第十一周工作报告

鸡血是可以传染的，我之所以免疫了好几年，是因为以前工作太忙，跟妈妈们从来没聊过天，我不知道那些人到底在紧张什么，焦虑什么，还没有意识到，小孩的世界已经完全改变了。

上海滩盛产鸡血妈妈，几年前我年少无知，每次听到同学给小孩报五个班，朋友的小孩从小班开始学习小学大纲，心里都在想：神经病啊，要不要这么夸张？

两年后再回过头看从前的我，好一个实实在在的大傻帽……

小陈实现以上转变，只用了短短的两个月。

大部分男人会觉得育儿这个事很简单，在外面报培训班是浪费钱，过早开始学习语数外是拔苗助长，童年应该跟他们小时候一样，去村办幼儿园，还爱上不上，平时爬树偷鸟蛋，下河摸螺蛳，漫山遍野跑来跑去找酸枣吃杨梅，这才算是真正的童年。

小陈当年对我选双语幼儿园就颇有微词，“不是很有必要吧？”

今天的老父亲，已经实现了全面鸡血化。

很多人经常会问个超级白痴的问题，“小孩上幼儿园了，全职爸爸在家里干什么？躺沙发上玩游戏？坐着看一天电视？这样会不会跟不上社会？”

好幼稚，实际上小陈现在每天仰天长啸：“时间不够用怎么办？如果早一点醒悟就好了。”

鸡血是可以传染的，我之所以免疫了好几年，是因为以前工作太忙，跟妈妈们从来没聊过天，我不知道那些人到底在紧张什么，焦虑什么，还没有意识到，小孩的世界已经完全改变了。

我们那时候，要到十八岁高考，才算走到了人生的分水岭，未来的转折点，重要的里程碑。现在都变了，早在几年前，上海的民办小学，已经全面超越了公立小学，变成了所谓的鸡血小学，里面的小孩几乎什么都会，传说中幼升小面试题涉及二外，瞬间就把家里只会哭着要冰激凌吃的亲生小孩，对比得像个弱智。

当然这几年鸡血小学已经不那么流行了，光让小孩吃苦算什么？上海滩不会轻易饶过每一个人。

另外一些名校的名字开始传播于沪上，国际双语学校，其实我也没搞懂这些学校是干什么的，听大家聊天总结出来的就是，这种学校只要能送进去，就不用每天陪着写作业，但缺点是有点贵，贵到中产会有点犹豫，一套校服要四千呢，一次暑期活动大约两三万，去还是不去？

小陈总结了一下，如果小孩进去读，一年花销大概等于他的全年工资。

他兴致勃勃地去参观了两所学校，回来后心态瞬间不一样了，原来这种好学校是这样的，“你知道吗，一个班就二十五个人哦，插班是插不进去的，最多只能二十五个人；你知道吗，比较好的学校都是六到七个学生配一个老师这种配比；你知道吗，这种小学是中文英语五五分，到初中开始英文教学占比百分之七十，高中基本就跟美国差不多啦！”小陈埋头开始择校时，抛出来的每一个新的知识点，都刷新了我的世界观……

是的，这一代小孩人生的转折点，已经提前到五岁了！小孩最晚要在五岁前做出选择，上公立、民办，还是国际双语？上公立就要买房，上民办或国际双语要考试，而没买到房，还嘻嘻哈哈说童年开心最重要的家长朋友们，你们已经跟我一样，把小孩置于了一个最尴尬的境地：人人都有起跑线，就他没有……

小陈意识到这点后，立刻开始了力挽狂澜行动，一个鸡血父亲每天都在淘宝下单买各种幼升小面试题，我翻开其中一本，里面的一道题让人看了真想把出题人痛揍一顿。

清晨，司机叔叔开着 7 路无人售票车出发了，第一站上了 3 人，第二站上了 6 人，第三站上了 8 人，下了 9 人，现在公交车上一共多少人？

让小朋友加减一次就算了，居然要加减四回，残忍不残忍，凶恶不凶恶？

小陈很有信心，说只要给他足够的时间，比如说一年，他一定能把儿子培训成面试狂魔。现在的问题是，时间只剩下半年，很多小学从入学前一年的十二月，就会开始陆续面试。我偷偷打听了一下，如果目标是宋庆龄包玉刚这种学校，一般小孩三年前就开始准备了。

我为我儿子的超车计划感到担心。

这种半年超车的雄心，听起来总是感觉怪怪的。而且小陈的信心具体是从哪里滋长起来的？难道他看了《龙樱》？

但是一切都已经阻止不了小陈的鸡血了，打鸡血这个事情，其实只要认识一两个妈妈就行了，听听人家的全盘规划，瞬间就能了然于心。这是一种城市的生存技能，好比一个人刚从乡下来，看到城里人不种菜不养鸡，心想这群人好傻啊。总有一天你能修正自己的认知，噢，原来这事需要这么做。

小陈比我修正得更完美，我虽然已经意识到了，以前那样不行，但是我依然流着乡下人的纯血，不行就不行吧，能怎么办呢，我都已经尽力了。小陈不一样，很快就拿出了具体规划，包括小孩要上什么班，为什么要上这个班，他这一阶段的学习目的，下一阶段的学习准备。

好啦，其实这些对我来说都无所谓，我唯一看不惯的地方就是，为什么非要让小孩学高尔夫这种贵族运动？明明有很多更便宜的运动嘛。

他带着儿子去附近的高尔夫球场练习，很快加入了一个小班，差不多都是五岁的小朋友，我说："那你跟别的家长有聊天吗？"

小陈脸上带着一种委屈的笑容说："嗯，不过人家爱答不理的，我就没多聊，听那个教练说，人家家里是有私人练习场地的。"

啥？

我又一次想到了之前去开家长会，老师举着土豆说："家里有院子的小朋友，回去可以试试种一个噢。"

不过小陈比沪产鸡血妈妈还是好一点的，后者更喜欢鞭策老公赶紧发力，要么赚钱买院子要么托关系找路子进名校。

他只是默默发了一条朋友圈，让我一下就感慨万千，再不赚钱支持小孩的梦想，活着还有什么意思？

本来花两万块请老公辞职当全职爸爸，是想让小孩有更全面的陪伴，我让出母职，你来代替我，给小孩一个正常的童年。

没想到现在的母职 KPI（关键绩效指标），不管谁上，考核都是这么严谨。

我都不忍心问："要是超车不成功，你打算怎么办？"

艾文爸爸说：才五岁，你就跟我说幼升小择校已经晚啦？

前天我去参加了一间民办 N 校的开放日活动，为艾文即将面对的择校做一些准备工作。上个月我还参观了另一间民办 H 校。艾文即将完成中班学习，明年才升学，我为何近期就开始考察学校？

朋友交流时经常会问一句："艾文参加了哪些课外辅导班呢？"我说："没有啊，一个都没，这不每天过得挺充实的嘛。"

"哦，那他以后是准备去公立学校咯。"

"不是啊。"我那时虽未考虑那么远的事情，但有一点是确定的，我们家这旮旯对口的公立学校相当一般，可能无法帮助艾文顺利走上发射火箭或是昆虫科研之路，我隐约觉得是不是该让艾文选择去国外读大学的路线。

另外，听说好多公立学校把更多的作业交给家长来辅导。

朋友们听说艾文的目标不是公立学校但目前又毫无准备之后，

都会提示这么一句：那现在可能有点晚了啊！

什么？这就晚啦？分明还有一年多的时间嘛！

有朋友建议先多参加几个学校的开放日了解一番。好多学校都是提前半年就开始招生面试了，留给艾文的时间真的不多啦。我除了参观上述两个学校，还加了另外五六间学校的官微，随时关注开放日活动。

我和一位前辈朋友通了七十分钟电话，咨询择校经验，了解她选学校的注重点是什么，上海各名校践行的育才理念有何细微区别。综合评估之后她选了一所最符合条件的学校，并且一年过去了，她确信是选对了。

认识她之前艾文妈妈提起过，这位朋友为了小孩上学，举家从陆家嘴搬到了佘山。嗯，你该明白这个“选”字的分量。我当时就震惊了。她能这样任性地选校，你可能看到的是她的财务实力，聊过之后，我再次验证了一个事实，有钱人的家庭比你更努力更上心，全家老小都是。

从学校参观回来之后，我翻开了赠阅的上海择校指南，连夜研究起来。

其中一页的五十七所中小学里，有二十所国际学校只招外籍学生，无法就读，不用考虑。主要针对国内学生的有三十七所民办学校，再除去在周边城市的一批，和一批不设小学的，也就剩下二十来所。这二十来所学校大致分为三个档次：

一档：学费约 2~6 万 / 年

二档：学费约 8~12 万 / 年

三档：学费约 12~15 万 / 年，外加 3~5 万的校服费、校车费和餐费。

我参观的两所学校都属于第三档。看学校和看车的心理差不多，当你坐进了一辆好车（在可承受价格之内）之后，你就再也无法接受低一档次的车型了。不论是硬件、师资、课程设置、课外活动、校外实践、全球合作资源，没有哪一点是不吸引你的。

差一档次的学校，可能硬件上看不出明显区别，但在师生平均比例、中外教师比例、师资等方面，应该是有明显差别的。由于还未实地考察一、二档学校，所以这里不过多分析。

第三档学校都是实行中方 + 外方双班主任制的，整体中外老师比例也是 1 ：1，采用上海课程 + 国际精选课程的教学方法。从中学开始，每年学校都会提供国外的社会实践项目，以及为拔尖学生提供国际（名校、UN 等）交流机会。

第三档学校还在艺术及体育方面更加重视，均设有相当专业的课程。

至于这些学校的高中是 A-Level 课程[①]还是国际文凭 IB 课程[②]，哪种课程更优，我并没有深入研究。

粗略估算，第三档学校的学杂费 + 烧钱项目，每年花费得在 25 万左右（小学），相当于我一年的工资（加薪前）+ 年终奖（未知数），感觉可行。

于是我又重点在第三档学校中挑出备选，把地域因素考虑进

---

① 英国高中课程。A-Level 课程证书几乎被所有英语授课的大学作为招收新生的入学标准。

② IB 课程由国际文凭组织开发，为学生提供智力、情感、个人发展、社会技能等方面的教育。

去，筛选完交给艾文妈妈过目。她第一眼便在仅剩的五所学校中又删去了一所，说包玉刚不用考虑了。

包玉刚学校虽然名字土了点（不如逸夫、宋庆龄等校名来得优雅），但在这本指南上看它的简介，各方面还是不错的，学费在第三档学校中也不是最高的，还有松江校区也方便接送。在我的再三追问下，艾文妈妈斩钉截铁地说赞助费交不起，听说得有七位数，让我务必断了这个念想。

研究完学校，接下来我要稍微研究一下幼升小面试一千问，总结一点规律，有针对性地选几个兴趣班参加。目前英文、运动方面的课已经成功报上了，大概还需要艺术及数学类的，下学期要火力全开。

我终于过上了传统父亲的生活

——全职爸爸第十二周工作报告

中国父亲通常被解读成“令人失望的”“长期缺席的”，实际上小陈踏上全职爸爸之路后，我就扮演了这种传统角色。

我已经是一个传统的老父亲了，如果让我带一天小孩，我真的会崩溃。

小陈是球迷。

以前看他半夜不睡觉，问为什么，他的回答通常都是：“两点有场球赛。”

世界杯来袭，晚上我邀请他一起看球，这是一个联络夫妻感情的好机会，大家一起喝点啤酒，吃点鸭脖子、小龙虾，在欢呼和叹息声中拉近彼此的距离。

小陈是以儿子的作息表来回复我的：“阿根廷对冰岛这场，小孩还没睡，我怎么跟你看？德国这场可以，十一点，小孩肯定已经睡了。”

我，就像中国千千万万个老父亲一样，一个人坐在电视机前，喝着罐装啤酒，看着冰岛队好几个人追着矮小的梅西，我唏嘘，我叹气，我时不时就发出“啊呀！天呐”这种球迷的原始叫声。

等冰岛一比一踢平，小陈正好忙完手里所有的事，过来听我大发感慨，“其实吧，我不是很喜欢冰岛队这种严防死守的踢法，但是他们居然能把阿根廷踢平，你说阿根廷是不是业务能力不太行？”

小陈看着我慷慨激昂的陈词，嘴角爬上一丝冷笑，他大概在想，我为什么也能看懂足球。

开玩笑，看足球当然比带小孩容易多了，一边喝着啤酒一边拍大腿说“梅西你怎么回事”，这跟全职爸爸在楼上的生活比起来实在太幸福了。后者要先带着小孩刷牙洗澡，再不厌其烦辅导家庭作业，回答小孩的几百个问题，确定小孩已经睡着了，再赶紧爬起来过一点自己的私人生活。

我深感自己已经变成了一个传统意义上的父亲，特别是在过去一周，忙到顶点。周二有一场别人邀请的发布会，周三见了一个合作对象，周四去影视公司谈项目，周五和朋友在外面吃饭，每天晚上回家，小孩早就已经睡着，只能在黑暗中欣赏一下他的侧脸，内心顺理成章滋生出一些愧疚。

但是这种愧疚通常在小孩早上八点蹭过来时消失散尽，我可不想睡四五个小时就爬起来陪他玩，睡眼蒙眬中觉得在床上跳来跳去的小孩非常讨厌，一边大喊小陈的名字，一边希望小孩赶紧从眼前消失。至于他消失了去干吗，我不是不关心，是非常不关心。

就跟传统的爸爸一样，朱自清虽然写过《背影》，写过那个爬过月台买橘子的慈父，可是他自己当父亲的时候，通常更多的感觉是烦和累。朱自清有九个孩子，第一个孩子两岁半的时候，特别爱哭，特别怕生，朱自清有一次特地把妻子骗出门，关起门来狠狠揍了小孩一顿。

朱自清把自己比喻成一个“不成材的父亲”，我把这理解为人的耐心是有限的，当人不停地把耐心给了外面的世界，回家就难免有点暴躁。我从来没打过小孩，但有时小孩不听话的时候，会忍不住伸手推他一下，“你怎么回事啊你？”事后经常会惊讶于自己的残暴，有种本来已经训练好自己是文明人了，但一不留神生吞下一只小鸟的猝不及防。

我希望他像个成年人一样，能跟我理性对话，儿子现在也学会了这套，经常跟我义正词严地说：“你为什么要起这么晚？你知不知道你这样不对，应该跟我一样早睡早起。”

中国父亲通常被解读成“令人失望的”“长期缺席的”，实际上小陈踏上全职爸爸之路后，我就扮演了这种传统角色。我很忙，我工作量又加了一倍，不是因为付不起小陈两万块的月薪，而是有机会为什么不争取，能成功为什么不努力？

啊，我现在也是有商业计划的人。

小孩凑上来的时候，高兴时我会摆出慈母面孔，“妈妈很想陪你玩，但是妈妈真的很忙。”不高兴的时候会直接喊小陈：“你快点过来啊！”

当我的角色开始变成一个养家者时，不自觉地，我忽然觉得什么事情都比小孩重要。工作重要吗？重要，不赚钱怎么养家糊口？球赛重要吗？重要，做人不能太紧张，要懂得调剂自己，不然得了抑郁症或者躁郁症怎么办？和朋友吃饭重要吗？重要，不跟人交流怎么写得出入世的文章？

但是跟小孩出门散步五分钟，看他努力地用手电筒照着花坛里的蜗牛，不禁觉得这件事不值得耗费我的精力，忍不住催促他：“差不多就回去了吧。”

儿子一脸怨气：“就玩了这么一小会儿。”

可世界上到处都是只陪一小会儿的父亲，周末我带着电脑在咖啡馆办公，旁边一个男人开着电脑做 Excel 报表。过了没多久，来了另一个男人，抱着小孩，两人开始讨论起无休无止的报价，小孩不时挣脱出来，在座位附近走走，老父亲一边谈着价格，一边追踪着小孩的行动轨迹。

五分钟后，孩子妈妈来了，两人顺利移交带娃工作。

这位父亲在父亲节这天，抱了五分钟小孩，剩下三个小时一直在跟自己的员工开会。我在咖啡馆里写了两篇稿子，同时小陈正带着儿子，在商场五楼的游乐城大玩特玩。他给我发了几张小孩的照片，说小孩做了蛋糕，玩得很开心，根本不想出来。

我立刻放心了，因为离我完成所有工作还十分遥远。

我已经是一个传统的老父亲了，如果让我带一天小孩，我真的会崩溃。我也不知道小孩幼儿园又布置了什么作业，而且根本不知道他在哪里上兴趣班，下一个礼拜要出门四次，每天只能等小陈汇报，儿子今天又发生了什么事情。

在父亲节这天，小陈依然忙忙碌碌带着小孩，他还写了一篇文章，说自己找到了最开心的一份工作，他因为全职爸爸的身份还登上了一家重要媒体的封面。

我不禁觉得很宽慰，为了能让他快乐地带娃，就让我一直努力工作吧！

艾文爸爸说：父亲节，我连叫一份外卖的自由都没有

前天深夜，夫人拉着我散步。

这是每天的必修课。

白天各自忙，晚上儿子睡着之后，我们就在小区附近一路聊天聊地聊梦想，统一思想。

半小时之后就是父亲节。夫人让我提提节日的愿望。

上个月母亲节那天，我和儿子主动消失，给夫人一天的自由时间。参照这个标准，打个折，我就想要睡到自然醒。

我没提任何其他要求。这种题看似送福利，说不定有政治埋伏，还是谨慎点。兢兢业业一整年，夫人心中自有明镜，也许第二天有惊喜。

我其实是需要补充一两件装备来迎接暑假的。但夫人和儿子追求自由的精神感染了我，竟然让我放弃了物质追求，对自由动了心。

是的，艾文也渴望自由已久。他在六一那天第一次正式和我交涉自由问题：

“儿童节也不能让我自由玩吗？”

“你想太多了！”

说完之后我带上他去练习写字。

“为什么儿童节你不给他放假？”

夫人过来替儿子争取权利。他并不缺玩的时间，而且从六一开始有十天都不用去学校。这样的投诉当然不予受理。

第二次，他表现得委婉了一些。也就是前两天去丈母娘家接夫人回府那天，我带着艾文一块去的。路上他提了个要求：

“我也想要那样子的生活。”

“什么生活？”

“我也想去外婆家住几天，你再来接我回去这样的生活。”

这点小心思太明显了。每次去外婆家，他就毫不客气地坐上了铁王座。接回儿子的时候，夫人常常责问她妈：

“你为什么要答应他乱买东西呢？”

“他一定要，我有什么办法噶。”

前半句的搭配是多样化的，例如“他就要”“你儿子闹着要”“我拉他走都拉不动”等等，后半句是百搭不变的。

次次没办法。

丈母娘这样的没办法，艾文当然喜欢常去。

我当然没法答应儿子的要求。要自由先自律嘛，我坚持自己带孩子，搭上自己的自由，就是要帮助他尽早悟出这条真理。即使是父亲节，我也没想过要给自己放一整天的假。能睡到自然醒，也不错啦。

父亲节这天，儿子比平时上幼儿园早起了半小时。因为惦记着要组装一台模型发动机，这是前两天他收到的生日礼物。前一天晚上他睡觉前我和他约定：“起床后自己玩，先不要来找我，切记。”

他似乎从来都没认真记住我说的话。

7:45 艾文推（几乎是撞）门而入。我的躯体立即惊醒，条件反射一般起床伺候他洗漱。

8:00 艾文开工装发动机，我的大脑也清醒了，看看仍在酣睡的夫人，算了，也许她昨晚只是随便问问。我开始准备早餐。

8:00—9:00 除了早饭的二十分钟，每三十秒艾文向我求助一次：“下一步怎么办？”

这明明是父亲节，却过得像是儿童节。我必须要采取行动挽救自己的节日。

我和艾文约定：“接下来我只能帮你三次。等到真的很难的时候再找我求助。超过三次，这台发动机就属于我。”

效果很好。这下艾文不轻易喊我了，虽说有三次机会，但他一次也没舍得用。为自己争取到宝贵的半小时，完成洗漱、喝茶、刷新闻。

“你们俩是不是故意吵我的。”

九点多，夫人带着起床气走出卧室。

我琢磨着夫人今天应该没有安排特殊节目，于是给艾文排上周末版例行日程：

10:00 在线英语课 0.5 小时

16:30 练字 1.5 小时

19:00 在线英语课 0.5 小时

20:00 幼儿园开会（巧合）1.5 小时

空余的时间，够他装好一台发动机了。

这时候的朋友圈、公众号，全平台无处不提醒着我这是父亲节呀。有晒收礼物的、晒赞美的，但很少像我这样默默无闻做家务带孩子的。

夫人抱怨了几句之后，很快切换到工（勿）作（扰）模式了。我能理解，养家的人从不善于情感表达，都是赤裸裸地用物质表达。

那么今天我会收获什么呢？

怀着憧憬的心情，我打开文档，准备在父亲节写一篇赞美夫人的文章。这样的政治觉悟，一定能让我在这天脱颖而出。

临近中午，我准备给儿子叫一份炒饭外卖。夫人不乐意了：

“天天吃外卖不好……”（未完待续）

“你不是有时间吗，自己炒……”（待续）

“炒个饭不就几分钟的事吗……”（听不下去了）

概括成两个字就是：不行。

毫无准备的我开始洗米煮饭、买肉、切菜……一个半小时后才招呼儿子吃饭。

这天是父亲节啊，我连点个外卖的自由都没有。太委屈。

我和艾文边吃饭边刻意地聊着节日礼物。

“这个——”艾文用手指向一个海龟冰箱贴，“就送给你当父亲节礼物吧。”

“你不能随便拿出一个自己玩过的东西当作节日礼物送人，再说这冰箱贴送给我后还不是贴在这，有区别吗？”

吐槽儿子是次要的，重要的是说给夫人听，送我的大礼，是不是可以亮牌了呢？

那天下午的时间，到底还是朝着儿童节的模式发展了，我陪着儿子装了一下午的发动机。

16：00，我揣着拔凉的心带上儿子出门上课。

十点多，我们完成剩下的所有日程安排回到家里，依然啥惊喜都没有。

自己的节日自己过。我找出一盒冰冻小龙虾。

吃完坐回电脑面前，找出那一篇未开始的文档，我改了题目。

忽然陷入花钱的恶性循环之中
——全职爸爸第十三周工作报告

当代妇女要维持一个较好的精神面貌，活出一副自己想要的样子，靠的都是人民币的力量。

小时候看过一部电视剧，印象中是谢东演的，讲一对情侣开始同居后，男的想买个看足球的大彩电，女的想买个大冰箱，都没钱。有一天正逢两人吵架，一个摔门走了另一个不甘示弱出门，用一种破罐破摔的姿态，两人分别买回自己想要的家电，然后在家发愁，以后几个月的饭钱该怎么办？

当时看这部电视剧时，我有一种特别淋漓尽致的感受，钱，可不是应该花到一毛不剩吗？人年轻的时候，最瞧不上的就是花钱抠抠搜搜，说什么勤俭持家、细水长流。我妈很喜欢摆出一副语重心长的姿态，从小教育我："赚钱不容易，多么辛苦，我一天才多少工资，你今天就花了多少，这样下去怎么行？"

说教的中年妇女可能是这个世界上最无趣的物种。

但是当小陈告诉我，他花了四万块给小孩上补习班时，我呆坐椅中，过了五分钟，才目瞪口呆地说："你知不知道我赚钱不容易？”

我在脑海中拼命搜索自己如何赚钱不容易的画面，想要声情并茂说出来，后来发现是种徒劳。身为自由职业者，每天不过在家跷着腿抱着电脑敲敲打打，足不出户完成整个自给自足的过程。难怪很多人求问：到底该怎样开始这份职业？

这个月花得太多了。多到打开账单，涌现一种心绞痛的错觉，这样下去如何得了？

整个家庭财政正陷入一种岌岌可危的状态。

六月是一个活动的季节，总得出门见点人，朋友叮嘱过我：“你穿好点再出去。”于是有一天我琢磨似乎是该花点钱，背帆布袋出去，显得这个人非常好打发。

二话不说，去买了个包。包都买了，顺手配几件衣服。

回来后，小陈忽然蹿到一堆包装袋面前问：“这些你还要不要了？”

我一阵心虚说：“都扔了吧。”

他把袋子收拾好，说：“我留着吧，以后可以上闲鱼卖。”

又把发票整理好，看了一眼发票，又看了一眼我。

我尽量保持一个不卑不亢的态度，“那什么，奢侈品是种投资，背这个出门谈生意可以多加点钱。”

就在当晚，小陈通知我：“补习班已经报好了，四万块，你方便现在打我卡上吗？”

在当今中国，总的来说，花钱真的比赚钱容易多了。

小陈开始有意无意地打听我各种装备的价钱。

他帮我洗一件衬衫，问我：“贵吗？要手洗还是干洗？”

我说："贵啊，两千多呢，尽量送干洗吧。"

小陈埋头沉思片刻，得出结论："你一件衣服，等于艾文二十节课。"

我穿了一双高跟鞋，非常得意，问他："好看吗？"

他说："好看，是不是挺贵的？"

我又上当了，我说："当然了，一千多呢。"

小陈又开始报价了："你看这种鞋你有好多双，加起来够艾文上好几个月的课。"

忽然间一个母亲陷入了某种彷徨，他说得好像也有道理。当代妇女要维持一个较好的精神面貌，活出一副自己想要的样子，靠的都是人民币的力量。举个例子，今年三十三岁的我，感觉在身上花足十万块，就可以重回二十八岁。

做点医美，请个私教，哼，谁还不会爱自己似的。

小陈认为，这十万块更应该花在儿子身上。我发自内心觉得，花在我身上，好比赌注押在英国队，稳赢不赔；花在小孩身上，就像押在可怜的巴拿马队——好不容易进了世界杯，被踢了个一比六。

这是一个五岁的小孩，平时写"2"都是倒着写的，写"14"的时候先写"4"，再写"1"，他哪有什么投资价值？

问题是全世界都在说，教育是最值得投资的。

小陈报完培训班后，风尘仆仆回了趟老家办事。儿子又落到我手里，我当即决定给他放放羊，重回快乐教育。

第一天下大雨，开车回来的时候，小孩在风雨中坐着板凳撑雨伞喊口号："划龙舟，开始！一二，一二，一二……"

快乐教育就是不花钱的教育。雨小了点后，他不知道从哪找来两根木竿，开始更起劲地划龙舟，小孩真是太好玩了，看他在雨里畅快地玩，我情不自禁萌生一个想法，其实送他去划龙舟也不错呢。后来了解到划龙舟是项贵族运动，在广州需要五千万起的身家，好讨厌啊，一个龙舟凭什么要花这么多钱才能玩？

大部分养家的男人都觉得快乐教育不错，只要不花钱啥都好，埋头挣钱的人通常只顾当下，以后怎么着，谁知道呢？

第二天紧赶慢赶送他去上补习班，从牙科诊所出来，医生追着我感慨："这么早去接小孩放学，大人还怎么上班？"

可不，很多人为了接小孩放学两点下班。在补习班门口，照例听到富太太们聊天，聊夏天去伦敦坐商务舱还挺贵的，太太末了又叹息一句："我老公真的什么都不管。"

我在心中翻了一个大白眼，你知不知道我们负责养家的人有多辛苦？

小孩在培训班时，我分明感受到了一种宁静，一种火车在轨道上运行的秩序感。

直到下课，忽然间，他和我面面相觑，五秒后我追着他跑时，能明显感觉到，火车失去了控制，无法把控方向。

看到一个小孩没来由地跑来跑去，内心不自觉地陷入一种焦灼。

这天晚上儿子一个人玩到了十二点，他果然像只小猫一样，漫无目的地玩耍着，这里摸摸，那里蹭蹭，我开始怀念他每晚在外面训练自行车，回来读英文洗澡睡觉的场景了，起码看起来还挺有前途的。

小陈打电话来，问："为什么小孩还没睡？"

“可能是因为他今天的大脑皮层还没能活动开。”

我从未如此盼望过小陈的归来，快点把儿子扶上正轨吧，他需要开向一条康庄大道。

小陈回来接手后，一口气又给小孩报了几个活动。

我出门做签售卖新书，本来想着是否该买两件新衣服撑撑场面，鞋也该换换，现有的都是一年前买的旧款，女人想要维持体面，就要不停花钱。那一瞬间我想到了儿子的高尔夫球课，想到了他将来上民办小学的费用，我心中忽然升腾起了一种大爱，就这样吧，幸好从事写作这门职业，邋遢一点更显真义。

周六做完活动出来，看到小孩买了辆新的滑板车。

“多少钱啊？”

小陈骄傲地报价：“一千四。”

我再一次目瞪口呆，“为什么淘宝上一百块的平衡车不买，要买这么贵的？”

小陈撇撇嘴：“你不懂，好车才容易培养平衡感，幼儿园老师经常说他需要锻炼。”

后悔了，非常后悔，想马上开车去买一打崭新的真丝衬衫。

那个电视剧后来到底怎么样了呢？

完全忘记了，只记得两人对着吃泡面的情形。

曾经我也是个有梦想的人，我梦想过保时捷跑车，梦想过独栋别墅，梦想过奢侈度假游……

现在我的梦想很简单，我梦想一个像大部分全职妈妈那样精打细算的丈夫。

小陈发表了最新宣言：“我们非搬出去不可。”

艾文爸爸说：为什么一定要从丈母娘家搬出来？

在岳父母家，艾文鲜有机会自己穿衣穿鞋，老丈人平时话不多，就俩字："我来。"丈母娘则每天过于关注艾文的饮食，每餐必有几道菜是专门为艾文准备的。倒不是说不可以，但每次她都在艾文面前突出强调"我知道你喜欢吃 ××，所以就……"久而久之，艾文便自动开启了人人为我的模式。

眼见着艾文小王储的地位日渐巩固，我从夫人身上仿佛看到了艾文未来的样子。但一屋不容二王，夫人有我罩着，艾文要是啥都不会，长大了怎么去罩别人。必须立即行动，搬家，废黜小王储。

越早让艾文独立，脱离被娇惯的环境，越有利于新规矩的养成。

从虎爸到猫爸的蜕变

——全职爸爸第十四周工作报告

听说猫就喜欢黏着不喜欢猫的人呢。

其实小孩也是，传统家庭里，小孩对整天陪着的亲妈没多大感觉，爸爸下班回来就高兴得情难自禁。难得出现的人物反而更有魅力。

小猫是上周一接回家的。

一只一个月大的黑白花色小奶猫，本来还想缓缓，过两周等它彻底断奶再接，有天晚上看到小陈又把小孩骂哭，深感一分钟都等不了了。

我们需要一只小猫来缓解一下家里紧张的教育气氛。

小猫的主人桃子对我们一家明显感到不放心，儿子在她家待了一小时，把她这些年收集的贝壳通通翻了一遍，小陈在她家就跟乡下人去城里走亲戚一样，不停地问："这个是什么？那个是什么？"

桃子一阵忐忑，然而命运的齿轮就是这样无情，小猫终究还是跟着我们回家了。

儿子坐在车上，拿着装猫的纸箱，像魔鬼封印一般大笑："我把它按在里面了。”

随后迎来我个人家庭地位的急剧下滑，小猫来的第一天，儿子在车上说：“妈妈你把音乐关了，会吓到小猫。你开慢点行不行，太抖了小猫会害怕。”

小猫来的第二天，我跟小陈一起蹲着观赏它，不自觉吸了下鼻涕，小猫抖了一下，小陈说：“看到没有，你吓到它了。”

小猫来的第三天，我琢磨是不是该给小猫吃点软乎乎的东西，我妈一阵大笑：“傻瓜，猫就爱吃干的。”

说实话我对猫这种生物谈不上什么感情，因为鼻子不太好，有过敏性鼻炎，凑太近会乱打喷嚏，我对猫总是保持着一米的距离。要说为什么养小猫，反正小孩都养了，再养只小猫也不赖吧，增加一下家庭成员的多样性。小陈不一样，据他说，他从小就搂着小猫睡觉，有丰富的饲养经验。

每天晚上十点，从全职爸爸的职位下班后，小陈又全情投入了第二职业——养猫。

看得出来，他非常喜欢猫，经常半夜一点坐在沙发上，拿着逗猫棒兴致勃勃玩上一小时，喜欢跟小猫玩游戏，反复朝小猫扔球。有一天我还看到仅穿着内裤的小陈，坐在书房沙发靠背上，像驯兽师一样，拿着一个长条宣传单晃来晃去，试图诱惑小猫跳上来。

家里客厅在儿子五岁生日前，换掉了所有婴幼儿软垫，玩具也全部被收拾干净，小孩宣布自己长大了。没想到才一周时间，客厅已经是猫咪乐园。

猫窝、猫抓板、猫爬架、猫砂盆、猫玩具，一应俱全。小猫被儿子命名为贝壳，贝壳对所有玩具不屑一顾，每天最喜欢玩的是抓窗帘。小陈的判断是，“我一定能买到适合它的玩具。”

“那能先把它不喜欢的退了吗？”

他又改口了，“慢慢地它就喜欢了，你这个人怎么这么没耐心？”

小陈对小猫的教育理念，和对小孩几乎一模一样，他喜欢拎着贝壳，让它吃猫粮；喜欢按着贝壳，让它多喝点水，吃好猫粮怎么能不喝水？还喜欢抓着贝壳，把它按到新玩具上，轻柔地诱导：“快点玩呀，这是你的玩具。”

完完全全，就是他按着小孩念书的样子。

不同的是，儿子已经差不多被驯服了，小猫对此感到愤怒，放着两个猫窝不用，成天缩在沙发最里侧，只有我下来的时候，贝壳从缝隙中现身，朝我走过来，伸出爪子想跟我玩一会儿。

听说猫就喜欢黏着不喜欢猫的人呢。

其实小孩也是，传统家庭里，小孩对整天陪着的亲妈没多大感觉，爸爸下班回来就高兴得情难自禁。难得出现的人物反而更有魅力。我不禁苦口婆心地劝小陈：“朋友说小猫的生存能力很强，不用按着它吃饭喝水，它饿了自然会去吃，它用猫砂不也没人教吗？”

他不同意，这么小的猫，当然要好好教育才行。

贝壳和他的距离越来越远，已经到了一见小陈就慌不择路逃到沙发底下的地步，小陈思考了一下说：“好吧，我也不强迫它了，我就让它爱干吗干吗。”

他把逗猫说成：修复和小猫之间的感情。

但时不时会跟我说一句：“小猫什么也没吃，你看它瘦不瘦？今天只喝了一点水。我跟你讲，小猫什么都不懂，你要把吃的推到它前面，它才会知道，哦，原来这里有吃的。一只小猫一天要吃三十七克猫粮，你看它什么时候吃完过？”

这番话反复在我耳边翻来覆去，搞得我也忐忑起来：“要不你再喂喂它？”

小陈断然拒绝，摆出一副“是你说的要快乐育猫，我可不想做恶人”的姿态。

也罢，信猫一回。

养小孩和养猫到底不一样，在小孩身上，大人总是忍不住寄托点什么，比如希望他好好做人，勤奋努力，最好还能展露一点天赋。养猫就纯粹很多，大人每天只需要闲庭信步，无聊的时候玩玩即可。

小孩快乐地当起了铲屎官，不得不说，给猫铲屎，还挺方便的，有专门的猫砂铲子，扔到马桶里一冲即走。小孩有一天大便完，在我给擦屁股的时候说：“妈妈你不要再生小孩了好不好？”

“为啥？”

“那样我不是也要给他擦屁股吗？”

也对，铲猫屎和给人类擦屁股，这两个难易程度区别甚大。

把小猫当成二胎的话，主人的负担就像它的分量一样轻，六百八十克。

只有它哥实在爱它爱得太厚重，每天放学回来第一件事，趴在沙发角，使劲把小猫提上来，然后把他认为贝壳喜欢的东西，通通放在猫面前，强制它欣赏、玩耍。

男人怎么回事？为什么一爱上就这么狂热？

作为这个家十分云淡风轻的一份子，我依然没怎么摸过猫，仅限于有人来的时候，使劲炫耀一下：“你看我们家的猫，可爱吗？”

其实我私底下很担心，对原主人桃子相当过意不去，小孩不懂得控制自己的爱，有时候家里会来三个邻居小孩，对小猫一通围追堵截。

周末早上，贝壳把儿子挠了两道，一道深一道浅，小孩听闻要去打针，哭得死去活来。一边洗伤口一边号叫：“呜呜呜，我不要去打针，呜呜呜，不要去打针好不好？”

我觉得打针这主意不错，一方面安心不少，另一方面完全震慑住了小孩。

打针回来后，我问他：“以后还敢捉小猫吗？”

儿子认认真真地说：“不敢了，要打狂犬病疫苗。”

唯独小陈，依然会把猫轻轻捉在怀里，温柔地玩一会儿，我看着他的身影，心想他真是个好爸爸，喜欢小孩小动物。

五秒钟后，小陈又把猫头按到了猫碗里。

喂，不是说好不强迫小猫吗？

贝壳抓了个空档，再次飞速跑回墙角，小陈叉着腰说：“我不能强迫我儿子吃饭，还不能强迫小猫吃饭吗？”

一旁小孩的一碗饭，已经从七点吃到八点。

老父亲走上前，顿时龙颜大怒：“艾文我告诉你，你今天吃饭这么不认真，你只有两个选择：一，认真点；二，重新回去读中班。”

小孩已经习惯了，无精打采地说了句：“要认真。”

半小时后他有一节英语课，他还要拍五百下皮球，睡觉前需要认五个字……如果贝壳知道人类的小孩过着什么样的生活，一定很庆幸自己的猫生吧。

艾文爸爸说：

明天我要戒猫。

幼猫实在倔强，伺候它吃什么都不搭理。之前看见一朋友用注射器一管管地推送猫罐头到小猫嘴里，印象十分深刻，我以为小猫就是对新食物不敏感，需要帮它一把。我可是买了十三斤猫粮、一斤风干羊肉。

后来发现小猫吃饭和小孩吃饭不一样。小猫只要你不注意它的时候，它自己就会去吃的。小孩呢，只要你不注意他，他一定不会好好吃饭。

反正，明天我要戒猫，就这样。

育儿 KPI 制度的首次引入

——全职爸爸第十五周工作报告

经过三个多月的全职爸爸生活后，我发现引入这个机制，无非是让现有阶段过得更愉快，让全家进入一种更有序的生活。小陈于两周前，忽然找到了一种更高效的工作办法——盖章制。

小陈说想离婚，是在周四晚上。

那天注定是要出一点事，因为雨一直下得和电视剧里的暴雨一样大。

下暴雨的中午，我跟小陈坐在车上，雨刮调到最大，当时我们刚从安福路开出来，忽然他大叫一声：“外卖忘记拿了。”

放五年前我们会为这样的事情吵架，主要是不能容忍对方竟然如此愚蠢。现在好多了，愚蠢总是难免的，要是都聪明的话，也不会结婚吧？

傍晚时小陈说很想吃杨梅，他表现出一种恹恹不振的气质，可能还说了自己生病什么的，我没听清，我正趴在沙发上起劲地看着一本小说，梅雨季节最适合读爱情小说了，依稀记得他要我帮忙带一下小孩。

好吧，也是时候联络一下母子感情了。小孩正在楼下疯跑，天空下着细雨，他朝我大喊：“再给我拿一把钳子！”

全小区的蜗牛都在外面散步，小孩忙得一塌糊涂，我妈也从家里出来，一边跟邻居聊天，一边盯着他。既然如此，我很潇洒地回来了，重新趴在沙发上看小说，在女主角正质疑这不是她想要的生活，鲁莽地离家出走，又悲伤地一个人漫步在海滩上时，我大概能感觉到，这期间小孩在满是积水的路上摔了一跤。他回来后脱了衣服裤子，然后只穿一条短裤不停地跑来跑去。可是小说太好看了，偶尔能有这样的消遣，我根本不想站起来，重新进入现实世界。

儿子跳着跳着又到楼上去了，晚上九点钟左右，小陈一副勃然大怒但是又不太好发作的样子，朝我厉声说道：“你刚才在干吗？叫你带小孩，你不管吗？我告诉你我现在非常生气。”

这时候我立刻想到了很多女人的抱怨，疲惫至极躺在床上，旁边是一个脏兮兮缠着自己的小孩，老公居然躺在沙发上打游戏，任由小孩大闹天宫，啥也不管。话说回来，几年前我曾经因为相同的事情跟小陈发过火，“离婚，非离不可，要你有什么用？”

没想到这么快，我就变成了那个无恶不作、千刀万剐的大丈夫……而且小陈发火的时候，我跟大多数男人一样，深感莫名其妙、一头雾水，我做错了什么，不就是趴在沙发上看了一会儿书吗？

小陈忽然哀怨起来：“我听你没声音，以为你出去给我买杨梅了，结果呢，你知道我看见艾文衣服都没穿也没洗澡，还在我身上踩来踩去，我是什么心情吗？”

“你想离婚？”

“你不要以为我没这么想过！”

啊。

这标志着小陈现在是个正式员工了，只有真正付出过努力劳动的人，才会因为被轻视而愤怒，我很欣慰。关于全职爸妈这个职业，经常有人认为这是一种吃饱了撑的去干的闲差，小孩无论如何都会长大。所有人都会举例，小孩聪明上进跟爸妈有没有陪伴没什么联系，聪明的基因无论如何都掩埋不了，反之烂泥绝对扶不上墙。很多人专心伺候花花草草，经常无一存活，反倒是扔阳台上经历风雨后，一片形势大好。

经过三个多月的全职爸爸生活后，我发现引入这个机制，无非是让现有阶段过得更愉快，让全家进入一种更有序的生活。小陈于两周前，忽然找到了一种更高效的工作办法——盖章制。把小孩所有行为都具体量化为章，吃饭吃得快、认真，十个章；认一个字，一个章；憋气练习，五次五个章……相应地，不听话、做了坏事、吃饭太慢、大哭大闹，都要扣章。

小陈真是我家的行为主义大师，无师自通就习得了这种奖惩制度，当年美国行为主义大师约翰·华生曾经叫嚣说，给我一打健康的婴儿，让我在特定的世界中将他们养大成人，我向你担保，随机选一个出来，我可以训练他让他变成任何我想要他变成的专家、医生、律师、总裁……

行为主义认为只要努力就能有反馈，结果早就被人们证明了不行。有个实验是给画画的小孩送糖果，后来这些小孩只要没收到糖果，就坚决不画画。我忧心忡忡地跟小陈说了这件事，行为主义好像已经被证明不靠谱了，盖章这个事情，你看还有必要继续吗？

小陈断然回绝，说引入盖章制后小孩的积极性明显提高了。

根据集满一百个章可以换一样奖品的规则，儿子换的第一个礼物是一架绿色模型飞机，淘宝上买的，二十块。为了这二十块的礼物，他看起来就像真正的社会主义接班人一样，朝气蓬勃，每天闲着没事，就冲到书房来问我：“妈妈，要我帮你打扫一下房间吗？”

上当两次后我再也不上当了，所谓的整理就是他拿几张纸塞到垃圾桶里，一脸求表扬的神情，问我：“干净了吗？干净了吗？”

如果我说没有，他会尝试一下，拿起一本书放在架子上，“那这样可以了吗？”他从来不触摸书房的核心问题，就像一只海鸥在乱七八糟的海滩上衔走了一根树枝，太偷懒耍滑了。

盖章制让我儿子正式成为了小陈的奴仆。

每天晚上，我都能听到儿子房间传来他的哭声：“求求你了，不要扣我的章。”

这事如果管用，当然我也就不理了，但我明显感觉到，我说的话已经没有任何效果了，因为我手里没有章。比如凑到小孩跟前，说：“要不要一起看本书？”儿子头都不回，直接蹿到小陈跟前：“爸爸，我已经把这本书看完了，可以给我一个章吗？”

有一次我帮小孩弄了下他半天套不进去的 T 恤，当儿子伸出头看到他爸在旁边，立刻朝我大喊：“你干吗要帮我弄?!”随后他大哭大叫要求重新再穿一遍。

不独立穿衣吃饭洗澡，都是要扣章的。喂，这也太伤害母子感情了吧。

唯独小陈不在的时候，我儿如野马脱缰，一下就从社会主义接班人变成街头小霸王。

在楼下玩，我看到他抢了小半岁的都都的滑板车，我儿子老奸巨猾，先问了一句：“给我玩一下好吗？”都都不吭声表示不愿意，儿子默认他没说不行就是行，强行上手，欢快地滑行起来。都都被抢后懵了一会儿，才开始哇哇大哭。

儿子证据充分："我说要跟他换着骑嘛，他又没说不愿意。"

怎么说呢，这半年他的变化的确很明显，他已经完全知道了大人喜欢小朋友怎么做，比如他不喜欢一个叫天天的小朋友来家里玩，怕弄坏他的玩具，不会直接说："你快点回家吧。"因为知道大人不喜欢他这么说，他会说："你奶奶在外面叫你，真的，她叫你回家。"

我不喜欢行为主义这套奖惩制度。

但是小陈特别喜欢，这天到了睡觉时间，父子俩讨论了一天的表现，啪啪盖下二十个章，我提议说，"他今天欺负都都，扣他五个章吧。"

儿子崩溃了，哇哇大哭起来，因为他已经再次集满一百个章，可以兑换奖品。哭完发现章还是要扣，晚上十点了还穿着睡衣的儿子，急吼吼地问："爸爸，我可以现在收拾一下房间吗？爸爸，我可以帮妈妈扔垃圾吗？爸爸，我再做一张数学试卷好吗？"

这还是人类的孩子吗？

终于集满一百个章的时候，我问儿子："你想换什么奖品？"

他腼腆地笑了："我想要一只活的蜥蜴。"

"不行，家里绝对不能养蜥蜴！"

话分两头，既然小孩可以考核，是不是也该给小陈弄一本盖章本？

小孩不听话，扣十个章；错过家长会，扣五十个章；动不动跟老板提离婚，扣一百个章……

扣满五百个章，本月工资自动取消。

哎呀，我怎么早没想到这件事？

艾文爸爸说：盖章制的弊端

一次外出骑车，艾文摔在路边，“扣三个章。”我脱口而出。

艾文秒变哭脸，哀求了我一公里路不要扣章。

因为事关安全，这事我很坚决，没得谈。

“那我回家跳绳能把章补回来吗？”

见我不为所动，他又寻思着如何弥补。

这是两码事，我不断跟他解释安全很重要，错了可无法弥补。

然而他似乎已经听不进去了，满脑子想着如何补回扣掉的章。

夫人提醒我艾文最近的变化，但凡做错什么事情，他第一句先问：“要扣章吗？”

夫人善于整理归纳问题：“你看你那几个破章，他现在根本不会去分析事情本身，哪里错了、为什么会错、下次要怎么做，这些才是重要的吧。”

我倒确实还没有留意到细微变化产生了严重后果。

之前已有很多人留言控诉此盖章机制的弊端。

我的原则是，当这个机制仍然发挥着明显作用的时候，我就继续。

没想到，问题先出在了扣章上。必须要及时调整。

思索了一夜，我决定取消一切扣章。以后做错任何事情，就直面这个错误，不附带别的条件了，让盖章保留它原本的鼓励作用。

正常的一家三口都是怎么生活的？
——全职爸爸第十六周工作报告

孩子比黄金还珍贵，所谓一家三口的生活，就是以小孩为圆心的生活。

“你说，什么样的人会住在这种地方？”小陈指着海边不远处的一个假日酒店。

“不知道啊。”我顺着他手指的方向看过去，海边的浪潮一阵比一阵凶猛，土黄色的海浪不停翻涌过来，岸上只有一栋孤零零的酒店，除此之外，空无一物。

大概是给偷情的人住吧，普通人谁会来这里住？不过，我转头看了一眼小陈，对他说：“太远了，你就算在这里偷情，我也不会从松江开车追过来。”

小陈脸上浮现出一种单纯的快乐，嘿嘿一笑，好像找到了人生的避难所一样。他开始招呼在堤坝上玩的儿子：“快点，台风要来了，我们走吧。”

小孩磨磨蹭蹭地，正在海边寻找海螺，裤子全湿了，非常不甘心地拒绝我们：“不要，我还没抓到海螺。”

上海真是一个奇怪的城市，看似人迹罕至的地方，车一停下来，连卖臭豆腐的摊都有两个。台风来的这天傍晚，我们一家三口，正在这个城市最东边的海滩闲逛。这里名叫观海公园，其实只有一片黄澄澄的海，叫人看了很灰心，这个地方，真的很适合偷情啊。

小陈开始跟儿子商量："下次我们来这里住一晚好吗？现在天太晚了，要回家咯。"

儿子不乐意，海边忽然冒出了很多小孩提着水桶抓螃蟹，他们走到岸边茂盛的草里，不时欢呼一阵："捉到啦！"

孩子比黄金还珍贵，所谓一家三口的生活，就是以小孩为圆心的生活。这周终于让小陈实现了心中的梦想，我爸妈出门旅行了，两个平常老想为我儿子做牛做马的长辈，终于顺利出行。我特别期待，小陈给家庭生活带来一种全新的风貌，让我能迅速做出搬出去住的决定。

理想中的家庭生活，最起码的一点，是摆脱了松江特色菜系。实不相瞒，我已经吃了半个月的炒豇豆，这道菜就像我爸妈心目中的定海神针，每天非来上一盘不可。本人好歹也是一个月入颇丰的自媒体撰稿人啊！我对我妈提出意见后，她那套乡下人的理论又来了："那还能吃什么？这个季节的小白菜都是打过药水的，只有豇豆空心菜不长虫。"

小陈不炒豇豆，但他好像也没有做饭的意思。我只能对他讲大白话："我不吃饭可以，叫外卖也可以，但我儿子，绝不能吃外卖长大。"

他点点头，下单买好一个礼拜的菜，然后每天都骗我出去吃饭。

这个礼拜我终于明白了，什么叫男人的求生欲。

小陈已经很少跟我当面起冲突，我们很久不吵架了，每次我说什么，他总是点头说，好啊，嗯，对的……答案以肯定、正面、积极、向上为主。比如出门上车的时候，我问他："你把房间门关好了吗？我不希望小猫到我床上去。"他很肯定地点点头，说："关了。"回来看到猫躺在床上，睡得四仰八叉，我再问小陈："你不是说关好门了吗？猫怎么进来的？"

他回答："其实我不记得有没有关，我只是选了个对我比较有利的答案。"

"嗯？"

"我要说没关，你肯定一路都很担心对不对？我说关了，你只要回来的时候震惊一下就好了。"

"你现在马上用吸尘器把床统统吸一遍！"

"好。"

事后问小陈："吸干净了吗？"他点头。

我有点不信："真的吗？"

他才说："噢，没电了，只吸了一半，你睡干净的这一半吧。"

我有点不太相信，但肉眼也分不出来到底哪一半是吸过的。这好像并不是什么理想的家庭生活，总感觉有点得过且过的意味，我妈在家的时候，不要说吸地板，连天花板都不会放过。

小陈的脑神经，怎么说呢，感觉永远只有前半截。

就说台风天这天，一家三口兴致勃勃地出发去南汇的航海博物馆，大雨中开了一个多小时车，离目的地还有十分钟时，我问小陈："不知道那里几点关门，你查一下吧。"

他查了以后以一种难以置信的眼神跟我说："还有二十分钟就

关门了，你能开快点吗？”

这种事情偶尔发生一两次还行，谁还没个脑袋掉链条的时候。从南汇回来后，小陈又提议：“我们周末去一次崇明好吗？我还没去过。”

我内心万分不想去，但秉持着家庭内部团结一致的信念，还是开三小时车到了西滩湿地公园，这回小陈刚下车就叫道：“你看啊，门口说今日关园。”

嗯？？？

他下去问了一圈保安，说：“这里初一初二初三，因为涨潮不开门。”

这种时候我通常都会想象，如果小陈的老婆不是我，而是另一个正常女人，会怎么样？他能活到现在吗？

如果B型血的他，当初是跟那种刻板守时的A型血结婚，妻子一定气炸了吧？

我不会，我是O型血，天生不记仇，而且出于小说家的天性，还挺喜欢这种出乎意料的结局。我已经在脑海里构思好了，南汇的台风天那个开头，非常适合一对谈了七八年恋爱犹豫要不要分手的情侣。崇明岛适合一个单身女性，来岛上寻找一个隐居的小说家。两篇小说中的女性角色，都将是暴躁、简单、大发脾气的角色，就跟夏天的天气一样，台风或者酷暑，全都不可忍受。

现实中我是个笑眯眯的好人，在这一周里，做了一年的家务。爸妈不在，我猛然发现，家务活真的是工作量巨大的体力活。小陈和儿子吃完西瓜后呼啸而去，看着汁水淋漓的桌面，我竟然百爪挠心，非擦不可。然后又叮嘱他们一定要拉上楼下的拉门，不然小猫会溜出去，当然他们没有一次记得。我不禁陷入一种思考：是不是男人都没有后脑勺呢？

当然小陈的工作量比起一般男性还是大多了，他带小孩，做家务，一周里做了一次饭，内容是两盘炒青菜和一锅福建人最爱喝的炖汤。小陈说："你知道吗？福建人一般都不爱出门，出差连口汤都没得喝，实在太辛苦了。"他大概是想让我知道，他的生活状况到底有多艰难。

周末晚上，我特地放小陈一晚的假，让他跟从福建来上海出差的朋友去看球，我留在家里带小孩。

儿子最近很喜欢快递纸箱，他把自己放在纸箱里，客厅地面就是大海，他坐在想象中的军舰中，向想象中的怪物发射火箭。我躺在沙发上，一直期待着小孩会像电视里的小男孩一样，一转身已经趴着睡着了。

然而并没有，他一直玩到晚上十二点，直到我把他摁在床上睡着。

十二点半，小陈笑嘻嘻地从外面回来，红光满面，看起来喝了不下两瓶啤酒。

"开心吗？"

他嗯了一声。

"很开心吗？"

他回头看了看我，忽然很认真地说："没有，我跟你在一起看球比较开心。"

看得出来，他求生欲望真的很强。

星期天早上起床，我发现一切又回归正常，小陈带儿子去了补习班，桌上再次出现一盘长豇豆，我爸妈回来了，并且一回家就烧出夏日经典特色菜。

生活再次进入正轨。

短时间内，不用再去品尝南汇和崇明的农家乐了。

我这个松江人，不禁轻轻松了一口气。

艾文爸爸说：为什么我总想去远方遛娃？

周末带艾文去游泳馆。以前每天洗澡前他都要练闭气，那天在游泳馆里实践成功，他很开心。

但是，乐极生悲，上周一放学后艾文便出现结膜炎症状，俗称红眼病。周二去就诊，医生说需要休息三到五天。

被动式休假，啥准备也没有，那就来一场说走就走的旅行吧。大多数国家，需要办签证；去日本，机票贵；去东南亚，暴晒不适合。那就只剩下回福建老家这个最合理的选择了。

“不！我这周的活还挺多的。”夫人平淡且干脆地毙掉我的最合理选项。

反正去福建的提议，大概一年只会被批准一次吧。也是意料之中。

所以，最终我们一天去了八十公里远的航海博物馆及滴水湖周边（有别于普通周末，我就想走得远一点），又一天去了一百五十公里远的崇明岛（居然是中国第三大岛，我想去好几年了）。因为没提前做功课，难免有些疏漏，夫人可抓住机会好好吐槽了一番。

“带着孩子，为什么非得折腾去那么远呢？”大概十五公里远的佘山是夫人的极限。

其实还有夫人没来得及吐槽的，前天晚上的世界杯决赛，我们都是坐在马桶上看完的。那天在崇明岛我选的可是大众点评排名第一的农家乐，居然吃成了食物中毒。

总之，带上夫人，不要轻易来一场说走就走的旅行。忠告各位男同胞，出门无论远近，都要妥妥地做好功课。

幸运的是，不论去哪，艾文都能得到极大的满足。

台风天赶去滴水湖，追到了彩虹，艾文主动要求拍照留念。

崇明岛来回三百公里的车也没白开。虽然去湿地公园吃了闭门羹，但艾文最初的目的只是想抓蝉，而且收获颇丰。

唉，假如没有幼升小考试，这个夏天该有多精彩。

每个男人都是育儿奇才
——全职爸爸第十七周工作报告

爸爸都能变成育儿奇才，因为只有爸爸拥有女人没有的定力，我管别人说什么呢，我就用这套办法。

中世纪欧洲，当时的人认为“早上突然把孩子摇醒会伤害孩子柔软的脑袋”，哲学家蒙田的父亲是这么做的，他就像引蛇出洞的吹笛人一样，每天一大早在蒙田床边弹奏鲁特琴或其他乐器，利用哀伤的曲调吸引蒙田下床。

小陈使用的是另一种策略，敲山震虎。早上七点四十五分第一次闹钟响时，他会从床上爬起来，直接跟儿子挤在儿童床上，再一起甜蜜地睡上三十分钟，他把这个阶段称之为照会，要用身体告诉儿子，离起床已经不远了。第二次闹钟响起，这时候我通常也会醒，因为周围是跟厨房跑进一头牛，打翻所有锅碗瓢盆差不多的情形。

小陈叫着：“快点起来啦，你马上要迟到了。”儿子哭起来：“呜呜，迟到怎么办？我不想迟到啊呜呜——”

接着就是小陈不停喊着：“快点快点。”小孩如同梦游，间或清醒哭上一阵，中间还有吃早饭这种伤害家庭内部安定团结的事，等到两人终于出门开车去幼儿园，世界才重新回到宁静与和平之中。

我一直在琢磨，为什么就不能每天早上跟歌里唱的一样，“小鸟说，早早早”，精神抖擞开开心心去上学？小陈说：“要么你来。”

那就算了，接送小朋友上下学，对女性来说太不友好了。蓬头垢面去，怕碰到同学家长不好意思，精心打扮去，就那么五分钟，回家还要犹豫卸不卸妆，虚荣心似乎还没强盛到这个地步。男人就不怕了，毕竟我国已婚男人还没到上粉底这种地步。

但连续接送小孩几周后，小陈也紧张起来。有一天忽然跟我说：“你知道吗，文文爸爸瘦了，以前看着四五十，现在看着二三十，我问他怎么瘦的，他还不肯说。”

又有一天在路上散着步，小陈忽然说：“文文爸爸很瘦，菡菡爸爸也很瘦，你说怎么办呢？”

人果然都是有攀比意识的。我安慰他，没事的，不过又幽幽想起，他辞职后上任全职爸爸，第一个目标是减肥。十七周过去了，减肥的心愿大概已经扔到马里亚纳海沟去了。

我能理解，一个爸爸，白天辛辛苦苦围着小孩转一天，到晚上好不容易等儿子睡了，恨不得开个派对放松一下。小陈放松的方式是吃鸭脖、西瓜，就跟当年我大吃特吃巧克力一样。家里的西瓜属于员工福利，我妈没事就会买一个。老实说，作为一家微型互联网企业，家中工作的福利相当好，有猫、有床、有大量无限供应的零食、包三餐。据说这种企业都是猛加班类型的，鼓励你拿企业当家，办公到十二点再走。

小陈有一次提出抗议说：“能不能叫你妈别再买西瓜了？”我跟

沈女士传达他的意思后，她翻白眼说："能怪我吗？他自己看到西瓜脚都走不动路。"

最近小陈又多加了一个育儿项目：捕蝉。带着一只十二米长的捕蝉杆，走到哪里都格外引人注目，经常有老大爷凑上来说，这个东西我小时候也玩过。小陈带着儿子在大柳树下，专心地粘着一只又一只蝉。偶尔叫我也去，我朝着天空看了半天，发现真是治疗颈椎病的好办法，一下子周身血脉通畅。把头收回来的时候，不禁有点眩晕，不容易，这么支着脑袋捉一两只还行，一口气捉二十只，而且捉回来只是纯欣赏，我完全不理解是什么在支撑着小陈。

直到后来，我发现小陈催小孩做事，百催不动，会吐出一句秘密口诀："那明天不捉蝉了。"

儿子腾地跳起来："不行！"然后立刻开始付诸行动。

他俩终于开始向一种良好的互惠机制方向运转，让我颇感欣慰。

但捕蝉新鲜了没多久，儿子又提出，想捉壁虎。夏天夜晚出门散步，很容易在路边围墙上看到匍匐着的小壁虎。在竹富岛能看到很多小壁虎，那个岛还把壁虎当成一种本岛标志，印在明信片和特产的包装上。小孩当时哀求半天，想捉一只，没捉到。前天晚上再次偶遇，小陈拿只塑料瓶，这里敲敲，那里敲敲，小壁虎应声入瓶，成功被捕。

小孩开心得飞起，拿着小壁虎飞奔回家，准备开始饲养工作。他需要几只蚊子，蚊子很奇怪的，平常神出鬼没经常给你叮上几个大包，真到需要的时候，一只都看不见了。儿子把窗户打开，像银角大王一样，拿着矿泉水瓶，呼喊着："蚊子，快点来吧。"

小陈脑袋一拍说："我有办法。"他拿出电蚊拍，意思是只要出门兜一圈，不就有了吗？临出门前又叮嘱儿子："我现在出门弄蚊子，回来的时候，你要把饭吃完，知道吗？"

儿子点头如捣蒜。

我觉得小陈真的蛮伟大的，说干就干，真的拿着电蚊拍，走到小区里，像傻子一样，挥舞着手中闪亮的拍子，不时嘟囔着："蚊子都到哪里去啦？"

最后终于在草丛里捕到一只，开开心心回来，放到那只小壁虎的塑料箱里。

一个为了儿子去野外捕蚊子的男人，这天晚上小陈的形象又在我心目中高大许多。

另一方面，我不得不迎接自己在儿子心目中地位的大幅下滑。小孩经常哭着来找我："呜——爸爸不让我玩小猫。"

我当然开开心心做个大好人："那你玩一分钟小猫就去洗澡好不好？"

小孩根本没有开心得点点头然后跑开，还是会大声问："爸爸，我能玩一分钟小猫吗？"

小陈大喊："不能。"

儿子哭着走了，我的许可完全无效，他明白父亲才是真正的权力王者。如果小陈说的话不算数，谁来带小孩上下学？谁陪他去补习班？谁带他出去玩？

我偶尔心思略活络，决定偷偷给小孩一点好处。比如散步的时候跟他说："如果你能走到两公里外的便利店，我就不告诉爸爸，给你吃个冰激凌怎么样？"这周因为咳嗽，小孩的冰激凌特权被没收了。

儿子权衡片刻，说："好的。"走到便利店后，我们大呼一口气，小陈并没有跟上来，他肯定嫌远，先骑车回去了。小孩抓耳挠腮捞出一根冰棍，别的什么都不要，急急忙忙付好钱出去，忽然“哇”地一下大哭出来。

小陈站在门口，像捕壁虎一样，一抓一个准。

儿子号啕大哭：“啊——呜——我想吃冰激凌啊……”

我没有办法，小孩的事，是小陈说了算的，连偷偷的幸福，都给不到。

蒙田的父亲有一套非常奇怪的教育准则，他只在蒙田身上用了，其余七八个小孩，都接受传统教育。蒙田一生下来就被送到农民家里，直到断奶后才回来。回来后为了让他学拉丁语，学得跟呼吸一样自然，他父亲规定，在家只能用拉丁语沟通。

这种办法大概现代人看着相当嗤之以鼻，他父亲是穷尽各种方式研究，请教许多学者和智者得来的。

爸爸都能变成育儿奇才，因为只有爸爸拥有女人没有的定力，我管别人说什么呢，我就用这套办法。

女伯爵写信给蒙田，请教如何让孩子有个最好的开端，蒙田在《论教育》里的第一点忠告就是：“您应充分克制自己的母性。”

艾文爸爸说：对付小孩，大多数时候，硬的不行，得来软的

我必须得承认，带孩子是很累的。

标配的工作包括：喊儿子起床，无论前一天晚上熬夜多晚，第二天都必须早起；伺候吃早餐；接送上下学；经常接送兴趣班；辅导作业（伤身伤感情）；陪玩。

而我干的是高配版的活，传统的柴米油盐家务事也包揽了。

一日复一日，曾经（隐约可见）的六块腹肌如今也团结成一块，共同抵御身体上的疲惫。并且如今的小孩都不省事，不像我们小时候那么听话，他们凡事都不服，标志性抗争有三大类，一是“不要”系列：

艾文从兴趣班回来已经八点多，我建议他到家第一件事先洗澡。

“不要。我想先玩一会儿。”

晚饭后我让艾文先做一张练习题。

“不要，我不能先玩一会儿吗？”

早上起床后我让艾文换上运动系的衣服去学校。

“不要，我今天要穿西装。”

不需要理由，反正无论我说什么他先反对就是了。

还有一类是“为什么”系列：

艾文有段时间喜欢收集不同形状的宝石（塑料的），一天他提出想要真正的钻石。我解释钻石是珠宝，不是用来当儿童玩具的。

“为什么？我就只要一颗这么小的不行吗？”

（他手上的塑料钻石模型比我的拇指还大。）

一大早艾文提出要吃根冰棒，我当然拒绝了。

“为什么？我就吃一根不行吗？”

（冰箱门都已经打开了，舍不得关上。）

上周末参加跑步比赛和障碍赛赢了两块奖牌，他这周每天上学偷偷把奖牌放进书包，然后在学校里戴着。我说那些赢得奖牌的人才不会天天戴着。

“为什么？我的奖牌我就想戴着啊，你看你没参加比赛就没有。”

这不再是小时候幼稚可爱充满求知欲的为什么，每一句都是在挑衅：不服来辩！

最后一类是没有声音的，却相当气人，那就是直接无视：

我告诫艾文不要做一些危险的动作，他跟没听到似的，继续在沙发扶手上蹦，摔下来脑袋上鼓个大包。

我催促艾文行动要快，别走几步就停下来找蜗牛，他跟没听到似的，又继续找毛毛虫，结果明明是准时送到幼儿园大门口的，走到教室的时候却迟到了。

要说杀伤力最强的，那还是在吃饭时。艾文在餐椅上就是坐不牢，扭来扭去。提醒他一次和一百次都一样，根本不当回事。

不过，每天跟艾文的斗争，却让平淡的生活有意思起来。凡事斗得越认真，生活越是其乐无穷。

对付小孩，大多数时候，硬的不行，得来软的。

我真的是性情古怪的女老板吗？
——全职爸爸第十八周工作报告

已婚女人如果有半分妇人之仁，就是拉自己上一条贼船。

这个月小陈跟我申请添加两台办公设备，一台是新的 MacPro（苹果电脑），一台是富士相机，理由非常充分：他需要一台高效能的电脑，才能编辑出视频。至于相机，拍猫最合适，因为小猫大部分时候都动来动去，手机实在抓拍不到它最可爱的样子。

当年他曾经买过一台巨大的单反相机，我们一起出门的时候，他挎着单反，一个劲儿追着乡下的母鸡拍摄，我站在一旁一阵干瞪眼："喂，母鸡有什么好拍的，你给我拍几张啊。"

小陈一边摆弄相机一边说："我先练习拍好母鸡，再来拍你。"

他始终没能跨过母鸡那道槛，有一天忽然宣布，工作太忙了，哪有空搞摄影。转头就把单反卖出去了。

小陈有一点很好，就是勇于面对自己的失败，不像我，很多衣服穿不下仍堆在衣橱里，"万一自己有一天瘦了又能穿了呢？"

他买相机和电脑的事，我内心是反对的，必须治治男人这股兵马未动粮草先行的坏风气，什么事情都要先走技术流。"最重要的是内心啊。”《魔女宅急便》里的妈妈这么劝小魔女琪琪。

但作为一名通情达理的老板，我迅速整理好了内心的抠搜，大手一挥说：“好的，买吧。”遥想小陈还在公司上班时，经常抱怨公司报销制度不大方，有一天路过一家连锁牛肉火锅，他忽然指着牌子说：“这家我吃过，那次送客人去机场，回来路上跟司机一起去吃，花了三百块，结果拿着发票去报账，公司财务不认账，说超出出差餐标。”

唔，站在妻子的角度，我同情他。站在老板的角度，我也想有一个这样的公司财务。

我觉得我这个老板当得可以。

但显然小陈不是这么想的，他认为我特别反复无常。

平常在家里可能矛盾还不凸显，出门的时候他时刻都有话说。

这周因为我过生日，一家人订好西湖旁边的酒店。星期四中午起床，看到小陈端坐在新电脑前，没有半点动身的样子。

“喂，你好了吗？”

小陈兴致勃勃地研究着新电脑，充耳不闻，大概所有男人入了新设备时，都是一样又痴又傻，一会儿说：“哇，这个剪辑视频的软件要一千五百多，怎么办怎么办？”一会儿说：“嘿嘿，找到破解版了，三十五块。”

除此之外，他好像根本都听不到我说话。

我刚转身，准备去洗澡，小陈一个猛回头，一边收起电脑一边说：“好了，我们走吧，快点，幼儿园老师已经打电话问了，什么时候去接孩子。”

紧赶慢赶，花半小时洗澡、穿衣服、收拾行李，慌张出门。我很为自己感到自豪，试问整个大中华区有几个女的能做到我这么利索？我简直比男人还省时间。刚上车的瞬间，小陈说："你知道吗？你问我好了没的时候，我以为你已经准备好出发了。"

噢，不是的，很多老板催下属好了没，只是一种习惯。

车上他接了个电话，说儿子在幼儿园等来等去等不到爸妈，已经急哭了。这时忽然开始下起一阵暴雨，我不禁觉得成年人的生活，是多么艰难，不互相怪罪，简直不利于身心健康。

但儿子一上车就好多了，小陈作为全职爸爸的重要性又体现出来。

带小孩去加油站上厕所，耐心聆听小孩的无理要求，再保持理性地拒绝，随着儿子一点点变大，他也一点点难搞起来，并没有像我妈以前说的那样，小孩大了就好了。

两岁的时候儿子要我抱，我说："你没有脚吗？为什么要我抱？"现在小陈差遣小孩去拿个东西，他也会说："为什么，你没有脚吗？"

他做了错事，会说："小朋友就是这样的，我在幼儿园学坏的，我也没办法。"

他最厉害的一招是瞬间变成演员，一边哭一边说："求求你了，答应我好吗？"

对付一个五岁小孩，很少有大人能秉持理性。眼看小陈一天比一天凶神恶煞，我很开心，如果不是他变成全职爸爸，恶煞一定是我。

女人生气就不美了！

我现在只需隔岸观火，听着父子吵架就行，多么悠闲又惬意，一口气开三小时车和一口气带三小时不睡觉的小孩，我一定选前面那个。

西湖还是多年前来过，印象最深的一次是高二春游，回去写一篇游记发表在校刊，说西湖也没什么好看，不过是绿汪汪一摊水。

我很得意这个句子，这回开车过来，才发现西湖真美啊，上海人小里小气只在旧法租界种点梧桐树，西湖边到处都是。

下车后刚好暴雨停住，这时候本该到湖边散散步，看看江南的夏天，闻闻清新的风，但小孩子光靠西湖的风是吃不饱的。自从小陈变成全职爸爸后，我特别中意有书店的商场，他俩文盲一般瞎逛，我赶紧去充电。

小陈通常会说："我在超市。"

他对超市有谜一样的爱恋，一种看到就搓手要大买特买的架势。

从超市出来，我问小陈："买酒了吗？"

他说："没有。"忽然他就很生气："你要喝酒你为什么不早说呢？你跟我说好要买什么酒不就好了吗？"他光水果就买了五袋，桃子、波罗蜜、李子、龙眼、苹果，他居然没给十二点就要过生日的老婆买酒。

小陈不喜欢这种送命题。

回酒店后他就开始尽情地发泄了："你这人怎么这样，我买了你说不喝怎么办？（这种事的确发生过。）我怎么知道你会不会这两天在减肥，什么高热量都不吃？（这事很常见。）你老是这么反复无常，能怪我吗？"

"的确不能。可是女人不都这样吗？"

小陈翻白眼："不要说这种话，你儿子说小朋友都这样，你说女人都这样，那我还活不活了？"

第二天早上，小陈带着儿子去西湖划船了，临出门前我嘱咐他们："你们可千万不要给我买礼物，记住了吗？千万不要，要买的话先问问我。"

到晚上，两人开开心心回来了，的确没有带任何礼物。

小孩用手比画了一个爱心说："妈妈祝你生日快乐。"

我……露出了勉强的笑容。

跟男人相处，真的太难了。他们对未婚女性还肯一遍又一遍试错，对已婚妇女坚决不多做，以免多做多错。

我郑重其事地跟他们提议："明年我过生日，就让我一个人出来玩个痛快怎么样？"一个朋友告诉我，结了婚的女人要想过个体面的生日，就得离家出走一次。出门看场好看的戏，去酒吧小酌两杯，回到酒店一个人无忧无虑地睡到第二天中午。

光想想我都觉得十分向往，这天晚上，很久没跟小孩一起睡的我，发现小孩睡梦中会做三百六十度大旋转，床上有个小孩，就跟地震似的，凌晨四点半，我被儿子一脚踢醒，发现聪明的小陈躺在沙发上，睡得非常甜。

已婚女人如果有半分妇人之仁，就是拉自己上一条贼船。

我的生日许愿不禁清晰起来：何妨性情再古怪一点，家庭生活不是你快乐就是我快乐，总会有一个人不是那么快乐。

艾文爸爸说：不去旅行的暑假可以干些什么

艾文在辅导班开启了暑假的第一天，预示着这个暑假不太轻松。

七月的主旋律是幼儿园暑假班。

课程设置还算是轻松有趣的，大家就别为艾文叫苦了吧。往年暑假班是每月上三周课，留一周出行正好。今年的班排得很满，目前为止，一次远门没出去过。

上半个月主题是抓蝉，并且远赴崇明岛抓了一瓶回来。

在艾文的记忆中：崇明岛就是专门产蝉的吗？下次我还要去那里抓蝉。

摸索自学了抓蝉之后，我也受益多多，因为全程须保持抬头仰视姿态，颈椎得到很好的锻炼。

最重要的是，技多不压身，艾文对我的崇拜更上一层楼。

家庭新成员“贝壳”迅速适应了我们一家的生活模式之后健康成长，体重从六百八十克涨至一点五公斤。

艾文在打了两针狂犬疫苗之后，仍然对贝壳不离不弃，最终他俩如愿成为好朋友。

艾文重新练起了滑板车。小时候有一台蓝色的，兴趣不大，这次挑了一台他最中意的绿色，练习则勤快多了。

凭借这台酷炫的车，班里原本嫌弃他上课不认真的女生如今也和他成为好朋友。

西湖，居然是我们七月去过最远的地方。

西湖边的那家宾馆是亲子避暑旅行时静静看西湖的绝佳选择。直接打电话给酒店可以轻松预订，务必要选一楼的房间。

七月最重要的日程是夫人生日。

那天经夫人再三叮嘱，千万不能买礼物，于是我利用艾文国学课上学会的古法造纸，给夫人亲手制作了一张 SPA 终身使用券，搭配我在印度人肉背回的 SPA 精油使用。

如果小孩注定是个庸才怎么办？
——全职爸爸第十九周工作报告

人人都有自己的特长，哪怕一个赌徒，其真正的爱好也会变成一种令人震惊的技能。如果儿子能找到这种技能就好了，然而目前看来，他最大的特点，是热爱打小报告。

“居民朋友们注意了，十二号台风即将正面影响本市，请大家做好防护措施，清理阳台上的衣物、花盆，避免高空坠物……”

小区播放今年夏天第二次台风警告，又便宜了儿子，周五停课，暑期班放假一天。小陈建议可以趁三天假期做个短途旅行：“要不要去趟香港呀？”

他最近越来越像那种一孕傻三年的女人：台风天想到要搭飞机；飘窗上的植物忘记浇水，死了好几盆；五分钟前我刚告诉他，例假来了，五分钟后他热烈邀请我：“一起去游泳吗？”

他跟很多妈妈一样，一颗心都系在儿子的学习上。一到晚上小陈形同恶煞，经常在九十点钟，小孩做数学题的时候，听到小陈大喊：“九加二到底等于几！你为什么要睁眼说瞎话？这到底是几?!”

我在书房听得胆战心惊，内心愤怒的火苗越燃越旺，恨不得像裕太妃一样冲到弘昼身前，舍命护子：“有什么朝我来啊，欺负小孩算怎么回事？”

小陈还是很气，强词夺理说：“我为什么不能骂？我就是控制不住了。”

“愤怒说明你无能。教不好就别教了。”

对话发展到这一步，我忽然明白为什么很多夫妻都会吵得死去活来，本来天这么热，谁也不想一触即发一点就着，有这工夫我吃根冰棒看会儿小说多好。

恨就恨项目忽然没有了任何进展，小孩就是卡在九加二等于几上，不动了。

小陈去幼儿园接小孩，跑回来说：“今年有个考上包玉刚的毕业生。”我说：“哇，什么样的？”他说：“嗯，那的确不一般，听说爸爸是 ×× 公司的总裁，老师还说，这个小孩特别爱读书，一看就是人中龙凤，跟别的小孩根本不一样。”

我转头看了看儿子，他正在起劲地拿一块橡皮泥捏火箭，怎么说呢，是个肉眼可见的凡胎。他在我的书桌上捏了会儿橡皮泥，弄得白色的书桌上红彤彤一片，我说：“不要在这里弄。”

小孩拿起橡皮泥，麻利地换了个地方，我刚用纸巾把书桌擦干净，发现他又在白色沙发上起劲地揉着那一团红色的泥。赶紧跑过去救火一样阻止他，他看着一大块红色污渍说：“没事的，没事没事，我帮你弄干净。”

养小孩的过程，仿佛搬起一块接一块的砖，砸自己的脚。还没来得及反应，他已经在用衣服擦沙发了。最后你得洗沙发套、洗衣服，还要顺便洗洗孩子。他还很无所谓地安慰你：“没事没事，我说了没事的。”

不，你妈有事。

这是台风来的周五发生的事情，那天他在家毁了一个沙发套，检查阳台盆栽时，往自己身上撒了半盆土，还把一叠白纸弄得到处都是，猫兴奋地跟着小孩，撕咬着各种纸。

台风对我们的生活根本没啥影响，但小孩在家就是一阵龙卷风，所到之处，民不聊生。除了“没事没事”，他还有一个口头禅：“对不起，我不是故意的。”适用于所有我要发火的场景。

这孩子到底有啥特长呢？

小陈转给我一个报道，说有人靠赌马赢得十亿美元，一个神奇的美国人，大学时离开学校，登上一辆灰狗巴士，跑到拉斯维加斯去玩纸牌，变身职业赌徒，随后编写了一个计算程序，让他在赌马的时候稳赚不赔。这哥们儿靠赌马赢了将近十亿后，放手去现实世界做生意，发现比赌马难多了，根本很难盈利。

这说明什么？说明人人都有自己的特长，哪怕一个赌徒，其真正的爱好也会变成一种令人震惊的技能。如果儿子能找到这种技能就好了，他喜欢蜗牛，能不能变成蜗牛前沿科学家？他喜欢蜥蜴，能不能变成蜥蜴追踪专家？

然而目前看来，他最大的特点，是热爱打小报告。这事让我匪夷所思，这小孩怎么会喜欢打小报告呢？而且无时无刻。明明几个小孩凑在家门口开开心心吃冰棒，没一会儿发现儿子跑到妹妹家门口，报告她奶奶：“妹妹奶奶你知道吗？妹妹刚才吃了根冰棒，是我妈妈给她吃的。”

难道他喜欢上了叙事？可当我问他今天度过了怎样的一天，他的回答一共只有两句话：“早上去了幼儿园。下午回家了。”

说不定他就是个没什么特长的小孩呢？说不定他就是无数普通人中最普通的那一个。

还需要这样每天学数学英语背唐诗吗？明明我们可以开开心心游山玩水，现在却为了各种补习班、培训班、优秀的小学在努力学习。

小陈坚决不同意我这种观点，我说："你看你教了这么久，小孩也没什么重大进步。"

他白了我一眼："我带孩子你别管行不行？"

我彻底生气了，提出明天我来带孩子。我还不信了，难道没有你，我就带不好了。

每周日小孩都要去附近商城上数学培训课，小陈说在那里碰到了好几个神童，一百道题刷刷刷几分钟就做完了。以前我从来没去过，因为星期天总是起不来。当老板放心让员工带项目，没想到无意中造成了员工的独断专行。

有啥了不起的，不就是带小孩上补习班吗？

小陈说："他第一节课上四十分钟，课间你要去教室问他要不要上厕所，别让他一个人去，商场里会走丢，第二节课下课前要去听老师讲一下内容，不然回家不知道怎么给他复习。"

"你对我就这么不放心吗？"

"当然。"

小陈不放假了，他坚持要跟我一起去。

我在培训班看到了许多张焦虑的中年人面孔，作孽啊，刚刚焦虑完小孩的自主排便，就开始焦虑大脑的自主学习了。只有培训班的老师是笑嘻嘻的，书包免费发，试卷免费发，本子免费发，水、板凳、休息室，一应俱全，要是能来个投影放放电影再供应点爆米花，就更有滋味了。

把小孩塞进教室，我跟小陈去喝咖啡，看着旁边的年轻女孩给秃头胖男人喂东西吃，感叹她们无忧无虑的青春。到了我们这个年纪，别说喂了，时不时想把对方的肠子打出来。

算不出九加二等于几，到底该怪谁？

我绝望之中去逛了下商场，买好两件衣服后，心情好多了。看着小陈和小孩从教室走出来，他兴奋地告诉我："你知道吗，那个几分钟做好一百道题的小男孩，今天是爸爸送来的，我就凑上去问了，怎么做得这么快？你猜人家怎么说的？他爸爸说：练呀，做不出他妈妈还要打呢。"

小陈非常得意，觉得为自己扳回一局，大声吼吼算什么，世界上哪有这么多精英，告诉你，都是练出来打出来的。

我琢磨了一下，带孩子一个人就够了，多来一个人，纯属添乱。

艾文爸爸说：亲子关系的头号敌人——数学

数学真的是影响亲子关系的头号敌人。

艾文的作业已经进阶到了二十以内的加减法了。然而对于六加七，八加五等这类超过十二的加法，艾文已经卡在这好久没有突破了。

“你为什么要睁眼说瞎话啊！”夜里十二点多，我绝望地一遍遍地吼叫着。

这么大动静当然也惊动了夫人。她当即训斥我辅导无方，放着她来。（我再也不信这种话了。）

那么面对数学，我为何总按捺不住想发火呢？

为什么那么多家长陪孩子做作业的时候会沦陷呢？

经常凶孩子影响自己心情不说，更可怕的后果是必然给孩子的心灵造成负面影响。

必须深刻检讨。

世界上只有一个丈夫就够了

——全职爸爸第二十周工作报告

凡事以大局为重，夫妻感情在幼升小面前算得了什么呢？

在网上做一个穿越测试，如果穿越到过去成为皇上，需要建立一个后宫，你希望：独宠皇后一人？一妻一妾尽享齐人之福？合法享受妻妾成群？

我非常诚实地选了妻妾成群，想想有几百人为我忙上忙下跑前跑后，多幸福啊：今天跟貌美如花的聊天散步，明天跟可爱活泼的一起打打球，后天和知性高雅的谈谈艺术，多美啊。

转念一想，现实世界中，要一个丈夫就够了。不是因为小陈兼具貌美如花、可爱活泼、知性高雅，而是我再次想起了那三百只逃亡的蟑螂。

蟑螂的事情本来不想说了，因为一直想象着要将小陈打造成全职爸爸的模板，最近全职爸爸好像越来越多了，到处都是报道，什么从外企辞职的老公说老婆比较能挣钱，什么全职爸爸为孩子上幼儿园举家搬迁……当别人在做一些看起来很适合新闻报道的事情时，小陈买了三百只蟑螂。

那是上周普普通通的一天，家里来了几个快递，小陈拆开其中最普通的一个后，眨着小眼睛说：“我的蟑螂呢？”

我从沙发上跳起来，蹿到他眼前：“什么蟑螂?!”

他说他买了三百只蟑螂，用来喂壁虎。壁虎是半个月前一家人出门散步时，小陈用一只矿泉水瓶在围墙上逮住的。小孩欢天喜地拿回来养，我没放在心上，根据以往的经验，知了能活两天，蜗牛能活四五天，大部分大自然的小生物，在家里都活不过一星期。没想到壁虎实实在在活了十几天，每天小孩都把透明塑料盒打开，在一群硬纸板中搜索：“壁虎呢？”

壁虎还活着！

壁虎一开始吃猫粮，时间久了，小陈就心动了。他不知道为什么对自己能抓壁虎这个技能有点骄傲，儿子邀请过幼儿园的女同学来家里，逐个介绍：“想看小猫吗？想看知了吗？想看壁虎吗？”

我每天都盼着壁虎早点死。小陈偏不，他下单了三百只蟑螂，九块九包邮。收到货后我破口大骂，具体骂了什么忘记了，总之穷尽了一生的脏话，大概还提了好几次离婚之类。小陈说：“已经都逃走了，里面一个都没有。”

的确就是一个普通的纸箱，里面放着一个普通的袋子。他还有点后悔，如果买盒装的一千多只那种包装的，蟑螂就不会逃走了。小陈一边使劲看着快递包装，一边小声嘟囔：“一只没收到，还被你骂个半死。”

“啊呀，不是你想的那种蟑螂，是樱桃蟑螂，很小的！”

“小矮人就不是人了？”

几天后，小陈又一次说起他的纠结，喂壁虎只有两种选择，一种是面包虫一种是樱桃蟑螂，“真的，那些虫实在太恶心了，所以我选了蟑螂。”

我人生中第一次感觉到，和男人之间有一条巨大的不可跨越的鸿沟。

朋友知道这件事后，特地跑来说，以前不觉得小陈有什么特别，现在对他刮目相看，一看就不一般。

是真的不一般吧。我想了想，赶紧花两百元在网上买蟑螂药。

那些蟑螂到底逃到哪里去了？一想到这个问题，才知道细思极恐是什么滋味。

除了这件事外，小陈还带来另一种恐慌，他说他左腰位置有一种酸胀感，一种隐隐的不好的感觉。一个中年男人摸着肾跟你说，他觉得自己可能得了什么病，这不禁让一个中年女人内心风起云涌，“那你赶紧去看看吧。”

小陈有点踌躇，因为过几天就要出去旅行了，万一检查出来什么大病怎么办？他是留下来治疗还是先玩一趟再说？他又跟我提起来，以前曾经检查出肾部有个囊肿，没准就是这个囊肿成了一个病灶。

我当机立断，“你赶紧去查吧，别耽误了。”但是脑子里又想，小陈平常一口气能吃三斤草莓、两斤车厘子，怎么着也该先得糖尿病才对啊，为什么会肾先出了毛病？

他带着他那左后腰无法描述的不适去了医院，回来的时候脚步很轻快。

“喂，到底什么病啊？”

小陈忘情地吃着一个大桃子，说：“疑难杂症。”

“啥？”

“医生说，是久坐引起的。你说我这个算工伤吗？”

“我没叫你久坐啊。”

“可是我以前办公室很大，可以经常走来走去。”

“你不是嫌走路麻烦，专门买了个平衡车吗？”

“……”

哦，我还得说说那张按摩券的事。事情是这样的，在我生日当天，小陈送了张 SPA 券给我，笑眯眯说：“这就是我给你的礼物，以后你想按摩，随时都可以。”

我一直觉得某些夫妻之间流行的什么洗碗券家务券庸俗至极，这都啥玩意儿？当自己是小学生吗？还有那种肉麻兮兮的什么吵架和好券、原谅券，每次在劣质偶像剧里看到，我都有一撕而快的冲动。

小陈送给我的券，是用古法造纸工艺做的，还镶了一个玻璃相框。

想想也行吧，年轻的时候完全不理解整个按摩行业，人到底为什么需要按摩呢？真能累到这个份儿上？自己舒舒服服躺着，让别人在身边忙上忙下，这种行为也未免太不平等、太不讲究人权了吧？

近两年我最喜欢的事情就是舒舒服服躺着，让人从头到脚按摩一遍，甚至到理发店洗头的时候，小弟帮忙按两下，都觉得，哇，舒服惨了。没想到被人服侍竟然会这么通体舒泰。

我跟小陈说起上面这番话，说到以前想不通按摩到底有什么存在价值，他迅速接上：“我现在就是这么想的。”

他反悔了，每次给我草草按两下肩膀，就说“差不多了吧，我也很累的”。小陈的按摩券，就像某些饭馆累计消费满多少加送的一个凉菜，里面五六块黄瓜，连辣油都舍不得倒两滴，丝毫没有诚意。昨晚从外面回来，小孩已经睡着，我看着他先是开开心心用美容仪按摩了半小时，从脸做到脖子，一边按摩一边看美剧。之后在洗手间里如厕半小时尽情笑哈哈看视频，最后又出来逮住小猫，尽情逗了二十分钟。

他坐在床上的时候，我说："现在可以按摩吗？"

小陈用一个倔强的背影告诉我：我坐在这里，就说明我非常累了，马上就要睡觉。

看，不管全职爸爸还是职场爸爸，对女人的诺言都是空头支票，在许下诺言的瞬间能把事情对付过去就完了。

小陈最近买了很多速干衣冲锋裤，明明每天在家带小孩做数学，却打扮得跟要去爬乞力马扎罗山一样。我问他为什么？

他说："要把幼升小当成高峰来攀登。"

于是我原谅了他上面的所有事，凡事以大局为重，夫妻感情在幼升小面前算得了什么呢？毕竟我聘他是为了小孩的教育工作呀！

艾文爸爸说：

晚上写好一篇公号文章，对自己育儿工作中的几点不足进行了深刻反思，然后呈给夫人过目。本以为能安全过关，没想到夫人火眼金睛，迅速审稿后，一针见血地发出了灵魂三连问：

"你铺张浪费，买了好多没必要的东西，你敢不敢一件件写出来？"

"你买三百只蟑螂这事咋不提一下？"

"你的按摩券使用还附加这么多规则，你这个骗子！"

一家人要像一支说走就走的队伍

——全职爸爸第二十一周工作报告

那些一家人和和美美、母慈子孝的画面，到底是怎么做到的呢？每次出门旅行时，我几乎从第一天就开始崩溃，噢，天哪，做人居然可以这样累。

小陈日盼夜盼，终于盼到了出游的这一天。

按惯例，旅行期间一切费用都可以报公账。不过带小孩出门与其说是度假，不如说是流亡。出门前我看着小陈把一个二十六寸的大箱子塞得满满当当，不禁好言相劝："不至于吧？去欧洲，又不是非洲，能少带点就少带点。"

"那怎么行？"小陈翻出行李箱里藏好的数学练习题、认字图册、急救药箱、游泳装备、衣服鞋帽……他信心十足，说："出门玩也不能耽误幼升小，我让他每天做一百道加减法，认十个字，再上半小时英语，怎么样？"

小孩拖着书包，正在起劲地往里面装旅行要带的东西，火箭模型、折纸船的纸、蜡笔、闹钟（一只按下去会有女声报时"现在时间十九点零八分"的钟），他可以按上二十次，一边按一边笑嘻嘻问我：“这个钟厉害吗？”我考虑了一下旅途中，他很可能经常拿出这个钟，摁上百八十次，跟他商量：“闹钟就不带了吧？”

“我要带的，这是爸爸给我认时间的。”小孩很认真。

面对这两个男人，我经常会有一种不负责任的想法，哎呀，还是自己开心最重要。

所以刚进机场，我就迅速拖着小孩去买了盒乐高积木。漫漫旅途，十一个小时的经济舱，全家人挤在屁股大点的地方，这种时候必须上杀伤性武器。儿子欢天喜地抱着积木，小陈满脸不高兴：“你干吗给他买这个？都是小零件，到时候掉了怎么办？”

我在心里说：“那不是你的事吗？关我啥事？”但表面上要尽力安抚他：“不会的，儿子长大了。”

果然，十一个小时，小孩一分钟都没闭上眼，前四五个小时，他都在拼积木，真后悔买少了，早知道应该买个最大的给他。小陈经常屁股抬起来，在逼仄的座位上，开着手机的手电筒，一阵瞎找，找到后必定跟我说一句：“我早就说过，不要买这个。”

我看了两部电影，一部是讲女人为了抓住男人，恨不得直接把男子弄死，死代表爱情永不消逝。一部是讲热爱写作的男人为了写出一部好小说，徒手制造一起邻里杀人案。同样是女人，我没有第一部电影里女主角的追求；同样热爱写作，我也没有第二部电影里男主角的抱负。耳机取下来，回到现实世界，听到小陈正在骂儿子，“多少加三等于五你不知道吗？”

我的麻烦是这么细微，又是这么具体。真的，小孩为什么连答案是“二”都不知道？

有个朋友后来告诉我，她带女儿去欧洲，十小时的飞行时间，大人困得不行，听到女儿精神奕奕问空姐要鸡肉面，她非常生气。噢，这有什么好生气的？我一点都不生气，让小陈一个人暴跳如雷就够了。

不知道为什么，我看到小陈生气，心里很踏实：两万块花得真值。

到巴黎的第一天，儿子在早上四点醒来，在房间玩了半天飞机后，小陈终于以父亲的觉悟，带小孩出门去最近的公园了。当时我正在房间里奋笔疾书，很不幸，我这个职业去哪都能工作。有时候在房间打字，内心愁肠百结，“到底图什么呢？我在酒店打字，他们俩出门领略世界。”

小陈也不太高兴，为什么出门也是他一个人带孩子？从公园回来，他宣布自己要睡一会儿。小孩当然不肯罢休，他都已经满格电了，而父母这份工作是没有下班时间的。

终于一家人齐齐整整出门的时候，就像一支溃不成军的队伍，三个人每个人的步调都不一样，小孩忙着看路边的野花野草，小陈忙着看手机上的交通指南，我忙着四处搜索有没有开门的店，可以赶紧去逛逛。

即便在公园里，每个人都有不同想法，小孩要进儿童乐园玩，小陈想躺着，我想一边拿着海明威的《流动的盛宴》，一边寻觅他走过的每一条路。我们总是兵分两路，偶尔走在一起的时候，看儿子拖拖拉拉难受，看小陈磨磨蹭蹭看手机也难受。公园里到处都是在躺椅上肆无忌惮晒太阳的法国人。“哇，欧洲人真会享受生活。”我脱口而出。

小陈白我一眼："我也想享受，每次屁股刚坐下来，你就喊走了走了。"

唔，我的确理解不了在公园里坐半天有什么意思，想必是一种非常高阶的享受。

那些一家人和和美美、母慈子孝的画面，到底是怎么做到的呢？每次出门旅行时，我几乎从第一天就开始崩溃，噢，天哪，做人居然可以这样累。

不过欧洲到底是欧洲，每个公园都会有一片绿地专门划给小孩，任他们大呼小叫奔来跑去，消耗大量精力，父母只需在旁边长椅上坐着即可。远远望去，好似一座猴山，大小猴子们叽里呱啦爬上爬下。

第一天小陈走了两万步，他不停地跟我强调两万步到底多辛苦，我安抚他："正好可以治治你的久坐病啊。"

他缓缓坐在一块石头台阶上，说："我可能还是比较适合久坐吧。"

当时我们在埃菲尔铁塔下野餐，我曾经无数次梦想过这个场景，一生中最浪漫的事情，必定有跟情人在巴黎漫步一项，谁能想到呢，最终来到巴黎时，是拖家带口，而且在铁塔下吃的是成都锅盔、凉拌凉皮、夫妻肺片。每隔几分钟一个黑人小贩走过来问："纪念品要吗？香槟要吗？水要吗？"

我亲手谋杀了浪漫。

小陈吃得非常开心。小孩转眼又跑到了隔壁的游乐场，爬到高处大呼小叫。

不是巴黎跟浪漫没关系，是齐齐整整的一家人跟浪漫没关系。

第二天照例又是暴走，小陈走着走着告诉我："你知道吗？我大脚趾感觉要骨折了。"

小孩倒是一声不吭，他让我意识到，儿童的精力到底有多可怕多旺盛，他们的确跟铁人三项运动员差不多。

成年男人真的不行，动不动说，要坐船，要坐公交，要坐地铁，要打车。

不过有一点我必须表扬小陈，昨天走了三万步回酒店，连我都累倒在床上，小陈依旧执着地在卫生间手洗衣服，接着用吹风机一件件吹干。

到底是什么支持着他，不管身体多么疲劳，都要洗好每一件衣服呢？

真是一个谜。

艾文爸爸说：带娃旅行，我犯下的弥天大错

说说这次路上坑儿子的事：

1. 一般去发达国家旅行，我会稍精简一下行李，生活日用品靠就地补充。

刚到法国，在一个超市给艾文买牙膏，我顺着牙膏架摸索到儿童区拿了一瓶绿色的（艾文最喜欢绿色）。艾文第二天早上起床刷牙时果然很开心，又是谢我又是爱我说了两三回。

"哎呀，这牙膏不好用。"牙刷刚放进嘴里，艾文显露出尴尬表情。

"绿色的，是苹果味吗？快点刷。"我以为他是不适应新牙膏的口味，像往常一样催促他行动快点。

"不是的，这牙膏真的有点不一样耶。"艾文虽然知道哪里不对，但还是坚持刷着。

"我今天要刷两次牙，这个新牙膏刷完我还要用旧牙膏刷一次。"艾文刷了两口又接着说。

不过刷两次牙这种奇怪要求还是让我对这支牙膏起疑了，于是去求助同行的大姚（在法国留学工作多年），牙膏上应该是法语。

"这是洗发水吧。"大姚和小姚两人足足笑耗了五十克脂肪吧。夫人闻讯还凑过来问啥事能笑得如此豪放……

不过我仔细研究觉得这东西也不像洗发水，那天晚上用在艾文头上，一点泡沫都洗不出来。

2. 出行十五天，考虑到艾文衣服要每天换洗，于是出发前给艾文买了方便运动和晾洗的三四件 T 恤、两条休闲纯棉裤，收到快递试穿之后便全部扔洗衣机洗烘完毕装箱。

到了巴黎，我和夫人前三天的对话是这样的：

第一天：

“你干吗给儿子穿九分裤啊？”

“买回来的时候试了呀，刚刚好的呀。”我把艾文的裤子从腰上往下拉了三厘米，并迅速地回忆试穿那天裤脚是到哪。

第二天：

“这衣服怎么这么短呀？肚脐眼也露出来了？”夫人这回连上衣也不满意了。

“买回来的时候试了呀，刚刚好的呀。”我有点不解，怎么衣服全都小一号了？应该是热烘干时高温处理缩了一码。

第三天：

“没别的衣服了吗？”夫人看到我已经在给艾文重复穿上第一天的衣服。

“我今天一定要给我儿子买几件像样的衣服。”夫人对我此次出行的准备工作相当不满意。

不过确实是需要给艾文就地补给一些衣物，每天能听到四五次这样的话：

“哎呀，我不小心把牛奶打翻了，怎么办怎么办，会干吗？”

“哎呀，我不小心把橙汁洒在衣服上了，怎么办怎么办，会干吗？”

“哎呀，我不小心把冰激凌滴衣服上了，怎么办怎么办，我要换衣服。”

没完没了的“哎呀”。

旅行中的分居夫妇

——全职爸爸第二十二周工作报告

你去哪里跟团游都没什么可炫耀的，但去非洲看动物迁徙，去英国看温网，去西班牙看皇马，啧啧，是不是很上档次？

离开巴黎后，我和小陈再也没有睡过一个房间。

这一周的行程是先从巴黎出发，开车七小时到度假小城安纳西，住三天，再开车去瑞士卢加诺住三天，随后南下意大利。

一行五人，我们一家三口，加上助理和她姐姐。小陈在旅途一开始，颇为踟蹰了一阵，“你说我叫她们什么？”我说我也不知道。后来我听到小陈喊出了带着国内同胞朴素大方气息的称呼，他说：“大姚去哪了？小姚出来了吗？”

大姚此处翻了一个白眼。

大小姚和我儿子艾文分享后座，我和小陈作为经常要轮换开车的司机在前座，怎么说呢，路上除了儿子叽叽歪歪一会儿要下车，一会儿要发射火箭外，还经常来一出大小姚的拌嘴声。原来亲生姐妹吵起架来这么不留情面，一个说：“哼，要不是不能选，我可不会跟你在一起。”一个说：“都怪这该死的血缘，要不是咱俩是一个爸妈生的，早就分道扬镳了。”

我和小陈面面相觑，我们已经很久没吵架了，身体里最后的一点血性，大概在巴黎被每天的三万步消耗殆尽。一直记得在巴黎酒店里，小陈走进卫生间，缓缓把马桶盖翻下来，落座后神情舒展地说：“真舒服。”

这一周的旅程如果要用一句话来概括，基本每天都是，啊，我们来到了风景如画的某某地，玩得真开心。当然，其中各有曲折。

到安纳西湖的第二天，小陈带着儿子，硬扛着猛烈的紫外线，要去湖上坐脚踏船。他拿出无人机拍了几个绝妙的视频，流连忘返之际发现租船时间要到了。中国人毕竟还没培养出度假需要的那份闲散之心，一想到要多加钱，小陈急急踩着脚踏船奋力返回湖边，赶在最后一分钟还船。

看到躺在树荫下的我，第一句话就是：“我这腿，可能不行了。”

他的确不行了，送儿子去睡觉，通常比艾文更快睡着，已经到了粘枕头即睡的程度。作为理解员工的好老板，我深知当小陈每天加码喝五瓶可乐的时候，他已经毫无追求。大姚会站在旁边，以一种难以理解的眼神询问：喝这么多可乐，不怕对身体不好吗？

我打赌小陈心里想的是，身体肯定已经不好了，但我要快乐。

本来一行五人，我琢磨小朋友一间，我和小陈一间，大小姚一间。可惜的是，后来我们五个人逐渐分成了男队和女队，男队每逢湖必划船，每逢山必爬，女队中意咖啡馆、小店、购物、退税。小陈每次拿出无人机，都会殷勤地问一句：“来，我给你们拍一条。”

然而此地是欧洲，到处都是身高一米七五、苗条又挺拔、模特一般身材的女子，我们并没有多少拍照留念的勇气，当无人机盘旋起来的时候，你就会发现，远处总是站着几个身材格外傲人的女孩。

真是气死人。

经过两三天的共同旅行后，小陈以缓慢的速度，终于恢复了自己的男人属性。

首先，经过大小姚的一致首肯，小陈的确在带小孩的领域发挥了完美的作用。

但是，每当一群人劳累地坐下来，彻底放松的时候，小陈总会放一两个屁。

原本我以为这没什么，但看着那对姐妹震惊的眼神，婚姻的漏洞展露无遗。她们又迅速安慰我："没事的，我爸在家也这样。"

嗯，我爸也这样。

难道天下已婚男人都是这样吗？

小陈后来学会了珍惜自己的名声，当听到一个屁声时，他总是转向自己的亲生儿子："还不快点承认？"

在瑞士托玛罗山上，看到好几个身材窈窕健美的意大利女人，我问小陈："你说该怎么做才能瘦成这样？"他表情复杂地看了我一眼："你为什么有这么不切实际的想法，你的骨头看着都比人家的腿都粗。"

"……"

当我掏出一根唇彩棒，准备徒手补一下口红时，小陈又说："你在干什么？涂油漆吗？"

"……"

他看起来彻底战胜了身体的疲惫，又开始轻飘飘地做人了。

在国内的时候，小陈走在马路上总是目不斜视，看起来要多正经有多正经。有时当我目不转睛看着一个女孩，并拉他一起欣赏时，他总是一副匪夷所思的眼神："这也叫漂亮？"

来了欧洲，我才知道，小陈的审美是偏西式的，准确地说，是欧洲球星式的。在路上他看到那些前凸后翘的女人，眼睛几乎要发直了。

本周最大的亮点，是一场不在计划中的球赛。当我们打算去意大利时，他在车上滔滔不绝说起意大利的城市，当然这些都是靠球队名字记住的。

"喂，要不要去看一场球？"我提议道。经常在朋友圈看到有人来欧洲看球，旅行不过是一种常见套路，去趟南极也逃不过游客的称谓，但要是来欧洲是为了看一场足球，看一次展，参加一次时尚派对，那就是高阶朋友圈发布标杆了。

总之你去哪里跟团游都没什么可炫耀的，但去非洲看动物迁徙，去英国看温网，去西班牙看皇马，啧啧，是不是很上档次？

而本周六恰巧是 C 罗转会意大利尤文图斯队后的主场首秀。

巧得好像他专门为了小陈，转会到尤文图斯一般。

非看不可了。

小陈自此脸上就带着一股追星族不可描述的傻里傻气的笑容。

他颇费了一番功夫，买到五张球票，非常贵，一百八十欧元一张票。然后就幻想着，摄影机摇到他脸上的那一刻，他必须为此做好万全准备。

细心的我，第一时间打开了搜索引擎，查看"意大利都灵小偷多不多”。自从在巴黎遇见小偷后，我一直提防着这件事，一路从安纳西担心到卢加诺，从没放下警惕。哪怕租的雷诺商务车总是停在阿斯顿马丁和宾利中间。

防人之心不可无啊。

小陈追星这一天充满坎坷。他本来打算下午两点就到球场，嗅着 C 罗的气息，好好培养下追星的情绪，但是一出门先是我开错了路，到边境后助理小姚发现护照丢了，一圈搜索开回城区商店取，再次出境发现退税的地方十二点就关门了。

眼看小陈已经急到飞起，我只好抠着自己的手说：“不退了。”

抵达都灵时，球场旁满是穿着尤文图斯球衣的球迷，大姚以一个巴黎留学生的觉悟告诉我们：“千万别搭理那些拿着绳子到处套的北非人。”

我的警惕性一下子就提高了，这一天当小陈开开心心挂着喜洋洋的笑容时，我看着周围露花臂的秃头汉子，一直很后悔：当年要是把泰拳学好了多好。

小陈买的票，令人难以置信的远，远到儿子问了八遍，“妈妈，球在哪儿？”

然而坐在尤文图斯主场里，心情到底是激动的。

原来足球可以这么振奋人心。

看到一亿欧元转会费的 C 罗上场，小陈笑得眼睛都看不见了，紧接着他兴奋地指着大屏幕：“快看，美女们都上镜了。”

都是些丰臀细腰的意大利女子。

我坐在位子上，心情很复杂，开场前买球衣时自告奋勇刷了三百多欧元的单，他就跟我说这个？

这一天晚上开五小时车到佛罗伦萨，这回我沾床即睡。

而终于跟我住同一间房的小陈，凌晨三点说：“嗯，现在大家刚刚上班，我要发个朋友圈刺激他们一下。”

他等了很久，只等来两个好心人点赞。

睡梦中我依然听到小陈的喃喃自语：“怎么回事，是不是我没发出去，怎么会没人点赞呢？”

艾文爸爸说：爸爸最开心的事——看球赛

哦，确切地说应该是看 C 罗，并且完全是计划外的。

在法国小城安纳西要前往卢加诺的时候，有条路线是经过都灵。后来因为错过一个高速路口没走这条路，但提到都灵时我顺便向大家介绍 C 罗新东家尤文就是在这个城市。后来一车人意见出奇一致，下一站去佛罗伦萨时绕道去都灵看 C 罗去。

尤文主场安联球场，设有商场超市，当然最重要的是 JUVENTUS STORE。太多人排队，没进去，很遗憾。只好在商场里的阿迪柜台买球衣，正版烫字的也有。球票加球衣，近三百欧/人。临时看场球成本真不低。幸好这些都是发生在旅行路上，不用花我工资。

入场后就是各种拍照，充分享受球场气氛。

C 罗离我们最近的时候，大概水平距离二十米，垂直距离二十米吧，其实没法欣赏到他踢球的细节。下次看球还是有必要早计划早买票。

积累这第一次经验，还是超级开心的。

那一晚很美妙。

不过还是发生了爸爸最伤心的事——球衣忘了拿。

互相伤害的家庭旅行终于结束了

——全职爸爸第二十三周工作报告

今天早上，打开空空如也的冰箱，第一次正式想念了小陈，他绝不会让冰箱空着的，绝对不会。

这是一个全职爸爸最基本的修养。

儿子想当队长，他用黄色卡纸、一根外卖筷子做了面小旗，从入境意大利开始，每天摇着小旗说：“中国队，这边走！”

这是我经历过的最缓慢的一次旅行，原本一家三口出去玩，我和小陈互相嫌弃对方磨蹭，只要在门口等几分钟，都觉得这个婚结得不对，对方性别构成不对。

当队伍扩大成五个人时，每次出发要让所有人行动统一，真的太难了。几个人等着等着，有人去了洗手间，有人再描描眼线，当那个人出来时，又需要再三催四请，“××好了吗？ ××去哪里啦？”

小陈面对三个女人，似乎终于理解了，其实他老婆属于女人中较 man（男人）的一类，所谓女人中的半成品，为了方便点活着，省略了雌性动物的大部分修饰工作。他在佛罗伦萨那间老房子里转悠了一圈，看着各种精细物品，梳妆台上女主人布置的装饰盒，放在床头的木头托盘，啧啧说着："这家女主人下了不少功夫呢。"

我对老房子周边的景色非常满意，推门望出去，佛罗伦萨郊野的景观，几乎让人一见倾心，但看着房间里各种各样的装饰品，我觉得非常心烦，怎么那么多啰里巴唆的东西？

小陈挺爱搞装饰的，有一年从印度拿回来一个痰盂一样的东西，他说："这是印度人吃饭的时候洗手用的，你看是不是还挺精致？"还有保加利亚带回来的木头人偶，摆放在书架上，不知道为什么，我觉得这种装饰都带有一股小老太太味。

但这不妨碍我们的内部生活，品位不一样这种区区小事何足挂齿？只有没结过婚的人才叽叽歪歪，我们每天都要面对比品位严重一百倍的事。

刚到佛罗伦萨住的那套房子，女房东异常热心，没事经常过来友情提醒，外出要关好门窗之类。小孩跑到院子里玩，我坐在沙发上，忽然听到她在跟小孩喊："Don't touch it（别碰它）！"连喊两三次，怎么回事，难道院子里有什么名贵雕像？

探头出去一看，儿子跃跃欲试想碰一盆仙人掌。

明明十分钟前他才因为做出13+8等于21，被夸真聪明，被誉为旷世奇才，转眼傻得跟个二百五一样。没过一会儿，小孩喊着"哎呀"跑进来。

大事不好，他一不小心，摔在庭院一丛仙人掌里。这种仙人掌有一种金黄色的茸毛小刺，他瞬间脖子和手上都红了一大片。小陈出马，带着儿子坐在阳光下，一根一根挑刺，足足上百根。挑半天站起来宣告已经全部清除，小孩跑出去又跑回来，哭着叫"还是痛啊"。小陈只好又坐下来，细细寻找儿子身上每一根刺。可怜天下慈父心，小陈一边挑刺一边还忍着笑。

小孩犯傻是常事，犯完傻后几个大人都会苦口婆心讲讲道理。大人犯傻怎么办？

从佛罗伦萨去罗马的车上，好不容易拐完山路上高速，热心女房东发来消息：你们的球衣T恤掉啦！

小陈很沉稳，他知道这时候慌张的话肯定会被我骂，他坐在副驾驶上，听着大小姚二人热烈讨论，三百多欧元的球衣，要不要回去拿，还是叫房东寄到罗马算了。中间对我挤出一句话：“你看你，收就收了，为什么放在沙发上？”

通常这种话都是吵架的火力迸发点，啥玩意儿，自己不带还有脸说我。后来我明白了，因为车上有大小姚，小陈总要想办法剩点面子，而因为有外人，我也不会忽然凶他一场。他这招借刀杀人，可谓用得出神入化。

我们都是要面子的狮子座啊。

只有儿子在后面仰脖子痛哭：“我的球衣还能回来吗？”

从他有记忆开始，他无数次见证了我们弄丢他的水壶、他的衣服、他的玩具……他比谁都进化得更抠，连一个空矿泉水瓶都要好好放我包里，那是专门用来发射的火箭，轻易不能丢。

所有事情最后都变成了安抚小孩的事，当父母的要一人说一句：“不会的，不会丢的。不要哭了，球衣会寄过来的。”

我仿佛看到大小姚在后面对着我们翻了无数个白眼。

旅途接近末尾，除了小孩依然兴致勃勃，其他人都有点意兴阑珊。饭不想做了，买点比萨就完事；景点也不想参观了，看到汹涌人潮第一反应是赶紧走。回去就是开学，小陈猛盯着小孩做作业，爱岗敬业之心让人钦佩。

有天晚上，房间空调发出巨响，小陈踩在椅子上，打开空调，说着：“喔，结冰了。”他一块块把冰敲下来，我躺在床上，歪斜着快要睡着了，忽然一声巨响，转头一看：小陈摔在地上。

我当时震惊了一秒，看地上还是个完整的小陈，忍不住爆笑起来。小陈很生气，一边查看伤势，一边说：“刚才我的头是擦着床角下来的，差一点点，你就要帮我叫救护车了。”

我又想到一周前在卢加诺公寓的地下游泳池，我从池子里转身往回游的时候，看到他一瘸一拐歪着屁股走路的场景，当时他也说：“你快帮我看看，我是不是掉了块肉。”

他躺在地上看了会儿伤情后，非常恼怒地看着我：“你为什么第一反应是笑我？”

啊。

为什么？电视剧里妻子不是应该都温柔备至，对丈夫嘘寒问暖吗？我到底怎么回事？怎么会脑海中像放电影一般，一帧帧回放他摔倒后手捂着受伤的屁股走路的情形？

想一次笑一次。

我受伤的时候，小陈通常是这样，第一天的时候说：“哦，小事，过两天就好了。”两天后一看：“哇，你这个化脓了，赶紧去医院吧。”

说好的互相扶持呢？

最后几天里我做出了一个决定。

我们的行程在三十一号结束，从罗马飞巴黎，再飞上海。

到达巴黎后，大姚忘记了她的登机箱还在机舱里，小姚陪着大姚满机场乱找。

我和小陈相视一笑，感到非常惬意。我惬意小陈的箱子还在，他并没有那么傻，说到底他还没有真的丢过一个箱子，小陈惬意的点，应该是，你看嘛，丢东西比我过分的人，多了去了。小姚丢了护照，大姚丢了登机箱。

跟她们比起来，我们也算是靠谱的一家吧。

我在戴高乐机场，送父子俩登上回国的飞机，要开学了，可不能耽误孩子学习啊。

而我，临时决定再多逗留几天，享受一下真正的巴黎。

今天早上，打开空空如也的冰箱，第一次正式想念了小陈，他绝不会让冰箱空着的，绝对不会。

这是一个全职爸爸最基本的修养。

艾文爸爸说：该教训孩子的时候绝不能心软

在从佛罗伦萨回酒店的路上，艾文突然爆出了两句脏话。这点坏毛病其实已经批评了他好几回了，还是没能彻底改正。

这次车上还有大姚小姚呢，于是我们一致决定要给他留点教训，就地把艾文赶下车了，让他自己徒步回去。

当然我也下车陪走，并担当教导员。接下来还剩两公里，但有好长一段山坡，我想无论心理还是生理，艾文应该都会记下这次的教训。

小孩前三分钟哭得最凶惨：

“我走不动！”

“快点让他们回来接我！”

五分钟走了两百米后，情绪稍稳：

“我知道错了，可以回来接我了吗？”

十分钟五百米后，思想有点误入极端：

“我回去后跟大家道歉，但是我要把车抢走。”

十五分钟八百米后，开始接受没人回来的现实，并接受批评教育：

“好吧，我以后再也不会这样了。”

我一边和艾文认真讲理一边往回走。

大概走了两百米之后，艾文突然惊喜地大喊：

“啊，蜗牛！好多！”

就在那一秒，艾文的心情实现了一百八十度的转变，从最伤心切换到最开心。

其实自从在安纳西古城里我给他点了一盘法国蜗牛之后，他就一路惦记着要抓蜗牛。我们这一路虽然以游山玩湖的自然路线为主，但确实很难寻觅到一只蜗牛。还好没放弃，终于在佛罗伦萨等到你。

不过蜗牛的出现，让此次教训效果打了五折。

老板的苦衷，我现在有点明了

——全职爸爸第二十四周工作报告

周末带了两天小孩后，我发现以前那种对小孩熟悉的感觉又回来了。

累。

旅行仿佛一场宿醉，前一天开开心心还在巴黎逛街，第二天回来，浑身酸痛还要面对一堆残酷现实。

员工又拿来了新一轮报销的财务报表。当老板真不容易，我就在巴黎玩了一百个小时，小陈就拿出两份补习班账单。明明不久前刚刚交过一次嘛，我记得那不是五月，就是六月。小陈解释，一份是线上教育，之前买的课差不多快用完了，现在买课有优惠；另一份是线下培训，幼升小冲刺班，小孩基础太差了，不冲刺完全没机会。

我能说什么？这可是一个出去说买瓶水，回来抱着四瓶水的男人。问他为什么要买这么多，小陈理所当然地说："买一送一啊！"按他的想法，他已经很克制了，买一送一竟然有不抢购一空的道理？他似乎对他只有一个小孩，而一个小孩只能报这点班的工作内容，有点不太满意。

我也认为，目前的工作，对小陈来说是屈才了，他明明是可以管理一组小孩的。我回去这天，家里有个亲戚来串门，聊天聊到二胎家庭，亲戚说他们肯定后悔死了。现在弄一个小孩，多么费劲啊。老师把作业发在手机上，都要家长一样样弄好。两个小孩，一个幼儿园一个小学，连接送都顾不上。我在旁边听着很有道理，这些双职工家庭要了两个小孩，忙得四脚朝天，我专门花钱请的全职爸爸，当时是傍晚七点多钟，正在楼上睡得跟猪一样，管理一个小孩对他来说实在太游刃有余了。

小陈比我早回来五六天，但似乎时差一直没倒过来，有事没事睡一觉。后来我才知道，为了让儿子在回程航班上放倒睡觉，他全程一直只坐了半个屁股，这是一个父亲的伟大精神。仔细想想，他比我更需要商务舱，因为他回来就要投入工作，我毕竟还可以再缓缓。这下也明白了，为什么高管出差总是配给商务舱，因为工作比什么都重要。

这一周，我打算好好带带儿子。作为平常周末都在家睡觉的一家之主，这周六我早早爬起来，陪小孩上高尔夫球课。小陈说，那是个极美的地方，很适合散步。但是去了发现不对劲，有钱人的世界好现实啊。停在一排玛莎拉蒂、保时捷、法拉利，最次也是宝马、奔驰中，人心变得很惶恐，我感觉自己来错了地方，而小孩若无其事地背起他的球包，看起来他天生就属于这里。

这时候我对小陈相当佩服了，他竟然能只看到高尔夫，看不到来这里打球的都是有钱人。

换了我，可能立刻就带着小孩去练乒乓球了。

我小时候想学钢琴，还想学芭蕾，亲爹笑呵呵地说：“乡下地方，哪有这种东西？”现在乡下什么都有了，儿子的短板就暴露得很明显，迄今为止，下手砸了这么多钱，我还不知道我的希望在哪里。

有个过来人妈妈告诉我：“是这样的，你带着他挨个试一遍，才知道什么叫心如死灰。”小陈的心态就积极多了，他说：“不试试你怎么知道？努力练习肯定是有进步的。你不带孩子，所以你不知道他的进步。”

我发现儿子的确是进步了，吃完饭在车上，儿子跟小陈讨论：“你刚才好像忘记点甜点了。”他从欧洲回来后跟贵族一样承袭了饭后要吃甜点的习惯。小陈说：“因为你饭都吃不下了，所以我就没点甜点。”小孩有理有据：“冷的跟热的东西能放一块吗？我是分开来放的。”小陈说：“肚子只有一个，你怎么把它隔开来？”小孩很坚持：“我就是分开来的。”小陈说：“不信”。忽然间，儿子很冷静地说：“那等我死了，你切开我的肚子看看就知道了。”

坐在前座的我目瞪口呆。为了吃口冰激凌，小孩逻辑之严密，令人叹为观止。

原来现在的他这么难对付，我开始明白为什么小陈变得那么凶了。

下午带着小孩去理发，他早已不是当年那个躺在椅子上，因为害怕洗头瑟瑟发抖的幼儿。他很自然地跷起了二郎腿，看起来颇为享受。

朋友，你现在就这样也太早了吧？

五岁的他，还十分坚持地跟理发师要求：“给我剪一个五角星。”

理发师很为难地问：“什么样的五角星？”儿子用手比画了两下，“我们班同学头上有闪电一样的花纹，所以我想要个五角星。”

他要做厉害的小孩，一个幼儿园社会大佬。

你想了很多条他未来的路，成绩好变精英，成绩不行去做个木匠，就是没想到，他其实很想做大哥。

大哥现在今非昔比，他好像知道了怎么抓住大人的弱点。吃饭的时候我掏出手机，小孩很机灵立刻喊：“你看手机了你要给我一百块。”这缘于某一次我看不惯小陈吃饭看手机，跟小孩约定的规矩。我说：“我没有钱，回家会给你的。”小陈戏仿小孩，说：“你不认真吃饭，你也要给我一百块。”

小孩仰头道：“傻瓜吗？我又没有钱。”

过了一会儿小陈掏出手机，小孩又叫起来：“你给我一百。”小陈拿出钱包，里面只有二十五。

小孩拿走二十五，后来还算起账来：“爸爸，你还要给我三个二十五。”

我们激动得老泪纵横，怎么忽然小孩脑子就清清爽爽了？他说：“因为爸爸教过我，二十五加二十五是五十，两个二十五是五十，两个五十是一百，所以还有三个二十五啊。”

儿子并不笨，但他的聪明只花在讨债上。社会大哥的属性又多加了一分。

周末带了两天小孩后，我发现以前那种对小孩熟悉的感觉又回来了。

累。

当你好几天没看到小孩，忽然见面的瞬间，小孩转向你，脸笑成一朵花，甜甜地叫你一声：妈妈。你内心感慨万千，心想要一直陪着小孩。

陪到第二天，已经身心俱疲。活动太多，早上高尔夫下午补习班；中午吃饭还要操心食物的营养比，操心他有没有吃饱；晚上第二顿饭，他不小心抱起矿泉水瓶，一瓶水洒在地上；他不想吃面，啰啰唆唆说可不可以吃饼干；他为了一粒彩虹糖，就能乖乖跟着你走两公里，但是不给糖的时候，大部分时间都在捣蛋。

太累了，怪不得小陈抓紧分分秒秒，说躺倒就躺倒。

只有在小孩睡着的时候，他精神得经常凌晨三点才睡觉。

星期天的公园里，好几个爸爸带着小孩，显而易见，是为了给妈妈放假，让妈妈们歇一天。这些爸爸跟我一样，只做点零碎的边角料工作，带小孩在公园捞捞鱼，捉捉蝴蝶。随心所欲地带着，小孩想吃冰激凌去买，想吃糖就吃，绝对不为难自己也不为难孩子。

你心里也明白，这是野生动物的养法，交流全靠诱饵。家里总还是需要一个人，把这只小动物，慢慢教养成人。

我又心痛地拨出了一笔教育基金。

同时指点小陈，就像日本的爸爸隐晦地让妈妈出去找份兼职，原因通常都是补习班学费太贵，私立学校学费也很贵。

朋友，或许我们需要拿你的公众号变现一下。

艾文爸爸说：对孩子的培养要有高度针对性

旅行回来，时差倒回来了，账也给算清楚了。

现在只剩一件重要的事情等着我——艾文的幼升小工程。

辞职恨晚，我错过了对这个项目的科研和设计规划（最佳时期是小孩在托儿所和小班的时候），在成为全职爸爸之后项目才草草进行开工前的准备（艾文此时已是中班下学期）。

虽然在一个月后立即组织施工（在线课和校外辅导班一个个试），但进度已大幅落后于众多竞争对手，相当仓促。

夫人大概担心我新上任不适应，甚至知难而退回公司上班去，热心地帮忙咨询了几位妈妈，她们刚把孩子送去目标学校，成功上岸，经验值得借鉴。

在几位妈妈的推荐下，我领着艾文去了她们介绍的一家家机构试听。英语阅读、数学、美术等，科目还凑得挺全的。

不料艾文从一家家机构的教室里哭着跑出来对我说："你能进去陪我上课吗？"他的泪已经飘到腮边。

我又一次次地把他劝回教室，心情极其复杂。

耐心点的机构安慰我说："很多小朋友第一次来也这样的，来几次认识新同学打成一片就爱上了。"

没耐心的机构托朋友转达："你儿子这样哭闹，会影响其他小朋友学习的。不喜欢这里的孩子根本还是基础太弱，他听不懂啊。”

说那么直白，我虽不怨人家，但不表示我不生气。

于是我安排艾文先去那家有耐心的机构锻炼着，学习上不设置考核目标。艾文适应了两个月，达成我的最大期待：接受新环境，接受幼儿园之外还有辅导课。

另一方面我立即着手研究真正适合艾文的机构。因为这期间我又慢慢地研究了不同类型的小学，意识到培养要有高度针对性。特别像我们这种情况的：留给我们的时间不多了。

不能任意照搬别的妈妈们的经验，这是我那段时间的一个感悟。

一个单亲爸爸忍辱负重的生活

——全职爸爸第二十五周工作报告

为什么单亲爸爸特别快活，很显然，我不在的时候，他教育儿子要方便快捷多了。

旅行回来后，看小陈就有点不顺眼。看他开车吃鸭脖子不顺眼，看他早上蹲厕所也不顺眼。

怎么说呢，还是单身生活太愉悦了，一个人在外面无牵无挂荡了半个月，都忘了家里还有个老公和小孩，整个人飘飘然膨胀得很，两天里发了好几次鸡毛蒜皮的火，大叫“你到底要蹲多久？”“你干吗这么久不回我话？”单身人士大部分脾气都不大好，习惯了一个人，看谁都像是入侵领土的敌军。

小陈本来还脾气颇好，每次都充耳不闻。回来后第二晚，我四处找我的眼镜，一个高度近视扔掉七百度的隐形后，在房间里就像一只撞来撞去的熊瞎子。我急火攻心，不禁絮絮叨叨：“都怪你，如果不是你早上蹲厕所，我就不会在外面随便搁眼镜，你知道我每次都把眼镜放在卫生间里……”

正在房间里四处转悠找眼镜的小陈，终于像被压迫的奴隶一样站起来，撇下一句：“不帮你找了。”

说走就走。

我瞎了整整两个小时，直到用脸贴着书看到老舍写的《婆婆话》，“男女同居，根本须要民治精神，独裁必引起革命。”恍然大悟啊朋友们。

本来还在思考该怎么给自己找个台阶下，小陈拿着近视眼镜轻飘飘甩在桌上，他找到了。

婚姻果然是互相协作的生意。

不过他这么忍辱负重，也可能是因为这个月欧洲旅行的花销迟迟没有报账，没必要加深矛盾，引得鸡飞蛋打。

总之我顺了两天后，不得不再次承认了事实，本人乃一名已婚妇女，一个小孩的妈妈，是坐了十一个小时的经济舱回来，还带儿子去迪士尼溜达一圈的伟大女性，生活主要以牺牲自己的快乐为主。

我就搞不明白了，为什么同样是已婚人士，小陈看起来很是快活呢？

在过去的半个月，他兢兢业业做着一名单亲爸爸，对丧偶式育儿半点抱怨都没有，反而快马加鞭，疾风劲草，越弄越有章法。

比如，他开始申请闵行又一所著名的民办学校，申请资料写好了，我看了一眼觉得不是特别高大上，琢磨要改改，居然连两百个字都写不出来。育儿方面，我主要以抱怨为主，要说写点夸小孩的话，半句都写不出来。他到底做了什么了不起的事情值得我专门下笔夸一夸？

小陈一写就是八百字，源源不断。

字面上的儿子看起来就像祖国未来的精英，集活泼可爱专注好学于一体，而我转头一看，小孩跟以前没啥差别啊，正在为了得到一根冰棍，耐心地跟大人周旋。

他在这些方面，真的非常执着，总是想尽办法要出门捉一只蜗牛，或者搞到一瓶瓶装水制造火箭；为了买一罐彩虹糖，能先假装不小心走进便利店，再用恳切的语气，试图勾起母子之情一般询问："妈妈，你可以给我买一罐糖吗？我要用来做实验。"

买到手后，忽然就怎么都指挥不动小孩了，我只能拿彩虹糖来哄他。"我们去公园吧？""不去，我要在这里玩一会儿。"我还想不通怎么回事，花了很长时间来说服他，最后才说："走到公园后给你一颗糖好吗？"

儿子点头如捣蒜，答应得非常愉快，"好啊，走吧。"

如果他能把这种聪明花在做数学上该多好。

我看到小陈在介绍里是这么描述儿子的这种特性的，他写道：最宝贵的是，艾文能经常指出长辈们的一些错误，并要求大人改正，我们用这样的方式互相进步，他让爸爸学会了情绪控制。

我对小陈不禁刮目相看，他竟然全番隐去了小孩让大人失控这件事，写出一种"优点是坚强，缺点是太坚强"的无奈。

想到在巴黎的时候，我妈半夜发来消息，把小陈大骂一通，说他这样带小孩怎么行呢，小孩老是哭，而且太累了，有这么养孩子的嘛！

我猜测那天一定是小陈在楼上又一次失去了情绪控制，小孩"哇啦哇啦"哭起来，我妈在楼下听得百爪挠心，她又开始说："我带小孩的时候，他可从来不哭。"

你看，昏君身边通常都有小人相助。

幸好回来后发生了一件事，让我把亲妈教训了一顿。

周末小陈有事要出门跟人吃饭，小孩上午十点半的画画课，我说我也没有空，我妈自告奋勇说：“我带他去啊，上完课我还能带他一起吃个饭，我俩一块买鲜肉月饼去。”

她一定回忆起了当年带外孙出门，其乐融融的场景，就像那个离开伦敦后，认定伦敦就是世界上最美丽城市的老太，一生都在念着要重新回去看一次。

当天下午，小孩唱着歌回来了，上楼梯就开始告状：“妈妈，我今天吃了好难吃的月饼啊。”

我妈在后面气急败坏大喊：“气死我啦，气死我啦。”

她在楼下扯着大嗓门诉苦：“你儿子咬了五个月饼，每个吃一口就扔下，怎么会有这种小孩？他看到别人吃猪排饭，嚷嚷要吃，我点了他又一口不吃，真的是，气死我了。”

我也气死了！咬一口月饼扔回去这种事，居然发生了五次，还敢点了饭不吃，这种小霸王行径，她也好意思告诉我？

小陈吃好饭回来了，笑眯眯听着我痛斥亲妈。

“你怎么回事，你可以这么纵容他吗？我告诉你，你现在纵容他就是害死他……”

我妈当然也不是省油的灯，大喊委屈，说：“一开始你儿子说不要吃饭，光吃月饼，还跟我商量，我们俩一人一盒，一个人吃五个呢！”

我更气了：“你都活了五十多年，怎么还信男人的鬼话？他就是为达目的不择手段，就跟男的为了跟你在一起，愿意答应你所有条件是一个道理好吧？”

我妈的气势终于下来了，开始小声嗫嚅着：“可是你儿子一开始说得很像真的，我以为他是认真的啊！”

小陈适时又在旁边点了一把火：“他应该只是想要月饼盒子做

条船吧？小孩提无理要求前，要搞明白他的动机。”

只有男人才能看穿男人的诡计。

我和我妈都不行，全都被骗得五迷三道。

等到小陈接手后，小孩忽然又像被制服的野马，规规矩矩坐在椅子上，我递双筷子过去，他彬彬有礼地说：“谢谢妈妈。”

这一瞬间我家又从蛮荒世界回到了文明社会，那些大哭小叫撕心裂肺又暂时可以退场了，儿子妄图以情动人，小陈坚持以理服人。

晚上，我又把我妈请出去，一边压马路一边做思想工作。

她还是没想通，她这么爱宝宝，为什么宝宝会不听她的话？

因为被爱让他有恃无恐，他铆足了劲想要爬上家庭金字塔的顶端，控制住我们一家。

我得感谢小陈，一脚把儿子从王位上踹飞了。

同时也理解了，为什么单亲爸爸特别快活，很显然，我不在的时候，他教育儿子要方便快捷多了。

我一回家，小孩立刻开始了哭戏：“妈妈，你可以陪我吗？你知不知道爸爸对我很凶？”

我想到了那五个被咬了一口的月饼，坚决拒绝：“不，还是你爸陪你比较好。”

艾文爸爸说：我家不需要一位超人妈妈

我是幸运的，自从全职带孩子以来，迅速被赐予“超级奶爸”的称号。

我自然是美滋滋的。要知道，在职场上打拼翻滚十余年，收获的荣誉也没有比带孩子一年获得的多。但后来我才发现，超级奶爸的入门标准极低。婴儿时期，我只要多哄哄抱抱，偶尔换几次尿布就被长辈和邻里夸上了天；而到了艾文现在这个年纪，则只需要花点时间陪着玩或监督学习，因此我常常在小区游乐场、兴趣班门口的家长等待区、朋友圈里收获一片赞誉。甚至近来偶尔犯下一些低级错误，也没怎么影响我的口碑。

奶爸的要求实在太低，好像母亲在照顾孩子这件事情上，理所应当背负起比男性更多的职责，而父亲们只要在育儿途中“诈尸”般出现，无论干得好不好都可被冠名为“超级”。不同于职场，若是想被称为超级 ××，必须得在某方面技压群雄。曾经有段时间努力成为“超级辣妈”的夫人，就对这一现象颇有微词。在辣妈这一行想要获评超级职称，又比职场上获得认可难上加难。

恰巧这几天约着艾文的同学一家人在外旅游，夫人和艾文同学的妈妈一路聊起了各自的辛酸（育儿）史。我认真地开着车，不认真地听着她们聊天。其实之前我也差不多听夫人在不同场合讲了八百遍，总而言之就一个字：累。

身在职场上的许多优秀妈妈们，不得不在事业和家庭之间分个轻重。那些纷纷表示自己不算是超人妈妈的女性同胞们，其实缺的不是实力，而是精力，或者是能有效陪伴孩子、分担压力的助手啊。

哼，我不跟爸爸做好朋友了

——全职爸爸第二十六周工作报告

或许结婚五年后，大部分妻子的唠叨声，当丈夫的都可以扔到九霄云外吧。

反正，还能离婚不成？

出发前，我看到小陈往行李箱里放对讲机。

“放这玩意儿干吗？”

“万一山上没信号怎么办？”

我笑了。我们要去的是莫干山，又不是巴尔干地区。小陈很认真，“万一呢？”

我理解不了男人，三天两夜的民宿之旅，他的行李箱除了小孩和自己的衣物外，还有对讲机、无人机、洗脸仪、电动牙刷、两斤卤鸭脖、三斤辣鸡爪。他说：“我要到山里吃吃喝喝。”

车刚开出家门，小陈从口袋里掏出一包牛肉干，搭配小可乐，在车上吃得摇头晃脑。儿子在后边对着高速路上的树说：“我们进山了吗？我们已经在山里了吗？”

没有，还远得很呢，开车要两个多小时。

儿子挣扎了一会儿，睡了。小陈从口袋里掏出一包又一包的牛肉干，让我目瞪口呆。喝完可乐，他打开了随身小茶壶，里面有泡好的铁观音，适合小口啜饮。我握着方向盘，被福建人的生活方式惊呆了："喂，你不怕等下要上厕所吗？"

小陈说："出来玩，不就是这样吃吃喝喝吗？"

我理解不了，过去三十多年的人生经验告诉我，通常节假日的高速服务区都是人山人海，有时候彪悍的大妈们还会为了谁先进厕所蹲坑吵一场架。一想到这，出发前两小时我就开始滴水不沾。

我特别热爱高速驾驶，奔驰的速度加上音乐，会让人有一种纵横四海的错觉。但是副驾驶的男人正在津津有味嚼着鸭脖子，纵横四海的人，吃什么鸭脖子！忽然他对我说了一句："按照这个速度开下去，七分钟就能到服务区了。"

"怎么了，要上厕所吗？"

"嗯，尿急。"

"不是叫你不要喝那么多了吗？"

小陈不响，开始用手轻轻敲击着车窗。

说来也是奇怪，后座小孩尿急的时候，我会急得心里万马奔腾。但是小陈尿急，我就不是很急，反而还有一种幸灾乐祸的幸福感、世界上所有已婚女人都有的那种成就感：你要听我的，现在能急成这样？

离服务区五十米的时候，车速减缓，堵上了，整个服务区远远一看，堵得水泄不通。

看嘛，堵了。

小陈顿了下，咬牙说：“那走吧，没事，我肾好。”

我又开始钦佩他了，真是捉摸不定的男性啊。我打算利用这次休假，好好修补一下家庭关系。小陈和儿子之间的关系越来越紧张了，每天大呼小叫，动不动开始威胁。

小陈对我越来越没有所谓了，我中午出去吃饭，吃到凌晨一点回家，他竟然没问一句：你跟谁去吃饭啊？

很多男人出门玩了几趟后，家里的主妇都开始察觉到：男人不在的时候，带孩子更轻松，做家务也更方便。老公一回家，往沙发上瘫倒，只会一边玩手机一边教育老婆：“喂，小朋友怎么回事啊？说他他也不听。家里你看嘛，乱糟糟的。”

我就是一边躺在沙发上，一边跟小陈说：“你为什么对小孩这么凶？你就不能耐心一点吗？”

小陈最近脾气很大，对儿子开启了军事化管理，日常都像教官一样：“快点快点，只有五分钟了。快点快点快点，你没有机会了。”

不管儿子是在吃饭、上厕所、起床，还是写作业。

我看不下去了，这也太机械化了，家庭的温情呢？父亲的慈爱呢？老是这么凶巴巴的干什么啊？为什么不能给小孩好好讲道理？

小陈每次看我这么说的时候，都面无表情，最近，他好像自我研发了一套屏蔽系统一样，好像大部分我说的话，不过就是一种可以屏蔽掉的吵闹声罢了。

比如说吧，出发前，我问他：“民宿的房间有几张床，是两张吗？”自从小孩五岁后，我再也无法忍受和他一起睡一张床，开什么玩笑，一夜睡不好，起床老五岁。

小陈说：“嗯，是的。”

山长水远开车过去，到了房间，只见一张大而无当的床。

或许结婚五年后，大部分妻子的唠叨声，当丈夫的都可以扔到九霄云外吧。

反正，还能离婚不成？

这天晚上，我又一次见识到了小陈的残暴。

小孩不肯睡觉。

前几天我还在感慨，小孩说大就大，一年前哄他睡觉是个大烦恼，经常能把自己气死。但是现在，一过十点，就能看到小陈从儿童房里出来，再过二十分钟进去，儿子已经睡着了，不费吹灰之力。

然而国庆之夜，挥舞了一天小红旗的儿子，看起来还有洪荒之力。一直到晚上十一点，依然像只蚱蜢一样在床上跳来跳去。小陈开始吼了，顾忌到整个民宿的安宁，他压着喉咙吼："快点睡，你只有十分钟时间，睡不着你就起来做数学作业。"

小孩噤若寒蝉，但是没几分钟，发出窸窸窣窣的声音，他一个人笑起来，在黑暗中宣布："我搭了一个窝，你们要来参观吗？"

小陈暴怒了："×××，你给我躺好，不准动，动了你就起来做作业！"

如此来回五六回合，黑暗中睁着一双眼睛的我，终于感到了疲累，跟小陈说："你不要这么凶。"

他转身开了灯说："好吧，大家都不要睡，现在开始做作业。"

他俩果然开始做作业了，一直到儿子哭着说："我想睡觉了，我真的想睡觉了。"

凌晨一点半，战斗结束，小孩睡得跟死猪一样。

小陈从床上起来，非常得意地说："哼，他我还不知道？今天可是你要我耐心认真的。"

他又宣布了一句："现在就是改正他坏习惯的时候，非凶不可。"

行行行，你说的都对。

第二天早上，在阳光明媚、绿意盎然、蝴蝶飞舞的民宿院子里，小陈又开始了新一轮的嚷嚷："×××，我告诉你，十五分钟内吃完你就可以按计划上山，吃不完就留在酒店里玩。"

小孩忽然开始哭了："哼，我不想跟爸爸做好朋友了。"

小陈脸上一丝波澜都没有，就像听到一只狗汪汪叫了两下一样，充满了那又怎么样的淡定。

唉，男人之间的事情，我还是不要多管了吧。

因为小孩没能按规定时间吃完饭，我们一家三口，正在民宿院子里，百无聊赖地躺着。

但小陈并不寂寞，他一边看着美剧，一边吃着辣鸡爪，只有余光瞟到儿子的时候，神情顿时凛冽起来。

小陈坐在房间里，用对讲机监视着院子里的儿子，

"×××，不要乱跑。"

"×××，穿好鞋子，不能光脚！"

小孩用对讲机宣布自己的新发现，

"发现，有只大蝴蝶，你们快来看。"

"发现，我可以去鸟笼里玩一会吗？"

好吧，也算完成了来山里吃吃喝喝的原计划。

世界上到底有没有真正父慈子孝的家庭呢？一个困惑。

艾文爸爸说：

前几天回家路上，儿子在车后座对我说，长大以后要开一所爸爸学校，就是专门教爸爸怎样教小朋友的学校。

这是他的办学宗旨。想法还不错。

会不会是对他爸高度认可，受到了启发？

我问："你为什么要办爸爸学校呢？"

我想和艾文深度聊一聊，没准这个创业计划可以落地。

"因为你现在的方法都是错的！"

都——是——错——的——

像被一万伏电击中一样，我们再也没法开心地聊下去了。

不过小朋友就是这样，就算平时玩得再好的朋友，也会因为很幼稚的事情互相撂下狠话：我再也不和你玩了，哼！

两分钟过后，大家又跟没事儿一样打闹在一起了。

想到这我就放松了，没事。

老公太能花，是一种什么样的体验？
——全职爸爸第二十七周工作报告

钱给自己花，和给别人报销，完全是两种心情。自己花钱的时候最理直气壮，小陈给我递财务报销表的时候，我通常都要倒吸一口冷气："你怎么花了这么多啊？"

世界上有一种丈夫是很抠的，一条毛巾用十年，一辆自行车骑十五年，大学时期小商品市场买的三十块钱的篮球队服，一口气穿二十年，一只真假难辨的耐克包，拉链坏了还能背上七八年。怕啥，里面装的都是不值钱的玩意儿。这一身打扮出去，从小偷到乞丐见了都闻风丧胆，躲远远的。

他不是没钱，但是抠对他来说，是一种人生的乐趣，随便从身上掏出一样东西，看，我这 2007 年买的智能手机。你一惊，时光荏苒岁月如梭，十一年过去了，竟然什么都没变。哥们儿浑身上下，都是讲年份的老物件。

节俭对这种男人来说，是一种本能，一件东西用得越久，越显出他当年购买此物的决策是多么英明。这种男人，又会专门搭配上一个买 LV 不停手的老婆，他用他的大公无私，宠着女人的刁蛮任性，彼此成就一段佳话。

小陈不是这种男人。唉，小陈为什么不是这种男人呢？

要知道勤俭是可以纠正的，穿了二十年的衣服，背了十五年的包，一把火烧了不就完了吗？但能花这件事，是控制不住的。你或许会说，那控制他的经济来源，不就好了吗？

我妈最喜欢说的一句话是，男人有钱就变坏。每一个精明的上海女人都会想方设法把男人的工资卡搞到手，搞不到的，那是做女人的一种失败。我通常是这么回应的："唉，这是你们赚不到钱的女人才这么弄，做人没有财务自由，是多么难过的一件事情。"

而且小陈的花法很刁钻，他并不在自己身上花钱。去年曾经穿着佐丹奴跟我一起出去逛街，我说："佐丹奴？你这样穿，万一别人认出我怎么办？"小陈当时没说话，今年他连续几次被人认出来后，佐丹奴就再也没有穿过了。

"你换了什么牌子的衣服穿？"

小陈倔强地转了下头："名牌。"

"啥牌子？"

"优衣库。"

优衣库属于心里有点数的牌子，不仔细看，根本找不到商标在哪。

那我还能说啥，就像你去抓贪官，发现这个人穿的衣服还没你的袜子值钱。小陈的花法，是体现在别的地方的。

比如，他非常热爱逛超市，有些老头老太，每天都要去超市逛逛，看看会员折扣，注意下有没有买一送一。小陈逛超市不挑日子，想到了就逛。当我在商场楼上心猿意马琢磨着要不要买包时，他带着儿子在楼下全市最贵的超市，买得风生水起。

朋友，你睁开眼睛看看，这是你乱买东西的地方吗？

小陈回家很开心地给我展示了一瓶茶叶：“你看，我专门给你买的，玫瑰黑枸杞，对眼睛可好了。再看这个，桑叶菊花茶，可以减肥的你知道吗？”我一看，黑枸杞，一瓶三百八十八。他脑子里到底在想什么？

要是在普通超市，那就更刹不住车了。我妈逢年过节的时候，会去超市大采购一番。小陈每一次去超市，都是逢年过节式的买法，两大马夹袋装得鼓鼓囊囊。他热爱买新鲜水果、蔬菜，大量各种名目的菌菇，三天前刚去家附近的超市采购了一轮，三天后还能买上一波。

有一天，他买回来一根新鲜人参。上面粘了很多土，小孩一边说：“它叫人参为什么它长得这么丑？”一边用毛刷轻轻地刷着。

“你买人参干吗？”

“用来煲汤啊。”小陈的回答再自然不过了。是的，福建人光煲汤的食材就可以填满整个冰箱，虫草花、鳄鱼肉、鹿茸片、高山灵芝……

我从小喝番茄蛋花汤长大，还不是长到了一米七五。

小陈斗志更高了，他买了象拔蚌回来，说：“啊，又贵了，现在要七十多块一斤，你知道吗？”

我根本不想知道。象拔蚌是一种其腥无比的食材，福建人在厨房给象拔蚌挖肠子的时候，我感觉自己就站在筑地市场门口。

后来我终于明白了，他每次在超市买这么多吃的，不过就是在一解思乡之愁，福建人必须和新鲜的水果蔬菜海鲜住在一起，不然他会失去养分的！

吃，也就算了。我并没有那么抠，吃上面花的钱，还是比较有限的。

小陈热爱的不是买的东西，而是买东西的过程。

小孩去照证件照，套了件西装，觉得很好看，说要买西装。那就买一件呗。

小陈在网上买了八套回来试，还有配套的衬衫、裤子、皮鞋，数目都在五件以上。最后终于留下了三件，儿子每天在家里问：“为什么天还不冷？我到底什么时候可以穿西装？”

我真的不明白，一个五岁的小孩，为啥需要三套西装？

当然，这话我不敢当面说，我从来不上班，但是上班穿的西装，可能柜子里有十件吧。

问题在于，钱给自己花，和给别人报销，完全是两种心情。自己花钱的时候最理直气壮，小陈给我递财务报销表的时候，我通常都要倒吸一口冷气：“你怎么花了这么多啊？”

“你等等，你为什么要把猫粮也算进去？”

“上次你自己说，可以报销的。”

是的，花的钱不是自己赚来的时候，最喜欢做个好人。小陈有意识地诱导我：“现在猫粮真的很贵啊，罐头又涨价了，要不要换个牌子？”

我立刻上当了：“不要啊，猫身上有什么可省的，猫粮可以报账的！”

小陈已经不是当年的小陈了。当年我们还能为了万一中五百万彩票后怎么花大吵一架。

现在，他在家忽然拍大腿说：“糟糕，忘了买彩票了。”

我送上当年的题目：“你中了一千万后打算怎么花？”

他毫不犹豫：“给你买房子啊。”

我犹豫了：“那买完房子还有二百万装修费呢。”

小陈脸上充满了智慧的微笑：“我就再去买彩票啊。”

……

他非常高兴：“你问啊，你再继续问啊，中了五百万，去掉装修费，还剩三百万呢？”

“噢，你打算怎么花？”

“都给你！”

我觉得莫名其妙，这事未免太不符合常理，幸福来得太突然了吧？

小陈抛出了关键一问：“既然这样，那我买彩票的钱可以报销吗？”

真的，夫妇之间要是什么都想着报销，还有什么人间真情可言？我感觉自己可能走了一条错误的路。

不管怎么说，自从执行全职爸爸制度后，肯干家务、会带小孩的老公有了，新的烦恼也诞生了：到底怎么样，他才能变得很抠呢？

我可不想做那个抠得要命，什么都要管的管家婆。

一个家里，总要有一个黑脸大恶人吧？

艾文爸爸说：我不怕老板要求高，就怕老板没原则

昨天遛完艾文回家，看到冰箱里放着两组酸奶。我一看还绑着促销胶带就知道出事了。

酸奶并不是我们家的常规消耗品，偶尔我会买一组回来，七到十天才能吃完。居家人士都知道，促销装的鲜奶、酸奶通常都是马上要过期的，这种便宜贪不得。

但这是夫人买的，一定是有理由的，说不定另有他用。

“这酸奶你得一天吃两盒，四天后就过期了。”

放心不下，我试探她一下。

“这么快！我买的时候没看到包装上有日期啊！”

怎么能甩锅商家呢，这保质期印得字迹清晰。

“那需要我帮忙吃吗？”

不过，老板说什么都是对的，不能怼她。

“哎呀，酸奶这种东西，过期两天也没什么关系的。”

她这是要给自己找台阶下呢？还是真的打算过期继续吃呢？但我知道要是换我买了这批酸奶，夫人发现后又该狂吐槽为什么乱买东西！！为什么！！！

我不知道为什么夫人总盯着我买了啥东西。上次快递事件之后，家里吃的、用的我都减少采购次数。

我的决心是很大的。刚上市的杨梅，我再也没买过了。

前几天看见减肥路上的竞争对手——大姚同学朋友圈里晒了一台阻水划船机，我甚是羡慕。我小心忐忑地向夫人介绍了这玩意儿，立即被她以“家太小”“家里东西太多了”等理由给打发了。要知道，看《纸牌屋》的时候我就被种草了划船机，但当时我一句怨言都没有。

我不但把快递数量控制住了，并且还把收货地址改为物业，几天去取一次。就这样，好日子也没过上多久。这不，前两天她刚发过一次飙。

那天我送艾文去兴趣班，突然夫人来电气势汹汹地把我臭骂了一通。“你知不知道我一个人从物业抱着十个快递回来是什么感受，十个快递啊，你就知道买买买……”

夫人几乎是咆哮着掐断了通话。我在兴趣班门口等位区呆坐着，发型有点凌乱，久久不能平静。一定是哪里搞错了，此刻我的待收货清单里没有几件东西啊。

晚上回家拆了一地的快递才发现有几件是用夫人的信用卡积分兑换的礼品，真相在此。第二天我还没来得及起床解释，夫人一早已经回娘家去了。

相当沮丧，我这是再也不能网购了吗？我甚至想到了以后的日子里一件快递也不能有，只能每周悄悄地开车去大型超市采购必需品，还得趁夫人不在家的时候迅速把几大袋东西摆放入柜。不然夫人总是在埋怨：又买这么多。

我希望夫人能正视我做出的努力，留一条路给我。

没辙，夫人手握规则解释权，完全不讲理。

在男人的世界里总觉得呼吸困难

——全职爸爸第二十八周工作报告

当你有一个随时随地都在补给的丈夫，你已经没有对世界的恐慌了，只有对人生负担的恐慌。

小时候我们家完全是一个女人的世界，我爸跟《倾城之恋》里的范柳原很像，在家一声不吭，正经严肃，他一个射手座，把俏皮话都省下来说给旁人听了。当时我还有点忿忿，心想我爸好奇怪啊，出门一肚子风趣话，坐在中巴车上能把整车人逗得笑哈哈，为什么对我和我妈说话这么一本正经呢？

多年过后，细细一想，是因为他说不过。当家里某个性别形成绝对优势时，另一个性别就成了一种摆设。

现在，我就是家里的那个摆设。一家三口，爸爸和儿子是天然的搭档，连小猫贝壳都是公的。经过我仔细观察，现在趋势已经日益明显，他们正在偷偷摸摸打造一个男人乐园，一个女人根本不理解的世界。

自从我跟儿子说，周末要去日本富士山旅行后，我儿子有事没事总是若有所思，吃饭的时候忽然停下来凝望着远方，问他在想什么？他会很认真地回答：“我在想日本的火山喷发了没有？”

有时候坐在车上，他转头就扔过来同一个问题：“你说，火山喷发了怎么办呢？”

作为女性，我对这个问题思考得很简单，不会的，怎么可能？但儿子提问的方式越来越严肃，搞得我忍不住查了一下。富士山会喷发吗？资料显示富士山的确是座活火山，目前处于休眠期。但资料又显示该火山历史上共喷发过十八次，据专家考证，该火山每三百年会喷发一次。上一次喷发时间为 1707 年。

掐指一算，差不多该喷了呀！

果然儿子的担心不无道理。

小陈呢，永远在担心另外一件事。从今年夏天市场上有葡萄开始，他持续着叽叽歪歪地说：“怎么办，现在的葡萄都是跟提子杂交的，没有籽的那种，传统的葡萄真的很难买到。”我对此觉得非常莫名其妙：“有差别吗？”

他买回无籽葡萄时，失落万分地说：“这不是我要的葡萄。”买到有籽葡萄时，又精神大振地说：“这就是我一直在找的葡萄。”

来东京后的第一晚，我顺手买回了一盒葡萄，我在大街上晃来晃去时，小陈正在酒店里陪小孩写作业，总要买点什么回去意思一下吧。他吃第一颗葡萄时，又绕回了老问题：“嗯，很甜，但不是真正的葡萄，是跟提子杂交那种！”

过了一会儿他若有所思道：“真的很担心，有一天世界上没有葡萄了怎么办？”

我坐在沙发上惊呆了，男人关注的问题，怎么都这么有大局观？

葡萄这种东西，从这个世界上消失了也没什么吧？

因为男女思维的不一样，小陈永远都在囤有用的东西。他是生怕以后再也吃不到葡萄了，所以每次恨不得买十斤吃个够。我嘛，我属于永远觉得世界比自己靠谱的类型，消失的东西一定可以用别的东西取代。

来日本前，我就琢磨，这是一次非常单纯的山野旅行，只要准备好徒步穿的衣物鞋子就行了。

小陈的行李箱放上传送带，工作人员站起来无奈地笑了下，“先生不好意思单件行李超重了，二十五公斤，您看要不要拿出来一点。”

天哪，去富士山六天，为什么要带五十斤东西？当他打开行李箱的时候，我又一次震惊了，里面光小朋友的数学书就有五大本，取出来后立减四斤。还有上次在莫干山没用上的对讲机，三个，安安静静地潜伏在里面，GoPro（运动摄像机）、无人机，还有一大堆我无法理解的装备。

为什么呢？我迅疾想到了前两天买的一本书，其中有一篇文章，名为《准备到非洲内陆旅行一年，该如何准备行李》，文章一开始写道：两个麻布袋，里面满满装着以下物品：三百磅咖啡、四箱茶叶……我已经晕倒了，这些男人到底在想什么？去非洲不喝咖啡也没什么吧？

但男人们好像都是以拓荒者的姿态去的。小陈拖着五十斤行李来到中转站东京，又像老鼠掉进米缸一样，欢快地走进便利店，买了四大袋东西。

“喂，我们又不是去富士山顶露营，不用带这么多东西吧？”

小陈理所当然地回答："路上我要吃的。"

"路上你要吃四袋东西吗？再说我们住在很好的酒店里。"

他又提起来："你想想竹富岛那一次，是不是岛上连个便利店都没有？"

所以他要把六天的零食都买齐。

就像去非洲的旅行者，认为非洲大地是荒芜的月球一样。问题就是，当我翻开袋子，看见一瓶750ml的保鲜牛奶时，我忍不住有点窒息了。男人到底在想什么？不久前去莫干山那一次，三天，他非要带上两瓶一升的牛奶。刚才从酒店出门到饭馆吃饭，他的背包里像手榴弹一样左右各插着一瓶矿泉水，为啥呢？

为啥到哪里都是一副置身荒野的恐慌感？

作为女人，怕是永远都理解不了男人。同样，这些男人永远理解不了女人为什么要在出门前换上半小时衣服，五条不同的黑裤子之间，有什么具体的差别，他俩待在门口，好像在等待天荒地老一样，摆开了一场飞行棋局。

这种场面经常让我想起一个以色列作家写的，夫妇之间到底应该如何和睦相处的文章。

文章里说男女生活在一起，当然有诸多不便，一个想找个咖啡馆好好坐着，一个只想去烟熏火燎的烤肉店大吃特吃，一个想等商场开门冲进去大逛特逛，一个只想五分钟结束战斗赶紧走出商场大门，怎么办？

以色列作家提出了一个公允的办法：只要分开来住就好了。一开始，他只是搬去了他家楼下的一个工作室，后来，夫妇俩发现这样两人还是有很多交集，免不了要一起吃饭，一起出门。后来男人搬到公寓的顶楼，特意避开妻子出门的时间。再后来，他俩根本忍受不了做邻居了，男人干脆搬到城市的另一头去住，随着距离越来越远，两人的关系也越来越好，男人最终决定，换个城市生活得了。

所以说夫妻异地是一件多么美妙的事情，夫妇间要想相处愉快，最好什么东西都能分两半，生两个孩子，一个爸爸养，一个妈妈养，这样谁带小孩，另一个都不能大放厥词，你到底怎么带的孩子？住两套房子，也不会出现原研哉那种情况，原研哉是日本最著名的设计师，无印良品的艺术总监，极简主义的践行者，结果老婆最喜欢华丽的宝冢风，恨不得卫生纸都是蕾丝的，家里都是蛋糕一样的纸巾盒、蛋糕一样的挂钟、蛋糕一样的垃圾桶。

我挺佩服原研哉的，就这样，他也没搬出来住。

很可能正是这些华丽闪亮的东西，引发了他创作的冲动，一定要设计出看上去空无一物的东西。

这么一想，我就明白了，为什么近年来自己变得越来越女气，要知道当年我可是一双运动鞋走天下的假小子，跟两个男人一起住之后，生生被他们刺激成了一个女性，一个买再多衣服都觉得不够的如假包换的女性。

毕竟我走到哪儿，都不会担心火山是否喷发，葡萄是否消失，山里是否没有新鲜牛奶。

当你有一个随时随地都在补给的丈夫，你已经没有对世界的恐慌了，只有对人生负担的恐慌。想想看，一家人出门野餐，你打开野餐盒，发现里面准备了够吃一星期的食物，你什么感觉？

我的感觉常常是，够了，让我去到一片真正的荒野吧！

艾文爸爸说：亲子旅行的精髓

十月，终于等来了一次像样的旅行。携一家三口来到富士山跟前，在这住了整整一星期。

不同于以往，这次三人各怀心思。

夫人的目的最单纯，只是换个地方工作而已，去哪都差不多。这到底是自由职业的幸福呢，还是悲哀呢？

我的心思稍复杂些，毕竟现在是幼升小的黄金时期。若不是早在五个月前就已经订好行程，我绝不会选择这个时期出行。

忧虑的事情不少：

1. 一个多月前即在关注和预约各学校的咨询日、公开日等，还要避开旅行冲突；

2. 向幼儿园、各兴趣班、补习班老师请假，或安排调课；

3. 制定艾文这一周的自主学习计划。

艾文最近痴迷火山，他在近期画的每一张画上都添加了一点火山元素。毫无疑问，他对这次的目的地非常满意。

“耶，这是我第一次去富士山。”

离开家门，艾文切换到了兴奋模式。

“这也是我第一次去，我可是一次旅行都没把你落下啊！”

夫人深情地感慨。

确实如此，自夫人怀胎三月开始算起，她去哪，就带着艾文去哪。

前几年算是亲子旅行的新手时期，因为贫穷限制了想象，我们一直没走出东南亚，大部分的精力都用来集中应付艾文的吃和行。倒也不难，两三趟下来摸索出精髓：便携装备很重要。

诸如：

1. 务必使用最轻便的推车、伞车，方能解放双手，并且随时随地能让小孩安心睡上一觉。

2. 务必带上便携餐椅和专属餐具，方能自信从容地走进任何一家餐厅，三餐不愁。

反正，这些都不叫事儿。设备再贵，也不过是小四位数能搞定的。

总结至此，不禁羡慕起从前的旅行。

如今全都变了。近期带孩子旅行有以下几大特征：

1. 洗衣服明显劳累了许多。

艾文小时候出行配备的多是舒适款的纯棉衣服，易清洗，每日换洗两三套不嫌多。现在出行各种功能、不同薄厚的衣服都要带着，好多是不易手洗不易干的。

2. 我满脑子想的都是艾文的学习。

就算带着周全的学习计划出门，每天还要花大量的精力对付艾文的这句话："我能不能多玩一会儿再学习。"

艾文长大了，学习是件大事。前几次旅行，幼儿园老师均反馈艾文迟迟收不了心，"人回魂未回"。为了避免同样的问题，这次我可是带足了书本练习本，每天见缝插针尽可能地多陪着艾文学习。

这次应该是有史以来第一次带着学习负担出来。

某天晚上因为万恶的数学作业，我把艾文给骂哭了，夫人接着又把我给教育了一顿。这哪像是在旅行，明明是家中日常的延续。

唉……一次深刻的自我检讨又免不了了。

如果我俩互换身体，会表现得更好吗？

——全职爸爸第二十九周工作报告

全职带小孩这份工作，最委屈的地方就在于，这是一份拿不出任何成绩的工作。当你努力照顾一个小孩，从他的饮食起居到ABCD加减乘除，小孩会了那是他自己的本事，小孩不会只会显得家长有问题。

都说天道有轮回，上一次在巴黎临时改签机票，送小陈和儿子上飞机没多久，这一次轮到他俩在富士山下，遥送我上飞机。忽然要去北京出差，我去不去呢？

虽然万般不舍，但命运就是如此无情，作为家里的顶梁柱，我不出门工作，谁赚钱养家？小孩说："妈妈我不想你去。"我说："是因为妈妈去工作，我们才有钱出来玩啊。"

小孩很坚定地改口："妈妈你去吧。"

临走前带着儿子在森林里捡松果，我心情非常复杂，眷恋，不舍。儿子是多么可爱啊，他天真又无邪的脸庞，经常静静朝向一个方向，叫出声："快看，长脚大蜘蛛。"或者迅速低头捡起一根松枝："看，这是可以放到火里噼啪噼啪响的树枝哦。"眼看时间过了一小时，两小时，终于，离别的时候到了。

小陈拎着我的行李说：“唉，我真羡慕你。”

哎？等等。

“你羡慕我什么？”

小陈：“我真羡慕你能走出大山。”

小陈觉得在富士山住六天实在有点太长了，酒店晚上虽然经常能听到野猪叫，林子里也经常有野猪刨地的痕迹，但总的来说，山中岁月长，缺乏一定的刺激。每天最大的刺激，来自辅导小孩写数学作业。

说到这个我又气不打一处来：“小孩不会，难道你吼吼他就会了吗？这种野蛮教学法，怎么体现你做全职爸爸的先进性呢？难道把孩子骂哭，就是你当大人的能耐吗？”

小陈气呼呼地说：“你知不知道他跟别的小孩差距有多大？你知不知道 ××× 的妈妈为了教 ××× 五十以内加减法，骂哭他多少回？你儿子现在只会二十以内加减法！”

“那又怎么样！”我忽然意气用事地想，算了吧，我想让小孩做个百分百的废柴，高等游民，他爱干吗就干吗，为娘既然能养你，为什么不能养你一辈子？

人类有种特别令人嫌弃的本能，那就是挑剔起别人的工作来，特别有理有据有模有样。

我走的第一天，小陈给我发了一段视频，视频里儿子做着数学题，忽然撂挑子不干了：“我要妈妈来教我。”

我走的第二天，听说他跟他爹说：“要是我是你，你变成我就好了，这样我就可以好好地骂你。”

艾文现在对自己的身份很不满意，经常有一些不理智的想法。

有一天他跟小陈商量："爸爸，你说如果我变成火山，我是不是可以不做作业了？"

小陈断然否决："如果你是火山，你要做三百年作业，才能喷发一次。"

艾文哦了一声："那还是不要了吧。"

这让我有了一种奇妙的想法，当我在北京忙得四仰八叉，每天见人谈事，回房间写东西，出门暴走寻找灵感时，我总是会想起跟儿子在山上捡松果的时候，多么愉快，多么轻松，小陈到底为什么，要羡慕我呢？

如果我和他互换身体，我变成他，他变成我，或者有朝一日，小陈变成了公众号红人，我退居二线归隐带小孩，会怎么样？生活会变得更加和谐吗？

仔细想了想，全职带小孩这份工作，最委屈的地方就在于，这是一份拿不出任何成绩的工作。当你努力照顾一个小孩，从他的饮食起居到 ABCD 加减乘除，小孩会了那是他自己的本事，小孩不会只会显得家长有问题。

小陈每次骂完小孩，都会狠狠说一句："你要不对他狠一点，他根本不会成长。"

说得也对，我儿子曾经被我养成一个废物，从小洗澡不能使用淋浴，因为害怕眼睛会进水，他一直像宫里的娘娘一样，使用坐浴方式。洗澡的时候，我妈扮演老宫女的角色，在后面轻柔又有节奏地往小孩身上一瓢瓢浇着温水，美其名曰："我怕他冷。"

至少大半年前，艾文还是这么洗澡的。现在，他已经会自己一条龙作业，从脱衣服到进去淋浴，出来擦干，迅速搞定。

回想起这件事，我就觉得小陈干的真的不是人干的活，当你把宫里的艾文从坐浴盆上拉起来，往他头上浇水时，他表现得就像要窒息一般，鬼哭狼嚎大吼大叫，我和我父母在外面听着这种杀猪般的叫声，常常觉得太惨烈了。

“他还是个孩子啊！”

“有你这么对孩子的吗？”

小陈仿佛在枪林弹雨中孤军奋战的英雄，前方是一家三口各种看不过眼，后方是亲生儿子完全管不服帖。

而等他终于教会了小孩独立洗澡后，我保证，没有一个人会觉得这是一件值得吹嘘和肯定的事情，不就是洗澡吗？小孩长大自然就会了。

他现在拼命吼儿子的数学也是一样，那些简单的加减乘除，终有一天，我的儿子无须任何指导都能明白，可时势不等人，儿子连起跑线都没挤进去，他怎么开始？

站在我的角度，我挺羡慕小陈的。多重抗争后，他得以在外面租了一个小公寓，八十九平方米，三室一厅。进门一看，我深深地为我们家的猫担心，贝壳从出生开始，可就没住过这么小的房子，能适应得了吗？

小陈开心坏了，卷起袖子说：“我将给你们一种不一样的生活。”

他打算买一个单人电冰箱，放在客厅，专门放茶叶用。他还打算把结婚时专门快递到我家，从此积灰六年使用次数为零的电子茶盘，搬过去再次投入使用。毫无疑问，他要在那个小天地里，打造出一种小福建的风格。

最后一天的东京大采购，小陈开开心心买了电饭煲砧板筷子茶具……一样样拍给我看，陆陆续续说着：“床垫快到了，墙也刷好了……”

我不行了，我光想想买这些东西，还要投入使用，整个人都要崩溃了。

如果我变成他，我可能就是一个怨妇，每天都在担心，小陈出轨了怎么办？小三会不会上门来说：“你这个老女人，还不赶紧给我滚，他已经不爱你了。”

相反，小陈从来不需要担心这个问题，自从我宣布给全职爸爸发工资后，我那些男性朋友全都调转风口来问我：“老板，还缺人吗？少给点也行啊。”

不，一个就够了。

一个已经让我殚精竭虑，每天都在思考到底去哪里才能多挣点钱呢？

甚至偶尔买了一个包，无心之失说出多少钱后，小陈都会有理有据反驳我：“什么？你这个包要三万，为什么你给我批的新家预算只有两万？”

我竟无言以对，当时就想卖了这个包，给他提升一下家庭品质。

但哥们儿，你跟你儿子其实一模一样，不对你狠一点，你怎么能成才呢？

我可是按照高薪人才使用标准来划预算的。

公司就是没钱，预算全靠本事。

艾文爸爸说：

前几天去机场接夫人出差回家的路上，她重点关注了一个问题：

“能不能承诺以后不要再对儿子这么凶？”

夫人这个问句听似商量，实际是对我极其不满的抗议。

在富士山分别的前一天晚上，夫人目击了我在辅导艾文数学作业的时候当场崩溃，甚至把他的作业本扔了。应该就是针对这个事来找我秋后算账了。

“能！”我当即态度鲜明地表态。

“如果不能怎么办，以后你凶他一次就罚款吧，说个数。”

“两千！”

“哇，我以为你会说个五百的。”

夫人投来的眼神，敬佩中夹着一丝怪异，像是发现了我的私房钱线索似的。

并没有私房钱，这两周置办家居，夫人随口说的预算根本不够用，严重亏空。

“就按两千执行吧！”我很坚定。要有约束，对自己狠一点，方显决心。

世界上没有一场吵架是单纯的
——全职爸爸第三十周工作报告

我终于理解了为什么小陈要换个地方住。

他对旧世界的规则厌倦了，现在他就是规则本身了。

我们搬家了。

一般来说吧，人总是往好处走的。但从二百多平方米的复式搬出来，搬到一个八十来平方米的公寓，我的心情十分复杂、纠结。

这一切都是因为小陈想要一个属于自己的厨房，他没办法寄人篱下，哪怕出门租个五十平方米的，大概也能欣然接受。我就不一样了，在追求自由上，我是西式做派，在享受照顾上，喜欢中式风格。好不容易通过五年的吵架，把我爸妈培训成了较为贴心的室友，他们帮我打扫卫生，一天做三顿饭，收快递发快递，照顾小孩，喂养小猫……

不搬出来住，还真不知道亲生父母有这么多好处。然而为时已晚，一山不容二虎，小陈想要一个自己的家。我耐心安慰了他很久，再给我一点时间，马上就能买别墅了。他听闻我离买别墅还差一千多万，头也不回去租了一个月租四千五的三室一厅。

第一次来看这套公寓，我被其中颠沛流离、勉强度日的气质深深给吓到了，一屋子旧家具，坏掉的地板，惨绿的墙壁，小陈在里面满脸焕发着喜悦，“怎么样，就这套吧？小区环境不错哦。”为了刺激他，我告诉他这里的房子我十年前跟前男友一起来看过呢，当时要是前男友同意买，还有你什么事。

我们上海人谈恋爱很现实的，一旦认真起来，必定要以房子来落实。

小陈笑眯眯地说：“缘分啊，十年后你又住到这里来了。”

十年前，这里的房价只有七千一平方米，我傻不傻，我当时竟然觉得，这辈子怎么可能买得起这种房子？

眼看他心意已决，我只好付了定金，员工需要一个新的办公场地，在家凑合的确不是办法。但是想来想去，我跟小陈说：“我对物质已经厌倦了，我们能不能搬到一个空无一物的房子里去，这样吧，全部家具电器刷墙整修，预算两万五行不行？”

他一口答应。

然后他在日本花五千块买了一个崭新的电饭煲，我不明白这是为什么，因为我已经好几年不吃米饭了，小陈说：“你不懂，那是因为你没吃过好吃的米饭，你会爱上米饭的。”他忘了去年他也买过一只五千块的电饭煲，放在我爸妈的厨房里，好像也并没有惊艳到所有人的味蕾。

小陈是装备派，在大概两周的筹备期里，我看他一箱又一箱地买着东西，一开始我还会问：“喂，买二十瓶调味酱料干吗？喂，买这么多碗干吗？家里才三个人。喂，怎么垃圾桶都有这么多个……不是说好要极简风格的吗？”

小陈不响，他格外用心地花着他的两万五，买桌子、椅子、专门用来装饮料和茶叶的小冰箱、可以泡茶的自动饮水机，连纸巾盒都买了好几只，有一只纸巾盒是跟笔筒连在一起的，还有一只是跟牙刷连在一起的……我从北京出差回来的那天，去新房视察，发现一只自动打开自动关上的垃圾桶。我妈在旁边看得喜不自禁，说："啊呀这个真的很好用，就是贵了点。"

"多少钱？"

"你老公说两百块。"

"什么！为什么要花两百块买一只垃圾桶？"

小陈开始歌颂起来："你不觉得很好用吗？这样你永远看不到垃圾在你面前敞开。"

我没事干吗老盯着垃圾桶看啊，我不明白这只垃圾桶的意义，这样不会很烦吗？想扔垃圾还得让垃圾桶感应一下，发明这个东西的人到底在想什么？掩盖垃圾桶的真实面目？

儿子特别高兴，他没事就蹲在这只垃圾桶旁边，"妈妈你看啊，它打开了，它又合上了，它是自动的，你知道吗？"

自动的很了不起吗？我还是人工智能的呢。

小陈不显山不露水地开始哭穷了，委婉地提醒我，两万五不够，想买个电视机都不够。"我有什么办法呢？我这个月也紧张得很，你不能什么东西都按最高标准来，比如这个垃圾桶吧，买个二十块的就好了，买二百块的干吗？"

他脸色阴沉了一阵，忽然气呼呼地说："你新买的包要三万块，垃圾桶买个两百的怎么了？它还是自动的！"

此话似乎很有道理，我的包看起来平平无奇，除了让一些虚荣的女人看出来是只名牌包外，它一点实际用处都没有，连一本厚小说都塞不进去。小陈自以为抓到了我的命脉，开始大说特说：“为什么你买个包可以花三万多，我装一个房子只能花两万五？”

“因为我相信你，不管给多少预算，你都能一毛钱不剩地花完，所以我当然按最低标准给。”

小陈把头转过一边，放弃沟通。搬家前一个星期，他总是一个人在新房子里待上一整个白天，到晚上才十分不情愿地回来，他要住到属于自己的家里去。

在搬家这件事情上，小陈和儿子最是积极，我从一开始的消极抵抗，到最后只能无奈接受，有什么办法？买不起别墅，只能接受命运的碾压。或许这就是婚姻生活抛给我的终极考验？

我妈一开始很忧伤：“为什么要搬呀，我对小陈不好吗？每天都像对小孩一样，给他买橘子、买栗子，啊呀呀，我对他多么好啊，你们走了，邻居肯定以为是我跟你老公关系不好呢。”

中间又很愤怒：“走吧走吧，以后我再也不用忙活三小时煲个汤了。”

最后她比谁接受得都快，星期一我们刚搬出去，晚上再回去拿东西，看到她已经欢快地支起了麻将台，呼朋唤友，好不快活。

搬到新家的第一天，我跟小陈猛烈地吵了一架，因为洗手间的纱窗，他忘了装，还大大咧咧地打开窗户，放进来几只秋蚊子。往常小陈是善于服软的，这回在新家他终于可以畅所欲言了：“我就是不关！”

我再也不是家里的最高领导人了。没有两位老臣的辅佐，小陈寸步不让。

带着这样一种深深的失落，在新家满是尘土味的房间里，我辗转难眠。

第二天早上，全家人都起晚了，小陈催促着儿子："快点把牛奶喝完。"

儿子扭捏了一句："不想喝。"

他即刻摆明立场："没用，这里只讲规则，规则就是你要喝完牛奶。"

我终于理解了为什么小陈要换个地方住。

他对旧世界的规则厌倦了，现在他就是规则本身了。

我对新家有三个想法：第一，真的好小好破啊，没有一面墙的书柜，也没有步入式的试衣间；第二，停车位这么少这么挤，简直就是在催人奋进；第三，人到中年，一想到家是租的，情不自禁悲从中来。

我非要打下一片新的江山不可！

顺便说一句，我新买的包，十一月开始涨价百分之六。小陈的垃圾桶涨了吗？没有。

艾文爸爸说：我用老婆买一个包的钱置办了一个家

从开始规划搬家之日起，夫人便给我立下了原则，其实只有一条：预算两万五。

可能是平时爱逛超市暴露了我对精致生活的追求，夫人对我即将开始的大采购深表担忧，决定引入预算制。

我心里迅速默数了几个大件，工作台、艾文的学习桌椅、床垫等，约一万。剩下一万五覆盖其他小东西应该足够。于是爽快答应，同时也给自己埋下麻烦的种子。

先说说那些没进入预算编制的支出。

签完租房合约，夫人才第一次进屋考察，指着卧室提出整改意见："我不喜欢绿色的墙，换个颜色。"

"没问题。"

刷道漆，我估算应该是百元级别的支出。

后来我去油漆店咨询，刷一道漆确实是千元内，老板帮我联系好刷漆工人接活，但夫人临时升级了品质要求，让我给预约 LB 刷新服务，他们的标准流程是刷四道漆，最后花费三千。

接着夫人又提出："这窗帘太土，全换了。"

"就住一两年，别太讲究。"我印象中窗帘可不便宜。

夫人说："你不知道对着一个糟糕的窗帘会影响一天的心

情吗？”

“换！”没什么比夫人的心情更重要。

于是又花出去一千五。

再补充一个计划外支出：我又从日本背回了一个电饭煲，五百元。原计划不是这样的，最初我只想买一个小米之类的将就过日子。

在日本的时候夫人主动过问电饭煲。聪明点，要理解领导意图，于是我当即取消了小米计划。并且，这还能算旅行支出。

但，老板都是擅长精算的，旅行回来后夫人把这一笔支出挑出来，归入新家预算。

于是我揣着这两万，准备精打细算。打开天猫、京东、叮咚买菜，在服务区范围内的都逛个遍。买买买，根本停不下来。

但是到了星期二，就出事了。

那天我前脚刚出门送艾文去幼儿园，后脚天猫生鲜就送货上门了。不知是不是一大早被快递吵醒不痛快，夫人签收完就来电对我一顿猛批：“你买那么多菜干吗？（此处省略一百字）你知不知道冰箱已经放不下啦!!!”

“不知道啊！”

冰箱从零到满，是需要多买一些嘛！初次担当煮夫，对材料数量和搭配的掌握，需要一段时间磨合嘛！我准备下一句摆出这些正当理由。

“那你现在知道了吗？？”

夫人的气势，让我不禁庆幸这会儿我没在家里。

“知道了。”

“那你能不能不买了。”

“不能……”

我还是惦记着要解释一下，正准备简要说明下一批购买物品。电话那头已经挂线。

思绪凌乱……我全心投入为家，夫人却认为这是我在新的环境中尝试争取主导权的端倪，必须要及时打压。

为了能够平平安安回家，我还是及时向夫人认错。

接下来的两天，接到所有快递电话我都说家里没人，先送到物业代签，再少量多次地转移回来，及时避免进一步大规模的冲突。

眼见客厅、卫生间，以及最重要的厨房等各单位的设备陆续配齐，迷人的微笑回归我脸上。

并且我深谙夫人内心的追求，给她留够了空间，清爽的客厅里只摆了一张二点二米的工作台，没有一丝多余。

内心疯狂为自己的机智点赞。

然而，夫人并不满足于自已的空间，开始涉入其他部门找茬。

我列举几个典型的：

“你为什么要买个无线路由器？”

平时夫人倒是经常抱怨网络。没有一台好的穿墙路由，难道信号会主动地绕道进房间找到你的手机？

“你一餐只做两个菜，为什么要买二十瓶调料？”

夫人大概以为只需要给我一瓶盐，我这勤劳的双手就能做出各式美味吧。

“你为什么要买一个架子（厨房置物架）？”

干净整齐，全靠收拾，这事也需要我解释？

“你为什么要买这么多把刀？”

切菜、切肉、切面包，切水果，能一样吗？在成为未来的美食主播的道路上，我的尊严都快丢尽了。

“你为什么要买一个……？”

夫人一次次地灵魂拷问。

“哪有这么多为什么，生活就是这样子的！”

终于有一天我扛不住了。

不过这个家总算是坎坷地建立起来了，昨晚终于可以轻松坐下来算算所有花销。

看到这个账单，大家就知道我麻烦大了。

20000-23000=-3000

迫于财政压力，我暂缓了一批采购。

夫人最近又拉着艾文玩起了跳舞机，电视必须买一台。

我每天接送艾文，还要负责艾文的中餐、夫人的西餐，揽下所有家务之后，感觉时间根本不够用，特别想要一台拖地机。

虽然超标，但我还是只用夫人买一个包的钱，置办了一个家。

诈尸式育儿也是因为有不得已的难处啊

——全职爸爸第三十一周工作报告

那些被冠之以诈尸式育儿的男人们，平常忙于工作，转身一看，小孩已经变了，这些变化都是在他们不在的时候出现的，有的变化好，有的变化坏。

小陈和小孩，在香港住两晚后，匆匆忙忙赶回上海。

小孩第二天还要紧锣密鼓上课呢，只好留我一个人在香港多待几天时间，工作、会友、办事。

跟原来住我爸妈家不一样，这次是小陈真正的丧偶式育儿，他一个人带小孩住在新租的房子里，在香港灯红酒绿的夜里，我有点怀疑：这哥们儿能靠得住吗？

远方传来的消息都很简短：很好，睡了，没啥事。后来才知道，儿子去上幼儿园，早上蹦蹦跳跳时吐了，赶上传染病高发期，被告知要退回家里观察三天。

这是一个颇具毁灭性的消息，虽然没有父母不爱小孩，但真让你贴身跟亲生儿子待上七十二小时，根据我以前的育儿经验，我会觉得痛不欲生，一边痛不欲生一边跟正在出差的小陈大发脾气：“离婚算了，过不下去了。”

小陈倒是还挺自在，一副悠然自得的口气，慢悠悠地跟我说：“我已经把他三天的活动都安排好了。做题，上辅导班，去科技馆，打高尔夫，在家搭模型……”这些对我来说，都是极刑，其中最有摧毁性的，大概就是在家陪小孩搭模型了，一晚上能呕血二十次。

我回来的当晚，他带着一身西装笔挺的小孩，在机场接我，小孩只关心一个事：“妈妈你给我买飞机模型了吗？”

“买了。”这也是当妈的唯一一点用处了，咱总得让孩子惦记点什么吧？

晚上回家，夜深人静时，我问小陈：“怎么样，我不在，你一个人带三天孩子，有什么感想？”

他想了一下说：“没什么两样啊。”

“啥？”

“真的没什么两样啊。”

此乃传说中的丧偶式育儿，我在与不在，根本没什么不一样。不过回来后，还是能看到小孩的一点变化，特别是当他洗完澡，自己穿好一身衣服出来的时候，我深感变化之大，这孩子居然已经会一系列自主操作了，自己用浴巾擦干，自己从衣柜选衣服，自己穿上焕然一新，就跟猴子变化成人一样，前一秒还赤条条，后一秒从门缝里走出来，哗啦，一个小大人了。

另一件事是，他终于学会了自己擦屁股，本来以为要给他擦到小学呢。小陈很得意，说起了他的教学办法，当小孩坐在马桶上大喊好了的时候，他跑到卫生间，拿好一张纸，半蹲扎好马步，亲自给小孩示范，擦屁股是怎么一个流程。

我就从来没想过要这么教，不得不说，爸爸还是蛮伟大的。而且他还有教学规划，现在小孩怕擦不干净，一次往马桶丢七八次纸，他说过段时间要教会他擦两次就弄干净。

了不起，实在了不起。

我做不到这样，不仅做不到，还经常指指戳戳。上一周带小孩去小区公园玩，儿子运动能力一般，最喜欢玩的是滑滑梯。这时候来了个差不多大的小孩，身手之敏捷，跟石头里蹦出来的孙猴子一般，在整个游乐场蹿来蹿去。他和儿子打了个招呼，交谈一下，发现都是大班的。两人跑向秋千，只看那孙猴子两只脚踩在秋千架上，一下比一下荡得更高。儿子慢吞吞坐上那个秋千架，回头喊我："妈妈你来推我呀。"

我真是气不打一处来，怎么回事？美猴王一般的小孩，才该是我的基因嘛。

回去的时候，我跟儿子说："你看你是不是运动能力不强？"

他像要哭的样子说："哼，我运动能力很强，我是最厉害的。"

虽然我是他亲妈，却有一种恨铁不成钢的失落，跟小陈说起，他很淡然，答："刚搬来几天，当然不如这里的孩子玩得那么好啦。"但是小陈的练习方法也很奇怪，晚上十点儿子做好数学题，小陈说："我奖励你一下，我们去玩滑滑梯。"

这算什么育儿方法？

我能理解那些被冠之以诈尸式育儿的男人们，平常忙于工作，转身一看，小孩已经变了，这些变化都是在他们不在的时候出现的，有的变化好，有的变化坏。带小孩本来就是一份职业，虽然人人都能做，但做好做坏全凭个人本事。

一旦当爸爸的觉得自己做不好这份职业，全面退出，他反而理直气壮起来，带小孩有什么难的？而且他总是看着别人的孩子，发出有声的羡慕：看别人家的孩子，带得多么好啊，琴棋书画什么都会，我的孩子会什么呢？刚刚学会自己擦屁股。

于是这个人的脑子就不清楚了，他决心要乱七八糟干预一下，一会儿说小孩怎么睡觉这么晚，一会儿说他为什么不去练钢琴，隔壁孩子都练到考级了。真让他自己抽时间来陪孩子，肯定一副要哭出来的表情，“怎么回事，我养家这么累，还要我陪小孩吗？”

我们这种人，出门带孩子，基本全靠“坑蒙拐骗”。我儿子年纪尚小，已经很快摸准了我和小陈两人的习性，他想要买飞机模型，对小陈晓之以理动之以情，他买东西的理由就跟女人想买新衣服一样，小陈说：“你已经有很多飞机模型了。”儿子说：“可是那些不是旧了就是破了，我连一个全新的完整的飞机模型都没有。”

小陈不为所动：“可是那些都是你自己弄坏的。”

两人僵持不下，最后小孩屈服了，自我安慰说：“我有办法啦，用白色的笔涂一下那些旧飞机不就好了吗？”

我比较好搞定，只要小孩愿意纠缠我三回，我一定会买。你说人类世界奇妙不奇妙，有的人时时刻刻注意着别人的需求，而有的人始终活在别人的世界里。

有个男明星为了表明自己是真艺术家，故意把老婆孩子说得一文不值，不值得付出，不值得关注，不值得回应，为什么？因为这就是他们的命运啊。“跟我在一起，老婆孩子都得学会认命，谁让我是个纯艺术家呢，你们得为我的工作我的天分我的世界，让道。”

男明星想要维持神秘感，不愿意跟人分享家长里短，也不愿意表露家庭温情，不然他怎么随心所欲做一个表演艺术家。

他就错了一点，真正的艺术家，该以艺术为自己的终身伴侣，又何必结婚生子多此一举，孤独终老不好吗？想要两边好处都占，怎么可能？

回家后我经常发现，我是个生活上的低能儿，很多事情能凑合就凑合，还有很多更要紧的事情要做，这样一个人，生出的小孩，难怪会是个高需求婴儿。

如果他不是扯着嗓子大喊大叫，很有可能，我已经把他彻底忘在脑后。你认为小孩是个麻烦，他就是个永久的巨大的麻烦。

小陈去幼儿园接呕吐的儿子那天，儿子爬到车上，问他："你是不是觉得养我很麻烦？"

我在远方，听了这件事简直想流泪，前几年你那么麻烦我，你怎么不说呢？

现在你才麻烦了你爸多久？

为了这几天的艰难付出，特此决定，给小陈发五百块奖金。

因为他又看中了一个高压锅。

艾文爸爸说：醒醒啦，开始拼爹吧

有一次在商场，我看到一位爸爸在训斥他儿子。

“那你去玩嘛，我现在陪你出来玩你又不玩。”

“你到底想怎么样嘛，我都出来陪你了还想怎么样。"

以上两句的语境是这样的：七十分贝以上，怒吼的状态，在人来人往的商场。

我之前看到这个小男孩踩着滑板车风一样地在我面前经过，我就领着艾文追过去，想给他找个榜样超越，没想到撞上了这么一幕。

一张造型奇葩却又非常舒适的椅子另一端坐着小男孩的奶奶。所以事情应该是这样的：

周末的下午，爸爸和奶奶到家附近的商场遛娃。爸爸很专注地在刷手机，奶奶则负责看着孩子。（只能是看着，因为真的跟不上啊！）商场里玩滑板车的小朋友很多，但风一样快的就他一个。也许是滑了几圈找不到对手，小男孩略觉乏味，于是回到爸爸身边求关注。这位爸爸的怒火瞬间就被点燃了。

他的语气听着绝对达到暴怒级别了，但脸色并不至于太凶。我还注意到后来爸爸拍拍小男孩的肩膀让他离开自己身边去玩的时候，眼神里是饱含着父爱的，也许他只是习惯了用这样的语气跟儿子对话。

奶奶发现有情况，立即起身说：走吧，我们去玩 ××× 吧。

别人的事我就不便评论太多。但是，想起夫人也经常有对艾文不耐烦的举动。艾文缠住她的时候，她倒是没有向艾文开火，她是这么处理的：

老公——快点来弄一下你儿子！

老公——快过来看看你儿子干的好事！

老公——快点把你儿子弄走！

……（一样的句式，还有好多好多。）

看来，小孩养得好不好，确实是靠拼爹的。拼学历，拼财力，拼权利，拼什么的都有。这些无疑是我的弱项，拼不过。我有另外一种拼法：拼爹的陪伴，而且是有效陪伴。

无效陪伴有几下几种：

玩手机式陪孩子：说实话，两个人一起出门，有一方很容易掏出手机来，一个人带孩子出门，反而更专注，无暇看手机。

打麻将式陪孩子：小区里的大妈们对麻将迷之热爱。丈母娘还坚持给家里引进了一台麻将桌，迫于压力，现在当杂物桌使用。

看电视式陪孩子：多数时候，丈母娘和老丈人在家带艾文就是这个模式。

这样的陪伴不仅无效，而且负作用明显。

正确的陪伴方式应该是这样的：

陪做作业，不是监视，更不要拍桌子；

很幼稚的游戏，陪着做；

陪孩子学车很练腰的；

小朋友觉得超有趣的游戏，陪他一起玩；

不要因为怕脏，就阻止小孩的一万次探索。

总之用心陪伴的，统统都 OK 啦。

拼爹吧，拼出正能量。

我是如何培训一个写作新手的

——全职爸爸第三十二周工作报告

很多写作的男人，起步开始创作，都是因为一个女人。

小陈多么幸运啊，有我这样一个女人，决心要帮他。

很多作家刚开始写作是因为贫穷。

我就是这么走上这条路的，多年后我开展了第二计划，想培训小陈成为一个公众号博主，一个自媒体人，解决一下他的贫穷问题。

养家真的太贵了，我猛然发现一个问题，就是当你大大方方给全职爸爸定下两万薪水，以为区区两万就能解决所有人生烦恼时，事后就会痛心疾首幡然醒悟到：原来两万只是个起步价啊。

小陈在头三个月喜滋滋地拿着两万狂买东西，那时候我们还住在爸妈家里，吃住通通不花钱。我面不改色笑看风云，后来感觉哥们儿似乎有点刹不住车了，报账频率日益频繁，而且说他在为家做贡献吧，他买的东西总是让我一头雾水。

“看看这根南美球星最爱用的马黛茶吸管，”有天我从外边回来，刚坐到椅子上，小陈拿着他的茶杯，用这根又是勺子又是吸管的东西，搅动着杯中的铁观音茶叶，“看，里面有茶叶，但是你用这个吸管，就不会吃到茶叶。”

我很震惊，家里的茶都是一百度热水泡的：“你吸一口不会被烫到吗？”

小陈没有直接回答问题，只告诉我：“你知道吗？梅西也用这个喝茶。”

男人到底在想什么？以为用了这个同款吸管就和梅西舌吻了？

当然，这只是一个九块九的吸管，跟他买的九块九包邮的三百只蟑螂不可同日而语，这些都是小钱，大钱是旅行、租房、保险……我懵了，我想给小陈开发一个自主赚钱系统。一句题外话，在花钱这个节骨眼上，真的很佩服那些给女孩花钱如流水的有钱男人，这些人为了博美人一笑，什么事情都干得出来。雄性激素为何如此奇妙？我这种雌激素分泌体，抠抠索索的，给了小陈一个建议：“你也跟我一样，写公众号吧。”

很多写作的男人，起步开始创作，都是因为一个女人。有个我很喜欢的加拿大作家，开始第一部小说创作的时候，先是跟房东的女儿刻意偶遇，然后在房间和她共度一晚，从此他就不用交房租了。解决住的问题，还要解决吃饭问题，超市收银处有个金发女郎，经常朝他抛媚眼，于是顺理成章地，超市买东西的钱也解决了。

“去女人们身边，她们能帮你。”

小陈多么幸运啊，有我这样一个女人，决心要帮他。虽然他这辈子前三十多年，从来没想过要成为一个写公众号的人。我个人认为开一个公众号并不难，每天写一篇文章也不难，有时候出去玩，碰到年轻的朋友，我总是会劝她们：“开个公众号好了，养家糊口还是可以的。”

这时候我助理如果在旁边，就会翻白眼：“别信她的，她对谁都这么说。”

我在巴黎的时候，曾经劝过助理的姐姐：“你一个巴黎留学生，你不开个写巴黎生活的号？多浪费啊。”

大姚犹豫了很久，据说现在还在犹豫。

小陈的问题要简单很多，他每天都睡在我旁边，每天都听到我的鞭策：“写了吗？”

一开始小陈是热情的，虽然他写的那几千个字经常被我骂得一文不值。他写出来的东西，有那种明显的没受过任何训练的痕迹，第一段和第二段经常相差八条街，看起来风马牛不相及。

“喂，你到底想写什么？”

小陈沉默了，过了一会儿说：“我不管，我就想这么写。”

“不行，这都乱七八糟的什么东西。”

难以置信，明明写之前商量好了，开头、中间、结尾，主要想输出的个人烦恼，想要打动别人的心情，这些怎么都没有啦？

写作果然是一件很私人的事。

小陈的初衷是做一个旅游博主，他觉得写游记一点都不难，喜滋滋写了几篇游记后，字数开始越来越少，从一开始的一万多字一篇攻略，偷懒到输出一张 excel 表，他还振振有词：“这种简单的表格别人都想看。”

再到后来，一家三口去富士山，回来后我问小陈：“要不要写一篇？”他摇头如拨浪鼓：“没什么好写的，不就是住酒店、划船、骑马、烧烤。”

“你每个点写三百字，加点照片不就是一篇？”

“哎呀，我真的没什么好写的，我要转型了。”

他想要做美食博主，他觉得美食博主太容易了，只要写点菜谱就可以。

为了当一个美食博主，哥们儿不仅迅速搬出了丈母娘家，宣布自己要有一个厨房，还买了近五十瓶调味料。一开始我看到了二十来瓶，虽然惊讶，也不想发作，后来他买了一个厨房置物架，再后来他又买了一大箱调料。

“干吗啊，这么多调料，晚上还不是做个简单的炒生菜？”

“你没发现我每次炒的生菜味道都不一样？”

“那也还是生菜啊。”

“我的目标就是研究出一个最好吃的炒生菜。”

说得在下心中一惊，一直等着小陈写出一篇《世界上最好吃的炒生菜》，他没动静了，他说他想要做视频，美食博主都是做视频的。

“扯吧你，你到底什么时候写？”

“你不知道每个人都会有创作低潮期吗？”

“……”

要说我为什么还没放弃培养小陈，因为近距离观察他写作，真的很有意思。劳累了一天的小陈，坐在写字台前（现在他已经有一个距离我两米的工位了），伴随我十分钟问他一次：“你在干吗？”

主要是因为，问他写了吗？他每次的回答都太单一了。

如果问他在干吗，答案就五花八门了，他习惯于在每次写作前，把心中惦记的事情都做了。最近他要帮亲戚买一个泡脚桶，写作前他要搜索所有的泡脚桶，一边搜索一边说：“你知道吗？有两千多的泡脚桶，还可以捶打小腿……”

他还要看完所有的体育新闻：“你知道吗？ C 罗要结婚了。”

接着他开始剪手指甲、脚指甲，研究一下平安树的叶子掉得怎么样了，去看看小孩有没有踢被子，把还剩二十分钟的电影结束掉……看着小陈在屋子里转来转去，为了逃避写作连垃圾桶都开始收拾起来了，我非常享受。

一般人都觉得写作是件很容易的事情，马上想到在咖啡馆里，一边喝着咖啡吃着牛角包，一边优雅打字的女孩。

我呸。

还有那些语气傲慢的读者，每次在我写的文章下留言，说：“我也有一个写作梦，可惜我没时间，工作很忙。”

说得好像他们真的腾出工夫来，就能写出绝对好得多的作品一样。

朋友，不信你去开始一下。

晚上十点，我结束一天的工作，上床睡觉时，听到还在苦恼写什么的小陈，半夜三更啃起了甘蔗。

或许有一天，他会跟我提议，他需要一间自己的屋子，才能开始写作。

实际上我不反对，我能想象他在那间屋子里，抓耳挠腮、着急上火的样子。

有人形容写作就像做菜，拥有好食材就可以做出美食，食材不好手艺上佳也是本事。

而大部分初涉写作的人，需要克服的第一道难关，通常都是，如何不捣毁一个厨房？

小陈的厨房，又好几天没开火了。

艾文爸爸说：当我一个字都写不出来时，我经历了什么？

我觉得客观因素负主要责任：时间太少。主观因素的影响也不小：拖延症。

我这颗上进的心是时刻在线的，无论是在旅行的路上，还是逛家具市场，还是在没信号没网络的新房子里，我都是背着电脑，随时准备开工。这一点，我是向夫人学习的，她昨天更新的一篇，就是在去剪头发的路上完成的。

按理说我有足够的零碎时间可以拼出一稿。但只要一坐在电脑面前，我便不由自主地开始先刷刷新闻，看看网银账单、余额，边逛天猫边想想我还缺什么……

好几次，终于做完这一切，手头上实在找不出别的事情可干，差那么一点就要开工码字时，一阵困意毫无征兆地袭来，无缝衔接。

除了这些，还有一个不可抗因素：不知道写什么。并且它与拖延症是好朋友，互相加深影响：越不知道写什么，越拖延。

我开始努力找主题。我的大脑此时像个 T 台，A、B、C 三大主题像模特走秀一样依次来台前展示一番。接着又一个个淘汰，这都是些小事，发发朋友圈还行，专门写一篇，三百字都凑不出吧。

但一直写不出我又开始焦虑。于是我把 A、B、C 三大主题喊回来，那就抽签吧。翻到谁就写谁。我一定可以写出来的！

带着一颗坚定的心果然不一样，我顺利地码好了几行字。然后就卡住了。

写不出的状态持续到第十天时，我过得可是无比煎熬。

我茶饭不思，满脑子想着要写点什么。艾文的早餐五天没换过样了：两个小馒头加一个鸡蛋。幸亏小馒头是有不同颜色的，给他一种每天吃不一样的早餐的假象。

我睡得更晚了，常常硬撑到半夜两三点。只是熬出来的大部分时间，都拖延消磨掉了。

我起得更早了，第一组闹钟五点。普通人要在第一次闹钟响就爬起来是极其困难的，是的，我也是普通人。幸运的话，我会在第二组闹钟六点响时爬起来，坐在沙发上放空，缓冲至工作状态。

如此励志，感动自己无数次，却感动不了我的思路。

如此反复两三日，我已经进入了迷离状态。

比如，每天接送的兴趣班，我在错误的时间把矮文送过去了。

一个伟大的企业总会有低潮期什么的

——全职爸爸第三十三周工作报告

照理来说，老板应该是鸡血且热情的，不停教导员工：“我们要做一个伟大的团队。”

但现在我越来越觉得，在教小孩这件事情上，伟大似乎是不可能的。别太鸡血了，咱们慢慢来，父子关系要紧啊。

朋友抱着看热闹不嫌事大的心态，给我推荐了一本书，说你一定要买，肯定会对你很有帮助。这本书叫《奈飞文化手册》，我买回来拆封后，发现上面印着几个大字：“硅谷最重要的文件”。翻开一看，里面有一条说：发现员工跟岗位不匹配时果断裁人，哪怕该员工非常优秀。

这就是正常企业和家族企业的不同了。

正常企业裁人必不可少，一个开公司的女朋友告诉我，有时候你招十个人，磨合一下，也就一个人管用。家族企业没办法裁人，一旦决定请老公当全职爸爸，总不能下个月突然宣布：“你别干了，我想换个人。”

事情没有那么简单嘛。很多未婚女孩，很看重男人的道德规范，一会儿觉得已婚男人跟女的出门用同一根吸管有伤风化，一会儿觉得已婚男人跟女的在酒吧搂搂抱抱大逆不道，在她们看来，这大概就是结婚后碰到的最大问题了：他都结婚了，竟然还跟别的女人勾勾搭搭？

我们搞家族企业的人，从来不害怕这种问题，我想小陈如果出门勾勾搭搭，我也不至于这么烦恼，可以正儿八经发发火：“小样，你竟然敢对不起我？”女人只要抓住男人的把柄，她就可以安安心心挥鞭子了，而且是一副“你欠我五百万你为我干什么都活该”的面孔。

小陈在家干活干得很开心，每天忙里忙外鞠躬尽瘁，全职爸爸，很辛苦的，第一家务永远做不完，第二小孩永远管不够。这些我都能理解，我就是不能理解，他某些方面的固执。

他为什么老想爬到我头上来呢？

一星期前，小陈拿了一瓶花椒油给我看，说：“你知道吗？现在很多调料都不用自己弄了，你可以买含大蒜的油，也可以买含葱的葱油，还有这种花椒油呢！”

我说：“哦。”活了三十三年，还第一次有人跟我介绍花椒油呢，我可能应该表现得热情一点，但是花椒这个东西，对一个土生土长的长江下游流域居民来说，跟鱼腥草其实差不多，一种口感上带来麻烦的物种。

第一天，我在炒菠菜里吃到了花椒油，一股麻麻的口感。我说：“你放了花椒油？”

小陈喜出望外：“你吃出来了？”

这时我忽然生出一种少女张爱玲从鸡汤里吃出万金油的得意，我轻轻地说了一声：“嗯。”

第二天，我在酱烧小黄鱼里吃到了花椒油，又是那股熟悉的麻味，我问小陈："这个你也放花椒油？"他说："对啊，去腥的。"

好吧，也有道理，因为我想，我对小黄鱼本来就是一辈子不吃都行的。

第三天，我在炒花蛤里，又吃到了特别熟悉的、每天都见面的花椒油。怎么回事啊？为什么花蛤也要配花椒油？小陈理所当然地说："因为我爱吃花椒啊。"

关于这瓶花椒油，我还有一点不明白："喂，你不是买了五十瓶调味料吗？为什么每天都用这瓶花椒油，别的你不用吗？"

当老板的人都看不过铺张浪费，小陈的五十瓶调味料，一直是我内心过不去的一个槛，虽然内心无数次校正自己，这是他热爱生活的一个方式，但不知道为什么老是有一个魔鬼的声音在说："胡扯，这就是写不出作业的小孩买了一百块橡皮在玩。"

《奈飞文化手册》里有最重要的一条：我们只招成年人。

我的问题是，主业带小孩的小陈，作派未免也太成年人了。

小朋友不是应该"坑蒙拐骗"来教的吗？我理想中的全职爸爸，是超级温柔讲道理，如春风化雨般把小孩管得服服帖帖的。以前小陈还稍微有点那种意思，他回来得少，假期和小孩玩得很开心。正式上岗后，摇身变成后爸了。有天早上，我听到小陈又把小孩骂哭了。

一个月前他们在日本的时候，小孩买了一块表，从此天天戴着手表，非常开心。可惜的是，他还不会认时间，他拥有手表的方式，就像那些买了劳力士金表的成年人，有次我看朋友的劳力士，我说："天呐，太闪了，根本看不清是几点。"朋友很开心地告诉我："谁买劳力士是为了看时间啊？"

我儿子对着那块上面画了七八只猫的手表，也是这样，谁买手表是为了看时间啊？他只是想让别人看到，他有一块小猫手表。星期三他从校车上下来，告诉我：“你知道吗？我的手表慢了一分钟。”

“那现在几点？”

“反正就是慢了一分钟。”

“你又不会看表，你怎么知道慢了一分钟。”

“Coco 老师告诉我的。”

他对慢了一分钟这个事情很介意，虽然他根本不会看表。我把这个当成笑话说给小陈听，小陈跑过去大概第十遍教小孩应该怎么认表。第二天早上，小陈开始咆哮了：“昨天教你这么久，你不是会认了吗？你说不出几点，今天就不要上学了！”

小孩哇一声大哭起来，他真的不知道是几点，他脑袋里琢磨的是，分针指向“4”，那为什么不是 40 分？这件事到底有什么值得咆哮的？

育儿书上说了，小孩本来就有自主学习能力。可惜现在的事实是，所有家长都在理所当然地想：我教了这么久，小孩凭什么不会？

我站在小孩的角度，琢磨出来答案很简单，谁在被咆哮得头昏脑涨的情况下，脑子里都会缺根弦。于是我试图跟小陈讲道理：“你这种教育方法根本要不得，太残暴了，这是利用大人的权威在惩罚小孩。”

小陈又开始对我咆哮了：“我对他有耐心的时候你没看见，你就光看见我对他不耐烦的时候！”

你看，做一个家族企业老板，真的太委屈了。

身为老板，我竟然连咆哮的权利都没有，还要好脾气地开导员工："原来是这样，可他是小朋友嘛，还是要用小朋友接受的方式去教育他呀，那本《好妈妈胜过好老师》你看了吗？"

小陈朝我翻了个白眼，走了。

在中国当个家长，真的太难了，既要继往开来，又要革故鼎新。周日这天我跟着小陈一起出来，陪小孩补课。在电梯上，听到一个妈妈对小孩说："你听不听我的话，不听就滚。"

在教室外面，看到另一个帮小孩补课的妈妈，全程老母亲般含辛茹苦，追着大声吵闹的女儿耐心交流："三个小白兔走了，还有几个小白兔？"

这么比较一下，小陈也还算不赖。

照理来说，老板应该是鸡血且热情的，不停教导员工："我们要做一个伟大的团队。"

但现在我越来越觉得，在教小孩这件事情上，伟大似乎是不可能的。别太鸡血了，咱们慢慢来，父子关系要紧啊。

小陈不听我的，他脖子一扭，一定要往伟大的方向走。

这到底是谁领导谁呢？

艾文爸爸说：不带娃的人，有什么资格说我鸡血育儿

夫人说我现在俨然已成为一个只会刷题、时刻催促着艾文、逼着他学习的鸡血爸爸，她一边抹泪懊悔把艾文推向这条路，一边痛斥我把艾文逼出了厌学心理，不开心、不自信。

我能感觉出她那时的恐慌，因为接连好几天，她每天都要找我理论上几句，中心意思无非是这些：

“你那刷题的办法根本行不通。”

“你一切都用逼他的态度，怎么能对五岁多的小朋友如此残忍呢？”

“你以后能不能不要骂他，他现在都一点自信没有了。”

并且，顺便也把我给艾文报的这几个班全给批判了一通：“这些全靠刷题的补课，根本没有意义。”

总之。我做的一切都是错的?!

以前我俩吵一场架不超过十二小时，来气了我就顶两句，也不在乎输赢，气过了立即认怂和解。

这一次，许多天过去了夫人仍没拿下这一场论战，因为，这个锅我不背。

每周的补习班一般只有我陪着艾文去。因为补习班在商场，夫人心情达到峰值时也会一起去。到达商场分头行动，仍然是我陪艾文上课去，夫人则找个舒适的角落，喝杯咖啡，在她的全职爸爸工作报告中使劲地吐槽我。

夫人说的补习班教室外的那一幕，几个月前我在休息室里也看到同样的场景。当天我就跟夫人讨论这一家人：妈妈把教会孩子解题当作至高无上的目标，完全忽略了小朋友的行为习惯，包括在桌子上爬，在休息长椅上跳，大声喊叫，以后我们要避免同样的错误。

夫人在上周末终于亲眼见到了我之前跟她讨论的这个“现场”，她据此推断这个机构的教育方法有大问题，不适合艾文。

那位小朋友的情况只能代表他们家的教育理念，怎么能代表一个班甚至是一个机构呢？聚集在这里的不同实力段位的小朋友们，经常互相交流着与学习有关或无关的东西，那种关系类似同学，又不像同学那样亲密，在社交和学习上，都能给小朋友们带来进步。

每次上完课，老师会邀请家长留十分钟听听一节课的概要，以便平时在家以更好的方式辅导小朋友。上课内容覆盖也广，有数学逻辑、语言表达等，小朋友们学起来并不吃力。偶尔遇到有些偏难的知识，我并不要求艾文必须学会。

如果一定要评价这个补习班，矮文有话说：

“我喜欢的呀！”

成为女作家的男人，你是不是有点太突出了？

——全职爸爸第三十四周工作报告

互相责怪主要是失败感作祟，每次参观完一所学校的宣讲会，我就心想小孩可能考不上任何一所好学校，内心失败感油然而生。骂小孩没道理，骂老公反正不骂白不骂。

周一的时候，小陈说："某某视频周三会来家里跟拍我的一天。"

"哦，是吗？"我有点兴奋，"那我要不要出镜啊？出镜的话我要早点叫个化妆师来化妆的。你提前通知我啊，我上镜需要减个十斤才好看。"

小陈说："那你就别出了吧，你不重要，你不在也行。"

我听着觉得不太对劲："什么意思，我不出镜，那你看起来像单亲爸爸怎么办？"

"那你就出镜嘛。"

太晚了，我怎么在三天里瘦掉十斤？

商量的结果，我还是不出镜了。那三天里，我发现小陈正在严格控制饮食，好几天晚上没点过外卖、啃过鸭脖、喝过可乐。

“你瘦了吗？”我很好奇。

他非常得意地说：“那肯定瘦了，原来七十公斤，现在只有六十九点五了。”

如果我有小陈百分之五的自信就好了，很多女人只要一天没少吃，内心就深深谴责自己真是天生的大胖子。男人天然没有这样的担忧，真好。

小陈告诉我，那些跟拍的人早上七点上门。

很好，我放心了，今年我还没在八点前起过床。

到了周三早上，迷迷糊糊中只听得门外一阵儿子的哭闹声，他高声叫着“出去，出去”。

我心不在焉打开卧室门，发现客厅里黑压压站着一群人，我又立刻关上门，摸着胸口轻轻叫了一声：“好吓人。”

本来以为拍视频只是来一个人拿着一只手持摄像机而已，看到这场面瞬间清醒百倍，套上家居服，再次出房门，清点了一下人数，原来不是一群，只有五个人，只是家里客厅太小了，他们看起来像一支浩大的队伍。其中四个人手持摄像机，另一个人大概是助理，站在一边。

儿子坐在椅子上，正心不在焉地吃一只鸡蛋。小陈，伟大的小陈，在厨房里煎着鸡蛋，唱着歌，一会儿用中文问儿子：“吃完了吗？”一会儿用英文问：“Do you like your breakfast?”

我儿子怂，可能是随我，他一看到我出来，咧嘴大哭：“妈妈！”

我一把抓起儿子，拎到房间，这下我总算明白了，为什么很多视频节目里，拍妈妈的日常生活，常常看起来妈妈是个寡妇。我一秒钟都不想出现在摄像头里，儿子趴在我身上说："我要把他们都赶走！"

"别，他们是想了解爸爸的一天，你不重要。"

"不，我想上新闻。"儿子换了主意。

但是显然他没法战胜四个拿着摄像机的黑衣人，我露出一只眼睛，偷偷观察了一下外面的情况。儿子身上披着一块浴巾，开始吃早饭、刷牙、洗脸。只有小陈镇定自若，沉浸在全职爸爸的角色里，对那几台摄像机视若无睹。

出门的时候，他还欢快地说了一声："老婆我走了。"

我有点惊慌，毕竟这哥们儿以前出门从来不打招呼，现在忽然正式亲热起来，让人心里有点沉甸甸的。

此人必非俗物。可惜的是，某某视频本来还要放学后来拍小陈怎么做饭，因为小朋友不太配合，只好说"下次有时间再来吧"。

好几个月前，就有记者说，想上门来跟拍全职爸爸的一天。我没同意，因为我也是个在家工作的自由职业者，你拍他，那我是出镜好，还是不出镜好？

我可不想有台摄像机拍到我蹲在椅子上，皱着眉头打字的场景。而且有个重要的问题，作为一名在家工作者，我看起来显得特别不近人情，为了隔绝杂音，通常戴个耳机蹲在墙角的椅子上打字。小陈在炒菜，小孩在地毯上玩玩具，猫咪蹿来蹿去跑跑跳跳，这些都是我隔绝的视若无睹的内容，拍出来岂不显得我像个大傻帽？

我拒绝。

不过为了小陈的前途，跟拍一天还是可以的。周三那天我的行程相当满，下午参加小学说明会，然后去附近咖啡馆写一篇当天要交的稿子，六点开会，九点才能到家。

在这么繁忙的日程表里，我抽出时间，跟小陈密密麻麻吵了一架：“你的教育方法不对，你不能这么凶小朋友。”

其实没什么具体的事情，互相责怪主要是失败感作祟，每次参观完一所学校的宣讲会，我就心想小孩可能考不上任何一所好学校，内心失败感油然而生。骂小孩没道理，骂老公反正不骂白不骂。

但小陈最近非常硬气，我刚开始骂，他就大力反驳，说：“你这人一会儿这样，一会儿那样，到底想怎么样？”

他忘记了，我是一个女作家，痛苦正是灵感的源泉。看到小陈痛苦，我像挤到奶一样，灵感充沛地写了三篇稿。我说：“你不如也写一篇，这样对我的不满也可以合理抒发一下嘛。”

小陈听了当机立断答应：“好的，我来写一篇。”

他写稿前，必定要去小区对面的便利店买好可乐一瓶、鸭翅一盒，从晚上十点半，坐到凌晨两点半，最后自暴自弃说：“太困了，我要睡觉了。我可不像某些人，明天早上不需要早起。”

也许是跟我一起住久了，他仿佛早已知道，要刺激平淡的生活，首先要刺激伴侣。

但言语上的刺激轻而易举，精神上的刺激，很难过夜。

第二天起床，他就已经忘记了所有的仇恨，开始跟我商量：“你说他们来拍我做饭的时候，我做什么菜好呢？”

小陈这周去全职爸爸聚会的时候，跟奶爸们聊天，很得意地说起自己每天要花两小时做饭。几个外国爸爸惊呆了：“啥？两小时？你别费劲做中餐了，还是做西餐吧，半小时搞定。”

要把时间花在有意义的生活上。

小陈深受启发，回来用半小时做了顿意面，如此简单，如此方便。

问题就是：意面是不是有点太简单了？是不是不太能体现他的重要性？他那五十瓶调味料怎么办？

他就这样把骂我这件事搁在了半空中，深深思考起了是继续学习中餐，还是转投西餐怀抱的问题。出门跟我吃饭的时候，对着一盘西芹炒带子说："看，这就是我想达到的勾芡的水平。"

我再一次真实透露了自己的想法："你知道的，我根本不爱吃中餐，你每天给我准备一盘新鲜沙拉就行。"

小陈摇摇头，告诉我："你知道吗？改变味蕾的记忆，只需要十五天，我劝你还是不要消极抵抗了，只要十五天，习惯了就好。"

可是我这辈子就没喜欢过勾芡的菜。

"你做人不要这么封闭，多尝试一下不好吗？"

这个月的最后一天，我向小陈宣布了新的财政政策："既然搬出来住了，我打算额外补贴你家用部分，除了工资两万，再补贴家用一万，用来买菜和日常生活开支，你看怎么样，房租、旅行、教育开支都算我的。"

小陈说好啊。

他看起来已经完全忘记骂过我这回事了，这让我有点忧伤。

我忍不住问他一个问题："喂，如果现在我不赚钱了，你打算怎么办？"

小陈说："东山再起啊。"

我说："你要出去再找工作？"

"不，我等你东山再起，没事的，我勾芡花不了多少钱，你少买几件衣服就行了。”

“……”

艾文爸爸说：

采访的最后，这位记者问我现在的生活与上班时相比有没有落差？

我说，确实是失去了大部分自由时间，身心疲惫程度也增加了一个数量级。另外，社交方式从众多朋友聚会吃喝，变成了朋友圈点赞模式。

那我有没有想过不干了呢？

当然没有。基于以下三点：

1. 每天都可以陪着夫人和艾文，幸福指数爆增；

2. 薪酬合理。家用、教育等大额支出，夫人还给另补；

3. 我可能看到了一条成名的捷径。已有六七家媒体约我谈话分享了，并且均声明，毛利老师不需要参加的。

最后，我想说，能让自己保持不断进步是一件很开心的事。若不然，后果很严重。

为什么上个小学这么难?
——全职爸爸第三十五周工作报告

我们当家长的，要时刻注意自己的精神面貌。但面对幼升小的重重考验，我的精神面貌接受了一次又一次重创。

小陈付了十九块九，在线听一个名校家长阐述幼升小的知识。

父母的钱真是好骗。

他听得很虔诚，搞得我也坐在一边听了一会儿。名校家长说，他女儿刚进小学的时候，英语不是很好，没有被分进英语母语班，过了两年，通过努力和补习，终于进入了英语母语班。

呵，这么厉害。我情不自禁地翻起了白眼。小陈看到我的白眼，他就暴躁："你这人……"

是，我错了。据说最近我儿子学我学得惟妙惟肖，经常对着老父亲，一边翻着眼睛一边说："嘁……"

我们当家长的，要时刻注意自己的精神面貌。但面对幼升小的重重考验，我的精神面貌接受了一次又一次重创。这星期去了三家双语小学面试，之前一个月，跟小陈一起携手去了好几个小学的说明会，我走出自己狭隘的世界，在一场又一场说明会里，知道了自己和儿子，到底有多么渺小。

A 小学招生主任说：“我们学校没有夏令营，很多家长都有绿卡，放假就自己带小孩去休假了。”

我……没有绿卡啊。

B 小学要求小朋友掌握三千个英语单词词汇量，我替儿子骂了一句脏话，没想到后来在某培训机构，老师很为难地说：“你们现在英语基础的确差了点，只能冲刺一下 B 小学这种了。”

我又替儿子骂了句脏话。

C 小学校长说自己以前考小学也没考上，就输在一道题上，“青蛙是胎生的还是卵生的？”他真的不知道，但他后来还是考取了耶鲁。小陈坐在台下很开心，说这所学校我们有希望了，儿子对青蛙太了解了。结果末尾校长发布考试内容，语数英都有，每项满分五十分，任何一项不满四十分，都不能录取。

小陈骂了句脏话。

D 小学很有名，有名到招生主任毫无打广告的兴致，一个劲说：“咱们看缘分，看缘分。”小陈打电话战战兢兢问：“你们那个基金还能捐吗？”对方客气地回复：“已经满额了。”

缘分已尽……

在共同的敌人面前，我和小陈的关系倒是越来越好了，幼升小，太可怕了。

上周末，我们一起带着小孩去 E 小学面试，小陈给小孩穿好西装，想捞点印象分。没想到蹿出来好几个穿着西装还打着领结的小男孩，神气得不得了。转身再看看儿子，一条鼻涕拖在外面，眼神直直地看着路边的落叶：“妈妈，能捡吗？”

不，不能，绅士不在马路上捡东西啊！

据说每家小学的面试其实都大同小异，语数外考试无非是看图说话、逻辑训练、简单加减法、外教口语一对一问答。周末的考试，我和小陈在学校里等得望眼欲穿，顺便还把周边环境考察了一下，结论是：这是个比松江还偏僻的地方，住在这里跟坐牢有什么区别？

小孩出来了，我们迎上去，异口同声问："怎么样啊？"

小孩拖着鼻涕说："很简单啊。"

悬着的心刚放下，小孩又说："虽然我有很多不会的，不过没关系的。"

我和小陈互相看着对方打气："没事没事，这才第一场。"

F小学放在周中面试，那天我没去，小陈从前方频频发来消息：进去了。走错门了。哎哟好多人，我们的号是250，一共256个。

我凝视着这个"250"的数字，总感觉不是太吉利。

果然，一小时后小陈发语音："小孩出来了，他说很轻松。天，他漏了一半的题。"

什么？

我有点不敢相信，天下那么多孩子，为什么只有我的孩子，漏了一半的题？

小陈很着急，我反而镇定了："别激动，随缘，随缘吧。"

那还能把儿子怎么样？

周末G小学的面试，安排在上午八点，小陈沉吟一番说："那七点就要出发了。"我没在意，那是一所离松江挺近的学校。我刚开车出去办事，小陈很激动地打电话来："要不今晚我们在学校对面的酒店睡吧？这样明天早上他面试方便一点。”

“啥？真的吗？这只是一场面试啊，又不是高考，你不要太紧张，真的，考不上也没事。”

“怎么没事了？考不上他怎么办？”

“小学考不上，将来还有机会嘛。”

“将来只会越来越难，你知道插班生多难考吗？”

我叹了一口气：“那明天早上我送你们过去，这样你们就不用花时间找车位啦。”

小陈满意地睡着了。我困意全无，半夜坐在书桌前，思考着这样一个问题：努力赚钱的结果，竟然就是过上了这么惨的生活？

第二天早上六点，小陈的闹钟响了，他知道我爱磨蹭，所以设了八个闹钟。

室外温度两度的周末早上，我把他们送到 G 小学门口，再去附近咖啡馆，发现里面已经坐满陪同小孩来面试的家长。

可怕，真可怕，旁边四个妈妈，絮絮叨叨说着各所学校的八卦：“知道吗？ A 小学已经开始面试啦，他们把简历里最好的二百个小朋友挑出来，先面第一批，招二十个人。”我内心咯噔一跳，看来小陈做的简历，可能是被放在了最底层。

隔壁两个爸爸心态很放松：“小孩都是一样的小孩，主要还是看家长，对不对？对啊，紧张什么啦。”

我不禁赞同地点了点头，但瞬间又想到，自己账户上的零还没到家里有矿的级别。

面试结束，G 小学门前的马路拥堵成一片，小陈带着儿子出来，儿子依然拖着一条长长的鼻涕，表情相当明媚地跟我说：“妈妈，太简单啦。”

“啥？”

“我觉得题目太简单了。”

真的啊？我和小陈脸上都绽开了笑容，要不是交警打着手势让我们快点走，我们差点想原地转个圈圈。

每次面试完，盘问小孩的情况，我都觉得非常纠结，他就坐在车后座，一张脸毫无任何痕迹。我曾经幻想小孩从学校里哭着跑出来的场景，结果一次也没发生。小孩笑嘻嘻地，跟我们讲了整个考试的过程，都是细节，什么上了一级级的楼梯，去到一个像空间站一样的大厅，旁边贴着很多国家的国旗。

“到底考了什么题目啊？”

“我不知道，我没看懂。”

“你不是说很简单吗？”

“我跟老师说看不懂，老师说没事的。”

我在高速上开着车，差点踩了一脚急刹车：“啥？你到底做没做？”

“老师说不会做没关系的。”

小陈见缝插针问：“那外教问你问题，你会吗？你有没有说‘I don’t know’？你说了几次？”

“一点点多吧？”

“那是一两题、三四题，还是五六题？”

“五六题吧。”

我们再也不想问小孩问题了。

我和小陈说：“你知道吗，我最近看了一本书，它说真正的优雅，是跟这个世界和解，就算命运把一瓶红酒一股脑儿倒在你的裤子上。”

小陈不响，他沉默得就像一块石头。

车外，开始下雪了。

艾文爸爸说：我为什么要给孩子约二十所学校面试

不得不承认我就是典型的焦虑型家长。

进入十二月以来，我的日常工作主要有两件事：

1. 频频点开各学校官微，查看是否有活动报名信息推送。

2. 打开邮件查看是否有学校来信确认预约，或者参加考试的结果反馈。

然而生活却颓废了许多，丈母娘大概对我们家里的脏乱差看不下去，过来帮忙收拾了两次房子。

截至今日，我们夫妻一共参加了十所学校的开放日咨询活动。收获了一车的教育理念，和两车的压力及焦虑。不过好处是通过了解学校的不同类型，大概明白了什么课程对应什么留学的路线。（好几次在现场看到机智的妈妈在孩子上托班时就跟我一样频频约学校咨询。）

艾文参加了其中五所学校的体验活动。两所杳无音讯，两所待定，一份确认。

当初对各种教育路线的了解还处于初级阶段，就觉得民办双语、体制外的学校比较适合艾文。具备这两大要素的，都可以去了解。关于内外之分，有些学校风格明显，有些学校难以介定。不急，去了再慢慢了解。

最初我也只是盯着比较中意的两三所学校。但仔细研究他们的招生人数（实际招收一百至二百人，好几个学校有自办幼儿园，占用了一大半的名额），以及历年的录取比例（1：6至1：10之间），我觉得还是把类似的学校都列为可选项吧，于是又多了三四所。

因为持续关注幼升小的资讯，一些不在名单中的学校经常通过不同的信息渠道进入我的视野，反正我时间多，不如都去看看。这就多啦，所以我大概注册登记了近二十所学校。

这并不是疯狂，事实证明，多约几所学校还是很有帮助的：

1. 给孩子多几次实战当练习；

2. 多几次机会，压力自然就小了许多。

约了这么多学校开放日，那么去咨询什么呢？

不同类型的学校，开放日风格也很不一样。

老牌知名的民办们，开放日高冷一些，简单阐述学校理念，借此机会澄清一些江湖传言。对于家长最着急的面试问题，不给正面回复。不知道是不是怕有教委的卧底，一切问答都很官方。这些学校的考试难度早有耳闻，不想鸡娃也就不奢望，我没有热血继续关注下去。

新兴的民办双语学校，对于宣传自己可就上心多了。理念（全人教育）、课程（中外融合）、师资是基本的，兴趣班（免费、付费的均选择丰富）和社团一类的活动重点介绍，特点是每个学校在文体方面都会和一两个全球顶尖的组织合作。至于广大家长对新学校有所顾虑的升学走向，也能巧妙地引用集团内其他学校的数据。

也有一些学校，第一轮开放日就让家长带着孩子去体验。

现场遇到有些家长挺为难的：“能不能迟几个月再考，我孩子才学不久，现在还不是最好的状态。”

这一轮过后，大家可以通过各校开放日的风格、活动组织水平、宣讲的理念，以及在校亲眼所见，再给所选的这些学校排排优先顺序。很重要，反正我的排序就发生了变化。虽然现在是学校挑学生的阶段。但只要手握一个以上offer，就是学生挑学校的阶段了，不是吗？

大多数学校的开放日，校长都是主讲。到底是学校的灵魂人物，我被好几场演讲感动过。当时就感叹：这不就是教育本来的样子吗？

印象最深的那次是闵行的一所学校，校长讲了近两小时，我手机一次没掏出来过，无论上不上这所学校，他讲的一切都可以作为今后培育艾文的重要思想指导。结束后真想去他办公室拜谢一番。

后来路过会场看见三五个家长围着招生老师咨询，我便凑近些过去听，“语、数、英都会考察，总分五十分，单项低于四十分的我们都不收。”她透露给家长们这样的选择标准。

我听后失望极了。校长刚才说的明明是家长要开明、勇敢地支持孩子，要让孩子经常看到未来的自己，他就会往那个方向努力。怎么招生的时候，校长最吸引我的那种精神，一点都体现不出来了呢？

那次以后，我就特别留意学校做的和宣讲的是否一致。有一所学校，开放日宣称面试时学生不用动笔，结果这所学校的活动是直接考试。我把艾文送到教室门口，里面坐了好几排学生，开始用白板答题。虽然内容不难，但白板笔也是笔啊。

上周去嘉定某校，校长宣称不考语数英，要看孩子运动能力、协作能力，我很赞赏，拭目以待。

记得有位老师说过：现在用什么方式招生，入学后就会用什么方式培养学生。很有道理。

在努力奋斗和凑合过吧之间的折磨

——全职爸爸第三十六周工作报告

在幼升小战役中，我观察到一种奇特的现象，那就是真正的学霸，从小名列前茅，考上复旦北大，后来又学贯中西的，反而对小孩学习没什么所谓。

他们充分相信自己的基因。

周二的时候，小陈去参加了一次全职爸爸探讨会。

跟原来每周定期举行，纯吹牛取乐的全职爸爸聚会不一样，这个是媒体安排的采访，几个男人坐在镜头前，要探讨一些本职工作的喜怒哀乐。

一开始小陈很开心，他提到他是里面唯一一个领工资的爸爸。后来神情就不太愉快了，为什么呢？

A 爸爸是个艺术家，有点像被老婆养在家里的李安，小陈给我看了看对方发在朋友圈的作品，完全不是平庸之辈，他离成名大概只差几次炒作的距离。B 爸爸是个学霸，会英语、日语、德语，还会编程，是那种从小所向披靡，长大也毫无畏惧的男人。

以前我聘请他上岗的时候，还觉得小陈很伟大。结果出去看看世界，发现伟大的男人比比皆是。小陈吸着冷气，说到这些爸爸都会几门外语时，我只好鼓励一下他：“要不你也开始学门二外吧。”

小陈在全职爸爸的队伍中，一下有点渺小了，他上岗才半年多时间，还没挖掘出核心竞争力，虽然这半年里，他没少拼命挖掘自己的核心优势。

几个月前住在丈母娘家的时候，小陈一直说：“我要有一个自己的厨房。”

他当时说他想成为一个美食博主。是这样的，大部分博主，比如说美食博主、情感博主、时尚博主，都会给人民群众一种巨大的错觉，心想这事还不简单吗？我就是没空做，我要有空，还不随随便便就顶尖水平了？

小陈一开始兴致勃勃地讲：“等我炒菜的时候，我要开直播，到时候我还要分享菜谱。”试过几次后他再也不提这种话了，他只是着急忙慌地一会儿在厨房里转转，一会儿出来骂骂儿子：“你怎么回事？”

儿子最近沉迷于用快递包装材料搭建火箭发射基地，家里所有的垃圾都不能扔，摆在小小的、局促的客厅里，让我想到以前那些到处捡垃圾的老头老太，连一只马夹袋都要小心翼翼卷起来，想着肯定会有派上用场的时候。

我能毁灭儿子的梦想吗？

不能。

小陈看到一地垃圾，脸色就有点扭曲。他不知道很多美食博主为了好好做饭，都是一个人在两百平方米的工作室生活的。

星期五晚上，小陈雄心勃勃地做了四菜一汤，他理想中的一幕，是一家三口其乐融融，像可口可乐每年过年时候的广告片一样，围坐在桌边，家人一边称赞着他“牛肉烧得太好吃了，虫草花鸡汤真鲜美”，一边狼吞虎咽。小孩或许还会像广告片里的孩子一样，扑上去亲他一口说：“爸爸我爱你。”

真实情况是，小陈做好了四菜一汤，大声疾呼了几句：“开饭啦。”

我和儿子没一个人理他，依然沉迷于自己手里的事。我有一篇马上要发的稿子，儿子的火箭刚刚搭到一半，都是不能耽误的大事。

小陈最后大爆发了一句：“吃不吃，不吃我要收了。”

人一被吆喝，多少带着心不甘情不愿的情绪上了桌。

他可能手艺还不错，我在一道荷兰豆炒黑木耳里吃出了一种异域风情的调味料，牛肉也炖得非常酥烂，但吃到另外两道菜，心情就很不悦了：“我知道中餐要放糖来提鲜，可是你放这么多糖，将来我们得糖尿病怎么办？”

小陈举起手对天发誓：“我一点糖都没放。”

“那为什么吃起来这么甜？”

“酱可能有点甜吧，平常没见你少吃糖果饼干巧克力，菜里这点糖也不算什么吧？”

我不高兴了，儿子也不高兴了，他吃了几筷子菜后，小声提议：“我能不能不吃了？”

“不行！”我和小陈异口同声。

小陈的美食博主之路，大概是因为没得到正向反馈，总显得有点奄奄一息。

他还有一个未经开采的理想。

有一天我叫他帮忙缝个扣子，他缝完之后很激动，说：“你知道吗？我小时候本来想成为一个裁缝，我很喜欢缝东西。”

“啥？”

“我们家从前有一台老式的缝纫机，我会用哦。”

“这么厉害啊。”

我随口夸了夸，没放在心上。

当天半夜，小陈说：“你知道吗？乔治·阿玛尼原来也是个裁缝，后来他创办了自己的品牌。”

“啥？”

“你说我要不要买个小型的电动缝纫机，或许我有这方面的天赋呢。”

“裁缝？还是乔治·阿玛尼？”

“我可以变成中国的乔治·阿玛尼啊。”

“……”

他跟我说完后，我以为第二天会在家里看见一个缝纫机，没想到小陈用一种忍辱负重的表情，告诉我：“我现在唯一的梦想，就是儿子考上一所好小学。”

他已经计划好了，收到任何一所学校的 offer，都要立刻启程，带着小孩直奔机场，出门度假。

小陈对幼升小这事的上心程度，完全超过了我的预期。

周四去完一家南汇的学校，小陈回来说：“我还申请了一家崇明的小学。”

我脸有点黑，为了孩子上学，还要跑到崇明岛去住？

小陈放下一句：“知己知彼，百战不殆。”

要是跟他说一句，上公立也没关系，他立刻就急了：“不行，上公立学校英文怎么办？”

在幼升小战役中，我观察到一种奇特的现象，那就是真正的学霸，从小名列前茅，考上复旦北大，后来又学贯中西的，反而对小孩学习没什么所谓。

一个复旦毕业的律师同学跟我说，她的小孩就上家门口公立小学，凑合上吧。那个学霸爸爸，把小孩放进公立小学，像玩一样教小孩学奥数。

他们充分相信自己的基因。

我和小陈经常互相鄙夷对方的基因，小陈说：“你看，小孩就是跟你学的，看什么都很容易。”我说：“你看，小孩就是跟你学的，什么事情都是三天热度。”

小陈告诉我，别的全职爸爸家庭，妈妈下班回家后，也要帮忙做家务的。

我说：“哦，那你希望我也这么做吗？”

小陈说：“你付我工资，不就是为了不做这些事吗？”

我的初衷是这样，但最近又在想，我这种人当别人的妻子，实在是不怎么样，行动上是油瓶倒了都不扶，言语上别人不爱听什么偏要说什么。唯一的一个好处，大概是还算大方，从来不克扣工资。

经常有人问我：“×× 女作家昨天说自己离婚了，你会不会哪天也离婚？”

我？

想到小陈最近对我频繁翻起的白眼，我乐观地想，他应该不是对我不满意，他是对全职爸爸，这个十分想要努力奋斗，但很多时候只能凑合过吧的职业，感到不太满意。

嗨，这就是我为什么需要全职爸爸的原因呀。

我希望小陈多多走出去，多看看更多版本的爸爸，出去见见世面，他或许会对做一个什么样的爸爸，有更多的理解。

作为一个大方的老板，我跟他提议：“不管儿子有没有考上小学，这个寒假都出去玩玩吧。你带他去上次那个爸爸营地，我在家里专心写作。”

跟一群爸爸在一起，或许他会记得，当初带小孩的初衷是什么。

我对这种度假模式非常乐观，一周时间里爸爸和小孩单独相处，两个人应该都会成长吧。

艾文爸爸说：

每天煮饭占用了我大量时间，有网友批评我不会过日子，在线买菜又贵又不能保证品质。其实我是不得已啊，平时哪有时间去逛菜市场呢？

并且煮饭这种属于艺术类的体力活，投入与产出并不一定成正比。

艾文每餐饭都会给我打个分：

“今天的菜好吃，已经很好吃了，但我想再好吃一点。”

“爸爸，今天你有好几个100分，这个米饭100分，汤100分，菜80分。“

“爸爸，我给你100分。但这个紫菜我吞不下去。”

夫人不是经常诉苦说餐餐吃生菜吗？在她看来，也许吃餐饭就像点个外卖这般简单。

只能忍辱负重，待我练至中西美食信手拈来，赢得夫人和艾文口碑。

带孩子为什么会经常忘了带脑子?

——全职爸爸第三十七周工作报告

我早就看穿了夫妻关系中的博弈学，当丈夫做错事，妻子跳起来骂一圈，本来做错事的人忽然就不愧疚了，反而会凶起来：我这么忙这么累才会做错这件事！

当我是个单身女孩的时候，经常周末的时候来到书店，在里面一站就是一下午，在书海中遨游，最后心满意足买上最满意的五六本书。

当我结婚生子后，一切都变了。周末一家三口来到商场，我跟小陈和儿子说："你们在这里玩，我去趟书店好不好？"小陈说好的。他们正在一个烘焙教室做圣诞纸杯蛋糕。小孩跟着老师一步步从打鸡蛋开始，小陈坐在旁边的休息区，吃着一份麻辣香锅的外卖。

我急转身扑到书店，琢磨好久没买新书了，这回要大买特买一番，好不容易找到一个机会，可以挑上一小时……五分钟后，电话响了，小陈用急迫的口气说："买完了吗？快点回来，他尿裤子了，我现在出去给他买裤子，你回去看看他。"

世界上会不会有一类亲妈，听完电话，依然悠然自得逛着书店，把自己最想做的事情做完，再出门去弄孩子？我挂了电话，脑海中只有可怜的儿子穿着一条尿湿的裤子的样子，别的什么都塞不下了。

什么人文科学，什么外国文艺，统统靠边站。

我这出类拔萃的母性，一时间压倒了其他所有意识。

但赶到烘焙教室时，发现小孩跟个没事人一样，专心致志盯着烤箱，他用手指着烤箱，告诉我："等纸杯里的东西慢慢变高的时候，就烤好了，你知道吗？还要等十七分四十九秒。"

"你怎么知道要等这么久？"

"烤箱上面有标啊。"小孩专心极了，给我指出烤箱上蓝色的液晶数字。我都有点疑惑，哥们儿真的尿裤子了？

等儿子站起来转身的时候，我才发现他身上的卡其色裤子，从上到下湿了一大块。小孩可真了不起啊，竟然浑然不觉。想到他去北海道动物园的时候，急着看北极熊，不小心跳进一个大水坑，爬出来后第一句话竟然是："没事的，没关系的，很快就干了。"

我坐在那，除了看着那条尿湿的裤子难受，就是望眼欲穿盼着小陈买裤子回来。同时还要担心一下，五岁半尿裤子，小孩是不是有问题？

后来想到自己一年级的时候也尿裤子，算了，可能没问题。

小陈拿着新裤子回来，又汇报了一个消息，他说："我把小孩的外套弄丢了。"

"啥？"

"哎呀，就是刚才拿着包和他的外套出去，上下电梯的时候挤丢了。"

“那你怎么不给他新买一件？”

小陈眨眨眼睛，说：“商场里太贵了。”

我哦了一声，行吧，还能怎么办？

他似乎满腹疑虑，看着我说：“你怎么不骂我？”

因为我早就看穿了夫妻关系中的博弈学，当丈夫做错事，妻子跳起来骂一圈，本来做错事的人忽然就不愧疚了，反而会凶起来：我这么忙这么累才会做错这件事！

大部分满腹唠叨的全职太太都是这么做的，家务事嘛，繁杂又琐碎，做的事情越多，总是错得越多。当你不小心打碎盘子，如果老公来一句：“怎么这么不小心？”说不定会引发一场世界大战。只有老公说：“手有没有割破啊？”才是唯一保持和平的正确答案。

带孩子的人为什么会经常忘了带脑子？

不就是因为太忙了吗？

这半年来，通过我对全职爸爸的观察，发现家务对一个人的摧残真是太大了，有时候做家务会让一个人神志不清。

周二晚上我穿着羽绒服出门取个快递，回来跟小陈说：“外面真冷，四度，果然穿一条裤子直哆嗦。”

小陈正在厨房热火朝天洗碗洗锅，忽然说：“怎么冷了，我一点都不觉得冷。”

“那你出去试试。”

他跟我打赌，上海的冬天绝对不需要羽绒服，他完全可以赤脚穿人字拖，单穿一件 T 恤，陪我去趟便利店。

我惊讶了，小陈在去便利店的路上谈笑风生，边走边嘲笑我买的羽绒服毫无用处。他在便利店买了一瓶暖手的乌龙茶，出门又口出狂言："你要不信，我可以这样陪你走到你妈家。"

不过我还要回去让儿子睡觉，这次就算了。

我不禁觉得小陈在我面前的身影，高大了许多。

二十四小时后，小陈发烧了，可是他断然澄清："这跟着凉没关系，我这不是受凉引起的，就是病毒，是病毒袭击了我。"

"那为啥不袭击我呢？"

小陈不说话了，自从他生病开始，他的脸色就有点难看。

他不如原来活泼了，高烧让他整个人奄奄一息，唯一精神的时候，就是告诉我："知道吗？我现在只有六十八公斤了。"

老舍说大病往往离死太近，一想便寒心，总以不患为是，小病就不一样了，小病能提升个人地位。

但看着哼哼唧唧，一会儿量体温，一会儿找药吃的小陈，我内心真真正正只有八个大字：早知今日，何必当初？

小陈的个人地位没有提升，本来家里就只有三个人：小孩不用说了，一切都是为了孩子；我不用说了，你耽误我干活，我怎么赚钱养家？

尽管发着三十九度高烧，全职爸爸依然需要接送小孩，洗碗做饭，家里家外，操持一番。说实话，我个人认为，盘子不洗没什么问题。但只要我说出这句话，小陈就有了干活的动力，他现在活着就是为了反对我。

为啥呢？我不太明白，我每个月一号给他发工资，时不时给他发笔奖金，为了一家三口的未来做着各种良好的努力，到最后，竟然把自己弄成了一个大反派。

如果我说："这家小学不好，太远了，不能光为了小朋友牺牲这么多。”

小陈一定说：“远怎么了，你不能光考虑到远，你要考虑小孩的一生。”

如果我说：“我觉得这家小学还不错，各方面和我气质相符。”

小陈会说：“哼，我告诉你这家学校就是纯做题的。”

如果我说：“好啦，考不上没关系的，我们可以想别的办法。”

小陈又不开心了：“你不要在我们努力的时候讲这种丧气话。”

他依然拖着病体，又跑到了遥远的昆山边上，参观完一所小学，回来说：“校长讲得可有道理啦。”

我已经不知道该怎么回应他了，如果我附和呢，我就要搬到昆山了，如果我不附和呢，他更加努力要小孩考到昆山去。

你看，明明我也是一个经常出去办专题讲座、做新书宣传的作家，可以对着上百人侃侃而谈，每写完一篇文章，都有无数留言回复：毛老师你写得太对了，就跟我想得一模一样。

偏偏世界上就是有这么一个人，我说什么他都不信。

我服了。

他为什么连上海冬天真的冷，这种真理都不信，偏要跟我作对呢?

小陈咳嗽得更厉害了，这个寒冬，才刚刚开始呐。

艾文爸爸说：一场幼升小对一个正常人的六大伤害

一场幼升小，让我已经不是原来的我了。主要引起六大症状：茶饭不思，身体衰弱，心思恍惚，夫妻感情不合，频陷财务危机，对自我产生重大怀疑。具体表现为：

1. 茶饭不思

我对待厨艺和家务明显不如以往上心了。掌握了几道基本菜式满足家人生存所需之后，我就停止了对新菜式的开发。

上周我仅买了一次菜，在家做了一次中餐、两次意面，都是晚餐。午餐则基本断供，夫人已经连续吃了一个月的番薯（早餐蒸三个鸡蛋、一个玉米、一根番薯，通常艾文先挑走玉米，剩下的番薯给夫人当早午餐）。

最近她一个人默默地叫了三明治外卖，并没有对我有一丝抱怨，甚是感激。

2. 身体衰弱

我只是夜里穿着单衣散步到街对面的便利店回来，之后便发烧、头痛、浑身酸痛，病势迅猛，以至于前十二个小时里我并不太相信这只是普通感冒。

不过我有必要声明，病因并不是我藐视上海的冬天，那晚我原本只是下楼扔个垃圾，夫人穿着新买的发热裤跟着我下楼，非拉着我出去溜达一圈，说是要测试一下。

3. 心思恍惚

前几天带艾文去上课的路上，聊着我们未完成的一个木船模型，扯上了海盗。为了避免艾文对海盗产生错误的崇拜，我正给他解释着海盗的职业。突然右侧一辆车在我车身上猛地一擦而过，蹿至我车前。

“刚才的海盗讲到哪了啊？”

艾文在确认我没有领到罚单之后，放心地催我接着讲。

4. 夫妻感情不合

上周末一家人去商场吃饭，艾文看中一个圣诞树造型的蛋糕。这是一家学做蛋糕的店，得自己动手做的呀，需要两个小时呢。夫人只考虑了零点三秒就同意了。我愣了三秒，我们本来的计划是吃完饭去游泳的呀。于是我摆着一脸欠揍的表情坐在夫人对面，等着艾文完成圣诞树蛋糕。

夫人那天终于爆发了，上车就跟我开战。说我近期总是摆脸色给她看。顺着这个主要问题，一路纠查出 ABCD 一系列问题。

夫人的愤怒已经上升到了临界点了，若不是我灭火及时，下一句可能就会是：

“你走吧！”（雇主版）或“这日子没法过了！”（夫人版）

5. 财务危机

由于艾文上课勤快，课时消耗很快，好几门课都等着我充值续课时呢。最近，连牙齿保健、眼睛保健也给充值了好多套餐，花费不小。

另外，那些线下的班，光是来回接送，平均一星期耗一箱油。

得亏银行仗义，没了工作还给我保留着高额度信用卡，让我勉强撑到月底再找夫人报账。

6. 这样真的行吗？

接手艾文三个季度以来，一直处于无指导、不系统的状态。看着他一点点进步时觉得开心，并且对择校信心满满。不过夫人经常斥责这个方法不行，那个套路行不通；网友们经常也提一些不同见解。在艾文偶尔出现一些反常的反应之后，我会陷入深思。

这真的有点折磨。因为带好带歪并不能立即知道结果。有时候我疏忽了什么，好几个月后才从艾文身上体现出来。

不过，确实不能太执着。育儿这件事，本没有统一标准，书上说的不一定都能套用，自己的方法肯定不是一直有效的。看看优秀的人、有趣的人是怎么做的，变通总是会带来一些惊喜。

不管怎样，再过个把月，幼升小这事就基本确定了，我也早就开始给艾文减少学习负担，逐步恢复他的运动量。祝福艾文能去一所适合他的学校，开心学习。

我们是不是做了一个错误的决定？
——全职爸爸第三十八周工作报告

谁要是告诉我男人不适合带孩子，我肯定还是那两个字：

我呸。

从市区开车回家，车行驶在高架上，小孩在后排睡着了，我和小陈在前排，脸色混杂着心事重重，愁容满面，五味杂陈……

“你说，如果你现在还在上班，小孩让我妈他们带着随便玩，是不是会好一点？”我对小陈说出这句话，明显有点后悔了，为什么要叫他回来当全职爸爸？大半年前他刚开始上任的时候，我们兴致勃勃、斗志昂扬，相信这样的安排对小孩是最好的。当时刚写第一期工作报告，好几个婆婆妈妈的人留言说：男人还是要出去工作，男人绝不适合带孩子……

对这种过时的言论，我嗤之以鼻，更懒得反驳。

但是现在，事情有了巨大的不同。

周一的时候，幼儿园发回体检报告，说儿子的视力有问题，两只眼睛分别只有 4.7、4.8，在他这个年纪，双眼都应该达到 5.0 才对。周二，随即向幼儿园请假，一家三口开车进城复查。

儿子从一台机器，换到另一台机器，来来回回爬上爬下，换了不下五台视力检查器。他还小，做视力检查的时候，一会儿用左手指方向，一会儿用右手指，但是大部分时间，他都说："看不见。"医生一会儿叫他看远处的熊猫，一会叫他看近处像蚂蚁一样小的图形，最终，护士带着他出去，我和小陈坐在医生办公室，听他下结论："他还没近视，但是现在他的远视能力有问题，也就是说，他是近视高风险人群，一般人要到十八岁才达到的一个值，他已经快到了。如果再不控制，他到一年级下学期就会是近视。"

"这么小就近视，那他将来一定会是高度近视吧？"

医生点头："对啊，所以一定要控制起来了。"

我看了小陈一眼，他坐在旁边，垂着头，一声不吭。

这时候就像现场指认案犯一样，我恨不得用手指着小陈大喊："凶手就是他！是他让我儿子天天都在看书做作业！"

不不，我冷静了一会儿，跟医生探讨："别人家的小孩天天玩 iPad，我儿子一天就用 iPad 上半小时课，别人怎么没事呢？"

医生是个三十来岁的中年男子，微笑着说："那是别人家的孩子。你儿子可能遗传了你的高度近视，你是高度近视吧？"

这下轮到我低下了头，虽然还狡辩了一下："我小时候并不是近视，也是上了初中才近视的。"

医生很客气，说："视力有两种因素，先天因素和环境因素，一般小孩不容易近视，但是你的小孩，因为先天视力携带近视基因，再加上后天用眼习惯不好，就变成了高风险人群。"

我更着急了："怎么办啊，如果他变成高度近视怎么办？"

医生又告诉我一个学界新发现："是呀，高度近视以前致盲率只排在眼科疾病里的第五六位，现在排到第一位了，人类太不珍惜自己的眼睛了。”

“那怎么办呢，他还没上小学，也不可能以后都不写作业吧？如果努力读书，以后就可能会瞎？”

医生无奈地笑了下：“这就是个取舍问题，我女儿上小学三年级，为了让她保护视力，我从不让她上任何补习班，成绩再差也不补。”

小陈全程垂着头，如丧考妣，一句话没说，听我和医生讨论高度近视到底会面临什么样的人生。

从九月开始，儿子几乎一直在忙着补课，为了补课，连运动都取消了，搬家后一次车都没骑过。医生再三强调：“一直看近的东西就会这样，你们得带他出去玩。不过有的小孩出去玩一会儿，视力就恢复了，有的要玩好长时间，近视的程度才会下降。”

他下了一个诊断书：每天看 iPad 要少于二十分钟，写作业不超过三十分钟，保证每天一两个小时的户外活动。实在不能出去玩，在家看看电视也好，电视放得远，超过两米，还可以帮助他恢复视力。

如果我妈这时候在现场，一定会把白眼翻出天际。她肯定会大骂我们：小朋友就是要玩的。

可小朋友也要上学啊。

当我在车上提出那个假设问题时，小陈没有反驳我，只回了一句：“我不知道。”

看得出来，他的职场自信已经被打击得奄奄一息。

忙来忙去兜兜转转，只有一所远在南汇的学校，打电话来说小孩表现不错，欢迎报考我校。夏天开了一个多小时车，去那里看过一次台风。我对那所学校万分不中意，本来住在松江就够边缘了，现在竟然要住到长江入海口去，跟被流放有什么区别？

住在那种地方，还有什么生活可言，我也不能真的一切都为了孩子吧？我也有自己的生活啊。跟小陈强烈抗议，但是他始终保持着一个想法：至少有一所学校了，不是吗？那所学校也挺好的。

他又约了几所学校，我再也不想听到这种消息了，内心非常澎湃：不然就让他上菜市场小学，上了也不会怎么样。

家门口的公立小学，操场很大，二十多年前我上小学的时候，操场还是煤渣的。好学生没什么事，差学生每次收到作业本，都是老师从课桌上扔下来的。坐在我隔壁的男生，因为常年考四十分，经常尊严扫地，满地捡他的作业本。

我受不了这些，一想到儿子以后要去捡作业本，比听说他以后去扫马路还要受折磨。

但是这些跟眼瞎了比，也不算什么吧？

说不定小孩会越挫越勇呢？

小陈开着车，听着我絮絮叨叨说这些，偶尔还反击一下："你也不能什么都不让他学，他总是要上学的。"

我哀叹一口气："可能我一个人已经把全家人看书的份额都给占了吧？"

小陈从后视镜看了一眼熟睡中的儿子，无可奈何地说："臭小子你就是个玩的命。"

茫茫夜色中，高架畅通无阻，一个想法在我脑中日益坚定："算了别整那些没用的了，我就走老干妈路线吧，老干妈陶华碧以前做生意没空带孩子，就说多赚点钱以后留给小孩，后来她把老干妈股权 51% 给了大儿子，49% 给了二儿子，两人分别成了贵州省排名第五第六位的富豪。你看这个计划怎么样？”

小陈坦白：“不怎么样。”

但是从这天开始，家里的画风完全变了。

以前看到儿子在玩，小陈一定恨铁不成钢：“数学作业做好了吗？先做好作业再玩。”

现在取消了所有的作业，当儿子拿起一本漫画书的时候，我紧张兮兮跑过去：“你怎么又在看书？你现在需要玩，你多看看远的！”

儿子大为不解，在他眼里可能他爹妈跟神经病差不多，瞪大眼睛问我：“以后我都不能看书了吗？”

“是的，你最好别看，你还小呢，长大再看吧！”

儿子“噢”了一声，丢下书，开始在房间里瞎玩了一阵，没过多久，他又拿起一本书。

我再次大喊：“不是跟你说了吗？别看书！你不需要看书，保护眼睛就好了。”

儿子若有所思，我把他拽过来，拽到窗口：“来，看看对面的树叶，欣赏一下大自然。”

小陈在旁边有点干着急：“也不是不能看，少看就行了。”

事到如今，我才发现小孩真的很爱看书，以前一直想不通，给他买了两百本绘本，他怎么整天都在玩火箭？现在说起要保护眼睛，立刻觉得这孩子太爱看书了，而且看得那么专心致志，令人发愁。

小陈还在担心着升学问题，我劝他，眼界不如放宽一点，不要仅仅局限在上海嘛。

“你去申请个国外野鸡大学的研究生，然后我们一家去陪读怎么样？找个树多一点，绿化多一点，儿子可以经常看远方的地方……这样他就不会近视了。”

小陈不置可否看着我，然后收拾收拾行李，带着小孩回老家了。

他贼心不死，还在行李箱给小孩塞了本数学题，我暗箱操作，半夜把数学题从行李箱里拿出来扔了。

回去后的第一天，我只关心一件事：“小孩今天多看远方了吗？”

“看了看了。”

回去后的第二天，我还是关心同一件事：“今天怎么样，没学习吧？”

“没有，你放心，什么作业都没做，一直在外面玩。”

我知道自己看起来跟个十三点差不多，但一年多前经历过一次右眼出血，那时医生就告诉我：“你的问题是高度近视加上频繁用眼。”

“瞎了能治吗？”

“不能，但是你可以领一张残疾证。”

我已经时刻走在致盲的高压线上，我的儿子绝不能走这条路。

最后一个工作日，小陈忽然发消息来，说：“A 校老师刚刚打电话来，说欢迎儿子去报考，很大机会可以进。”

如一颗石头坠地，A 校是儿子最早去报名的学校，一所中不溜的民办，一所我以为很容易进的学校，他从学校出来的时候，说很开心地做了游戏，捏了瓢虫。

“考了什么？”“什么也没考啊。”儿子确定地说：“我们就是在一起做游戏。”

“做游戏也是考试吗？”

后来老师打电话来，表达的意思截然相反：“孩子学过英文吗？外教找他互动的时候，他比较沉默啊。”

我有点着急：“哎，我儿子只是警惕性比较高。”

他被扔进了待定名单，跟他同去的幼儿园同学纷纷收到了欢迎报考的通知。

正是因为这一次，我和小陈开始被幼升小的车轮狠狠碾压。小陈带着小孩补英语，我给小孩补常识：“以后看到外国人，你要拼命说话知道吗？”

没想到结果也还行，希望很大！相比起南汇那家，A 校看起来也不错嘛。不过，如果 B 校能给机会就好了。

B 校在双语学校里热门程度一般，但小陈去听了一次校长讲座，深受感动，觉得这所学校太好了，他很想让儿子去。

活动那天我去了，校园里弥漫着一股浓浓的中产味道，家长们聚在一起，谈论着各个民办学校的风格，校外的补习班情况，小孩不吵不闹，个个乖乖坐好。活动内容是带小孩上一堂课，然后提提问题。操场上好几个家长，使劲踮着脚往教室里看，指望能看出点什么。

可怜天下父母心啊。

小孩出来，我照旧问他：“考了什么？”

他说：“考吃饼干，小朋友坐在一起吃饼干。”

两周后 B 校打电话来，说：“小孩外语不错，就是语文数学有点弱，我们再看看吧。”

他又被扔进了待定名单。

这事毫无疑问，对小陈是个打击，B 校是他的心仪选项。我们早就放弃了最前排的学校，小孩的确还小呢，但是后排的都考不上，小陈的职业生涯，未免太不顺利了。

2018 年最后一个工作日，上海冷得要命。

小陈和儿子离开后，房子里空空荡荡的，我走路回爸妈家吃饭。

走在马路上，接到一个电话。

B 校向儿子敞开了大门。

难以置信，我儿子，起步这么晚，比别人小大半年的儿子，竟然同时被三所学校通过了初步考核，只要愿意报，都有机会进。

走在马路上，我开心得要旋转了，小孩没问题，他真的没问题啊！

他不是垫底的那种，他是学校欢迎的小孩呢！

在此之前，我甚至已经绝望到想了无数种办法：去清迈读个国际学校，去马来打听打听，听说印度基础教育很强……

小陈在电话那头格外兴奋，这一年，他和儿子终于，辛苦努力没有白费。

我把好消息告诉几个妈妈，大家都在幼升小的统一战线上。

群里七嘴八舌：学校怎么申请的？推荐信怎么准备的？到底怎么预约开放日活动？

以上问题，我都一无所知，在幼升小的问题上，我只做到了焦虑，从来没想到具体的解决办法。

有个妈说："小陈同志还是不错的。"另一个妈说："你老公可以啊，我老公除了挺尸什么也不会。"

果然，任何工作都是需要有实质性的成绩的，没有成绩，一切辛苦都显得很多余。我一边不停地复制问题给小陈，一边感慨：苦尽甘来，幸好有小陈。

在小孩的入学问题上，小陈认为：这多亏了他大半年来的有效指导，不仅赶上了车，还有很大机会能成功落地。

我妈认为：是因为她这个月初一去上香，专门拜了拜保佑升学的菩萨。

我认为：应该还是小孩的基因问题吧，他比较像我，天资聪颖。

我儿子一定认为：不知道你们在瞎着急什么，我不是告诉过你们了吗，面试很简单的。

他受到了肯定，小陈的工作也保住了。

至于近视，大师告诉我，小孩肯定会近视，早发现早预防吧。

心态放平。

恭喜小陈，焦头烂额的 2018 年，终于过去了。

恭喜我，九个月前的一个决定，并没有错。

谁要是告诉我男人不适合带孩子，我肯定还是那两个字：

我呸。

艾文爸爸说：2019 年我要学番茄炒蛋

2018 年的最后几天，我们在福建走亲访友、逛沙滩。

2018 年最后一天的深夜，我在海滨酒店里一边轻松地看着电影，一边感慨这么多年来第一次如此轻松地跨年。

电影开始五分钟后，夫人即切换至老板的角色对我说：“你怎么还不开始写篇总结呢？”

这些年，始终逃不掉一篇年终总结。

先回顾一下 2018 年的主要指标完成情况：

2018 年目标		**完成度**	**给自己打分**
1	辞职	三月完成	★★★★☆
2	旅行	去了云南、美、法、意、瑞、日	★★
3	带孩子	艾文吃喝、拉、洗、睡全自理。我们互相喜欢对方	★★★★
4	帮艾文择校	能约的学校都给约遍了，去哪儿上学看缘分	★★★☆
5	练习厨艺	中、西餐烹饪均在菜鸟级别	★★
年度综合评分			★★★☆

点评：

第 1 项，其实辞职不单是辞了朝九晚五的工作，心理上也要闯过好多关的。简单说两点：

A. 100% 告别了五点以后的朋友圈（线下的真圈子），显得有些孤独；

B. 经常要给亲友们做一些心理建设，例如，我会这么说：

“辞了工作（为别人）没什么大不了的，现在也是工作（为爱人），还挺幸福的。”或者“我不是带孩子，是成长陪伴，是育儿。”

因为在长辈眼里，带孩子就是吃穿玩那点事，完全不需要使用青壮年劳动力。

第 2 项受限于下半年艾文的课程安排，未能安排更多的行程。

第 3 项我并不想说太多，怕自己骄傲。反正是成功续签一年。

第 4 项属于跨年度项目，五月份完成所有手续。

第 5 项由于受个人可支配时间和心态影响较大，进度大幅落后于预期。结转为 2019 年的目标，仍需继续努力。

2019 年，首要目标是提高艾文的身体素质，择校结束后可空出大量时间陪艾文运动。也许是艾文近视的问题对我们冲击特别大，夫人把艾文的身体列入我工作的重点考核范围。

我在给艾文申请学校这段时间摸索出了新的个人规划。

带着孩子准备幼升小，起步还晚，此前好长一段时间迟迟没有等到一所学校反馈，夫人不免有些气馁，三番五次提起让我考虑第二手准备：“你儿子要是考不上，就你自己上吧，考个研究生什么的。”多获取一个学位，可为将来复出再就业加分；可借此机会携家人去一个不同的文化氛围生活一段时间。一举多得，再难都要去考一回。

最后要说，自有了厨房以来，补充一批调料要被夫人调侃数次，升级一些厨房电器要被夫人吐槽半个月。可想而知，在锻炼厨艺这条道路上我走得多艰难。

今年我要调整战略，把番茄炒蛋练好之后，再继续对厨房用具进行升级改造，哼。

有的人啊，一点点成绩就懈怠了满足了

——全职爸爸第三十九周工作报告

女性一般对小孩非常容易妥协，但是对丈夫非常容易横眉冷对。看他一天多上两次厕所，心情立刻都不好了。

年前一家人坐在车上，要去赶一场准点开始的音乐会。路过加油站时，小陈说：“我要进去买瓶可乐。”

我看了一眼时间，提醒他：“别买了，时间差不多了。”

如你所知，小陈最近有点膨胀，他用不耐烦的眼神瞅了一下我：“买瓶可乐怎么了？”然后打下右转向灯，不容置疑开进加油站，停在一个勉强够用的空位上。

他下车刚走三步，一辆正在倒车的SUV，缓慢地，撞上了小陈刚停好的车。

“嘭——”一声巨响。我坐在副驾驶上，看着小陈回头转身，姿势颇为镇定，他先是看了看我，又看了看车，接着掏出手机，开始拍照。

小孩在后面嘟囔：“又出车祸了吗？”这辆车前几天刚被擦了一次，小陈一边开着车一边讲故事，一个不小心蹭了一点。

对方司机从车里出来，是一个年轻、漂亮的女司机，看起来就二十岁出头。我从车上下来，看到碰擦的地方，大概掉了小手指那么大一块的油漆。女司机连连道歉：“对不起对不起，刚学的车，不熟练。”

我顿时心软了，想大手一挥说算了，女司机没求我，她求的是小陈：“大哥，能不能算啦？”

小陈看了一眼我，非常坚定地说：“不行。”

上车后，他喝了一口可乐说：“你说这些不遵守交通规则的人怎么都这样，一出事就想着算了算了，我就看不惯这种风气。”

我笑眯眯地看着小陈，说：“你不买这瓶可乐，根本什么事都没有。要不是我在，你肯定算了。你刚才是为可乐索赔的。”

小陈嘿嘿一笑。

自从小孩的上学问题柳暗花明后，他放松多了，放松的意思是，可乐喝起来，鸡爪啃起来，电影看起来。在厦门的跨年夜，小陈就是这么做的。第二天退房换酒店，想到以前他拖拖拉拉的个性，我特意打电话给前台，问两点退房行吗？

一点五十五分，小陈带着儿子从沙滩回来了。儿子高举手中的塑料打包盒：“妈妈妈妈，我抓到活的贝壳啦。”

小陈不慌不乱，打开冰箱，拿出昨天吃剩的半包辣鸡爪，继续啃起来，说吃完再走。

我被眼前的这一幕气笑了，再次想起两三年前，他曾经在退房前五分钟，当场在我面前开一个西瓜，说不如吃完再走，到机场吃不方便。

当小陈啃着鸡爪的时候，小孩正在房间里一通乱跑，相当积极地做着什么事情。后来他终于空着两只手，过来喜笑颜开地宣布：“我已经把贝壳打包好放在爸爸箱子里了，里面的水也没倒掉，这样贝壳运回上海还是活的哟。”

他爸爸一口鸡脚喷出来：“什么，水你没倒掉？”

“没水贝壳会死啊。”小孩摊着手，感觉逻辑相当自洽。

小陈从沙发上跳起来，跑到行李箱边上，又呼了一口气，原来小孩模仿快递打包，还往外卖盒里塞了很多团纸，充分避免了水的溢出。

总的来说，福建人在福建的时候，整个人看起来更加生龙活虎了。一出门，哇，有海鲜排档，哇，还有那么多小吃，哇，一点也不冷……我忽然洞悉了为什么福建人更美味的原因，他们全年基本不需要冷藏，也不会因为天气太热引起变质。

街头年轻漂亮的小姑娘，皮肤鲜亮，笑容甜美，穿着好看的裙子和大衣，我一度替小陈可惜，找个福建人多好啊。

小陈和儿子赶着回去上学，在厦门待了短短两晚，出发返沪。我虽然有所不舍，但这两天实在被小孩折磨得够呛，儿子做什么都要哭，吃饭要哭、洗澡要哭、出门也要哭。因为他得了剧烈的咳嗽，又不忍心狠狠凶他。

“为什么小孩跟着你回了趟老家就变成这样了？”

“他是见了你才这样的。”小陈这么答复我：“他跟我在一起的时候，可正常了。”

我也有一种强烈的感受，小孩一看到我，立刻哭得更大声了，表情也更加狰狞了。

一看到他这副样子，我体内的激素水平立刻不正常了，转头开始骂小陈：“你这人怎么这样！”

意思不是他不对，而是总可以用一种更温柔、更理性的方法来达到目的吧？

小陈坦言相告：“我告诉你，他就是要我凶才会听话。”

有一个场景是这样的，小孩早上从床上醒过来，自己玩了一会儿后，兴奋地跟他爸爸宣布：“爸爸，你知道吗？我长大后要去冥王星。”

小陈说：“你先去刷牙洗脸再跟我说话。”

“爸爸你听我说啊，我设计了一个模型，有返回舱的。”

“你先去刷牙，事情做好再跟我说。”

“爸爸你听我说！”小孩急哭了。

“……”

我在旁边看不下去了，让小孩说一下怎么了：“你过来，妈妈听你说。”

小孩过来了，详细叙述了一个火箭模型，然后说要看一下嫦娥四号登月视频。我说：“不行，去刷牙洗脸。快十点了，你还吃不吃早饭了？”

“不行，现在就要玩！”

我又妥协了，给他点开好几个视频，心想这总可以了吧。

他得寸进尺，说要再玩一会儿。

小陈从卫生间探出脑袋，意味深长地看着我说：“是不是，不是我残忍，他就是这种人，这是我长期的斗争经验。”

我仔细琢磨了一下这个原理，好像是这样的，女性一般对小孩非常容易妥协，但是对丈夫非常容易横眉冷对。看他一天多上两次厕所，心情立刻都不好了。干吗老上厕所啊？干吗老蹲这么长时间？基本上是黄世仁对杨白劳的态度，一看到对方在刷手机，立刻气不打一处来。

可是小孩做什么都不太忍心指责。在育儿这个问题上，谁不是直接领导人，谁的态度就更温和。我小时候很喜欢我爸爸，虽然他经常在外面打麻将，但他从来不管我啊。

小孩也是这样，在小陈那里还正常，一看到我，嘴一咧就开始哭泣。

小陈总结："你不能跟他妥协，不然他老是用哭来讨价还价。"

他俩回上海的第二天，向来一分开就沉默寡言的小陈，发了好几段语音过来，告诉我一个坏消息，他刚刚把车送过去修，又把我爸的车撞了。

"哎呀，我觉得是刹车有问题，没刹住，追尾了。"

这让我思考起了另一个问题，我是不是对小陈太温和了呢？

或许他和儿子都是一样的基因，欠吼。

艾文爸爸说：

昨晚回家刚进门，艾文就哭丧着脸迎到门口向我抱怨：“妈妈没耐心！”

我和艾文是一起外出回来的，只不过他先上楼，我停车花了五分钟。路上他便计划好了回家要用 KT 板剪出火箭的助推器，拼接在一个瓶子上，组装他自己的火箭。

“妈妈不会造火箭对不对？”

“不是，还没开始做。找不到剪刀，妈妈只找了一下就说找不到，不找了。”

“对，妈妈真没耐心。”

做手工嘛，耐心的杀手，但没想到夫人找一把剪刀就已经败下阵来了。

家长注意了，不要拖小孩的后腿好吗？

——全职爸爸第四十周工作报告

这时忍不住开始佩服小孩了，区区一场不涉及知识考核的面试，我们都紧张成这样，他去了那么多次面试，每次出来都春风得意，说妈妈我考得好极了……

他是怎么保持这么强大的心理素质的？

本来吧，在上海连绵不断的冬雨中，全家一起出门，是件开心都来不及的事。

但我和小陈在机场吵架了。

“就去个三天，带这么多东西干吗？”我指着小陈二十九寸的箱子，感到不可思议。一开始他还辩解了几句：“我和小孩的加起来就要这么多。”后来大概烦躁升级，忽然甩脸了，在出发层忽然冲过来大喊一句：“我不去了。”

我第一时间没有想挽回，我想的是：“妈呀，要是被人认出来咋办？”

太丢人了。狮子座只要一出现在公开场合，面子是最重要的两个字。

幸好几个路人回头看了一眼后，又走了，小陈也越走越远了，一转头已经不见了。平时不见他走路这么快，一生气步速都变了。儿子在旁边哭出来了：“妈妈，怎么办啊妈妈，爸爸走了。”

“你快去把你的通行证拿回来，我带你去。”

哼，吵架这么多年，我还没服输过。

小孩一路狂奔，我在后面跟着，跑到电梯间，电梯已经合拢，糟糕，已经追不上啦！

这时我真的开始着急了：你不去你把小孩带走啊。

儿子第一时间找到了爸爸，小陈走的是楼梯间，他搬着二十九寸箱子下了半层，正跟我隔空对峙：“我不去了！”

我看了看背后没什么人，里面除了小陈和儿子也没什么人，算了算了，不要耽误行程。

“大哥我错了，飞机要赶不上了，你先走好不好。”

“我不去了。”

“我真的错了。”

小陈把箱子搬上来了，通常我们中年夫妻吵架还是比较速战速决的，小孩终于不哭了，他看看我，再看看小陈，再看看我，再看看他爸爸……他大概还是第一次看到我们吵架吧。

我那时还犹豫了一会儿，应该怎么跟小孩解释这回事？啊呀，说起来我也真是嚣张惯了，老公拎个大箱子就要指指点点，和那些大男子主义有什么区别……

小孩的报复，是从我们抵达澳门，小陈走进酒店套房开始的。套房很美，整面墙扑面而来的是埃菲尔铁塔图案，还有一张相当可爱的双层床，小陈说：“哇，酒店不错啊。”

小孩说："爸爸，你还记得吗？你在浦东机场的时候，说不来了！"

小陈没说话。

出去吃饭，上来一个海鲜拼盘，小陈说："哇，这个不错。"

小孩又开始了："爸爸，你还记得吗？你在浦东机场的时候，说不来了！"

之后我在酒店参加晚宴啦发布会啦，他俩去大三巴，去坐威尼斯人的游船，去酒店门口的埃菲尔铁塔参观，每次小陈玩得高兴的时候，小孩就要说："爸爸，你还记得吗？"

直到回来后的周末，小孩仍然总是笑眯眯地说："爸爸，你还记得吗？你在浦东机场……"

小陈忧心忡忡地问我："你说，他会去幼儿园说给老师听吗？"

我发现儿子真是大师了，比起我的吼人，他的教育方式别开生面出奇制胜，他爸爸应该再也不会当着小孩的面发火了吧。

回上海后，我们还去办了一件大事。小孩通过某校的第一轮面试后，迎来了第二轮家长面试。

我和小陈都紧张得要命。我专门问了好几个过来人，这家长面试到底是什么意思？

意思就是小孩通过了，看家长拖不拖后腿。

还有家长能拖后腿的？

真有，多了去了，好多小孩自己表现不错，可爸妈不行啊。爸爸戴个大金链子，你说学校打不打问号？妈妈给学校挑了二十条毛病，你说学校发不发怵？

我开始发怵了，我到底算是合格的家长吗？小陈也发怵了，打开学校网站，认真研读起了各项精神。

去面试那天，一家三口换上低调的服装，我在车上跟小陈说："小孩过了，这轮之后他要是不进，就是我跟你的问题啊。"

小孩非常放松，坐在他的安全座椅上，又开始嘚瑟了，他学我说话，想让我生气。

小陈先生气了："你这种表现，去了学校老师是不会喜欢的。"

我也生气了："都说了不面试小孩，你不要紧张。"

儿子又开始了："爸爸，你还记得吗？你在浦东机场的时候……"

家长面试问的第一个问题，不是你是怎么知道的学校，也不是你对学校印象如何，是你能描述一下你的小孩吗？

小陈果然紧张了，讲话结结巴巴，只讲到了小孩很专注，要研究一个火箭，会研究燃料、发射架、一级火箭、二级火箭、发射原理、空间站、返回舱、登月器……

朋友，又不是叫你报菜名！

我很想补充补充，但是又怕老师嫌我啰唆，万一夸过头了怎么办？

哎呀，到底业务不够熟练。

老师很温和，连续几个问题都是围绕小孩的。看到小陈一边结结巴巴回答一边默默搓着手，我瞥了一眼，想把他的手打飞。其中一个问题是这样的：在教育小孩的时候，难免会出现矛盾，你们一般都是怎么处理呢？是会听其中一个人的意见，还是慢慢沟通？

这个问题还是挺高级的，我思考了一会儿，要不要给小陈一个面子，毕竟他是全职爸爸嘛，都全职了，不听他的会不会显得我霸权主义？当然具体问题还是要具体修正的。

小陈已经开始说了："我们还是会经过良好的沟通的，都是第一次当家长，偶尔难免犯点错，我和太太是经常一起探讨小孩的问题的。"

呃……这位同志还挺把握大局啊。

老师笑了："我们很看重小孩是不是成长在和睦的家庭。"

我忍不住追问了一下："老师，你看我们还是比较和睦的吧？"

谁知道和睦在老师眼中到底是啥情况呢？

老师继续笑，她难道看出来我有点独断专行吗……

全程回答下来，走的时候我还是倒吸一口冷气：如果再来一次，我会表现得更完美一点。

这时忍不住开始佩服小孩了，区区一场不涉及知识考核的面试，我们都紧张成这样，他去了那么多次面试，每次出来都春风得意，说妈妈我考得好极了……

他是怎么保持这么强大的心理素质的？

从教室走出来，外面下着淅淅沥沥的冬雨，我不禁向上苍祈祷：上天啊，可千万别让我们拖了小孩的后腿！

大考过后，人是不愿意过日常生活的。

当天小陈就没心情做饭，我们来到我妈家，凑合吃一口。

沈女士一听说我俩去参加家长面试，提出了相当尖锐的问题："问你们啥，全家年收入多少吗？"

小孩转头又开始了："外婆你知道吗？爸爸去澳门，在浦东机场发脾气说：我不去了！"

小陈脸略略一红，假装看手机没听见。

你说你这是何必呢？

艾文爸爸说：浦东事件后，我终于扳回了一局

游览了澳门的埃菲尔铁塔后，我们买了一个铁塔模型作为纪念品。对，就是澳门的埃菲尔。

游铁塔不花钱，酒店赠票。但从铁塔下来，艾文先是经不住诱惑，要了一组到此一游的纪念照片和水晶球。接着艾文还想带个纪念品，店里卖 398 元、498 元、598 元的精致模型很多，我都找各种理由给拒绝了。

最后艾文看中了一个 3D 模型，薄薄的小盒子包装，我看着以为是像立体贺卡那样，打开成型的，就这东西还要 88 澳门币呢，但已经是除了钥匙扣之外最便宜的模型了，就这个吧。

打开一看我就后悔了。买便宜东西，果然是要付出代价的。要在这个比手机屏幕还要小的空间里搭一个精细模型，要求自备镊子（因为手指太粗）、胶水（全部连接都靠胶水）等工具。

我也忘了这东西花了我三小时还是四小时。我不累，就是眼睛花，特别花。看看里面还停着一辆车，比我大拇指的指甲盖还小呢，也是我给凹出来粘好的。

这项工程因为需要眼睛高度聚焦才能完成，所以没法让有近视危机的艾文来负责搭建。他的参与度不高，所以对这件模型的感情也是最淡薄的。

我不是一个手巧的爸爸，做不出精美的手工。但是我鼓励艾文动手做，随便做，爸爸有耐心陪。

对比夫人的不耐心，不知道这能不能为我的浦东事件找点平衡。

一个成年男人能偏心成什么样?
——全职爸爸第四十一周工作报告

我就无法想象，如果有个乖巧可爱的二胎，坐在旁边甜甜地说：“爸爸你点的什么我都爱吃。”这时候，小陈还能对儿子摆出一副慈祥的笑脸吗？

半夜两点半，伏案工作中，我向坐在斜对面，正跷着二郎腿看电影的小陈，提了个不情之请：“有本书我现在要用，你帮我去我爸妈家拿一下行不行？”

小陈说：“噢。”

我一时有点惊喜，本来以为要给他发个五十块红包，他才愿意。毕竟上海天寒地冻，出门一趟挺不容易，我就已经持续在家四十八个小时了。

小陈从凳子上站起来，披上他的优衣库羽绒服，轻声说道：“你要乖乖在家等我噢，我马上就回来啦。”

怎么个意思？哥们儿今天有点不对头啊。我从新买的大屏幕台式机边上探过身，仔细一打量：噢，原来他是在跟小猫说话。

这个星期，家里又多了一只猫。这只猫的故事说起来有点长，简单总结一下就是朋友家养了只猫，结果引起了强烈的皮肤过敏，没办法继续养，小陈勇敢接盘，表示要终身托管。

终于，小陈用另一种方式，圆了一个二胎梦。自从六月份接回小猫贝壳后，小陈一直都在嘟囔：“一只猫多么寂寞啊，两只猫才有伴。”

“你是猫吗？你怎么知道猫寂寞。我告诉你，猫是世界上最喜欢寂寞的动物，你看它一个人在家，哭过吗？”

小陈又开始唠叨：“两只猫才可以一起玩啊，不然你还要花时间去逗猫呢。”

“呵呵，那你怎么不多要一个小孩，让你儿子生活更完整。”

“我没说不要啊，不是你不愿意吗？”

“那倒也对。”

关键在于，上个月贝壳绝育后，已经和小陈水火不容。从贝壳身上，我仿佛看到了进入青春期后的儿子，跟老父亲反目成仇的画面。

小陈对贝壳，曾经也是掏出了所有的爱与火。他看到小猫不喝水，要把猫按到自动饮水机上。我说你这样不行，小猫渴了自然就会去喝嘛。小陈说：“你真傻，你不教它，它怎么会？”

“不是，大哥，它是一只猫啊，需要人来教它吗？”

小陈再三肯定，猫是要经过人类帮助，才能活得下去的。

这件事的直接后果就是，贝壳爱上了去马桶喝水。

小陈一想，还治不了你了？转身在淘宝买了一整包辣椒面，撒在马桶表面。

我看不下去，跟他说：“这样不好吧？猫真的吃了怎么办？”

“不会的，它又不傻，再说你想让它一辈子喝马桶水吗？”

这之后我发现贝壳在书房里不停打着喷嚏，这只猫也真的是个勇士，明显跟小陈杠上了。辣椒面没有治好它，它又爱上了人类的水杯。于是我只好专门弄了一个杯子，解决它的喝水问题。

总之，在贝壳身上，小陈习得了很多人生的失败体验。每次他想要抱抱猫咪，猫都迅速从他膝盖上蹿下来，反而对我这种比较冷淡的人又蹭又亲。

小陈很失落，他听说这是品种的原因，田园猫一生都保持着警惕，不肯跟人类亲近。他蹭上去的热脸，全都贴在了贝壳的冷屁股上。

最终导致了贝壳在新家生活非常不愉快，跟小陈完全无法共处在小小的空间里，我只好又把它带回爸妈家，说啥呢，等以后房子大点再来接它吧。我妈说：“你别多想了，贝壳现在就是我的猫，你看我走到哪它跟到哪。”

新的猫咪不一样，这只可爱的，看起来很脆弱的小猫咪，一来就变成了小陈的掌上明珠。

小陈这次立志说：“我不会再犯上次在贝壳身上犯的错了，我要忍住，我绝不主动亲近它。”

新来的小猫格外缠人，第一天就到处跑，小陈说：“哎呀跟贝壳真的不一样，贝壳那么怕生。”小猫看到自动饮水机，二话没说喝上了，小陈说：“天哪这只猫真的太聪明了。”小陈按住它给它剪指甲，小猫连叫都没叫一声，小陈已彻底被征服：“它是人类的好朋友，这才是人类的好朋友啊！”

我看着心情就不太好了，你这偏心偏得也太明显了吧？

贝壳不过就是性格刚强一点，你能不能保留一点对贝壳的爱？

小陈满怀喜悦："我当初对贝壳多好，可是它不爱我啊，现在我爱小猫，小猫也爱我，啊哈哈哈哈哈……"

他已经是彻底的猫奴了。

他给小猫买了新衣服，给小猫梳毛，抱着小猫看电影。

小陈很嘚瑟，"你看嘛，这才是我想养的猫。"

我承认这只小猫的确是蛮可爱的，可是大哥你也太区别对待了！

如果将来真的有个二胎，相比起不好糊弄的爱哭的儿子，这个宝宝从小就是天使宝宝，不费劲很省力，叛逆期短，让父母心情很愉悦，这不是立刻就会产生比较吗？

一本名为《基因战争》的书里说：父母对孩子总是会有特定的偏爱，偏心是不可避免的。

我想象了一下，当一个乖巧的孩子出生，那个坏脾气的孩子怎么办？这事光是想想就觉得可怕。

小陈又再次推翻了我的担心："你想啥呢，我跟儿子关系这么好。"

骗谁呢？

前两天跟同学吃饭，小陈带着儿子姗姗来迟，两人翻开菜单，儿子对着九百九十八一位的鲍鱼说："我想吃这个。"

小陈冷眼一瞥说："傻瓜，这个不好吃的。"

小孩对各种海产品有着令人费解的爱好，当他提出想吃小米炖辽参的时候，我同学震惊了："你儿子这么小就喜欢吃海参啊？"

哎，这怎么解释呢，这其实是他对爬虫类生物的一种广泛爱好。

之后父子感情又宕机了，小孩说："哼，我不理你了。"小陈又得想方设法修补一下感情，过几分钟，两人又相亲相爱上了。

我就无法想象，如果有个乖巧可爱的二胎，坐在旁边甜甜地说："爸爸你点的什么我都爱吃。"这时候，小陈还能对儿子摆出一副慈祥的笑脸吗？

我们下周准备短暂地旅行几天，新的小猫又要送到我爸妈家里养几天。小陈已经担心上了："哎呀，你说贝壳会不会教坏它？万一它也变成不爱人类的小猫怎么办？"

我真的受不了一个成年男人这么偏心了！

可怜的贝壳，我永远站在你这边！

新的小猫还没有名字，小孩根据给贝壳取名的经验，执意要叫它：象拔蚌。"象拔蚌这么好的名字你们为什么不要？"我和小陈同时摇头，一只这么好看的小猫，取象拔蚌这个名字也过分残忍了。后来小孩取了蜥蜴的蜴字，准备叫它小蜴。

可是，我跟小陈说："这样它不就跟你一个辈分了吗？"

我们再商量商量。

艾文爸爸说：

最近，不善情感表达的艾文经常抱住我腻歪两句：爸爸，我是爱你的。

然而，我并没有很感动。因为最近我们在许多事情怼上了。

比如今天早上我还大声地训斥艾文吃饭要坐好。最近他吃个早饭总是扭来扭去，掉一桌子饭渣，我说了很多次也不见他改正。今天我再也压制不住内心的小火山了。训完之后我还提议不如今天不去学校了吧，留在家里上一堂认真吃饭的课。他判断了一下眼前的形势，妈妈还在睡觉，没有后盾，于是迅速坐正，三两口吃完。

最近我批评他的次数也多了。除了每天批评他的吃饭问题，抓蜗牛的事我也常说他。一是因为他上课老惦记着去抓蜗牛，二是他现在总是徒手抓蜗牛，并且藏在口袋里带回家。

这一年多，好像每隔一段时间，我和艾文都会在一两个新问题上耗费一番精力。

经常看到有文章建议，对孩子特别严厉的家庭，最好养两只狗，可以调节心态，让心情放松，缓和家庭气氛。

那我们家养猫，应该有异曲同工的作用吧。

不同的是，我们养猫可一点儿也不轻松。

海星（我们给新来的小猫取的名字）刚来我们家时，的确太可爱了。

一周后，猫癣复发，一个月后，宠物医生说更严重了，要做好长期治疗的准备，然后打针、吃药、药浴。为了不让它把病菌传染给人，我给它买了个两米高的猫舍。

养宠物让我真心地发愁，相比之下，养孩子是快乐地发愁。

放学后，艾文拉着我陪他做小实验，我对他郑重承诺："以后我不再大声对你说话了。我要是很生气，就很小声地说你，越生气越小声，你要注意我的音量。"

"不行，你还得笑着跟我说话……"

让人胆战心惊的热情

——全职爸爸第四十二周工作报告

成年人在外面太忙太累太坎坷，无论如何都要藏着掖着，我们不能跟小孩一样直接发脾气。但在家里就方便多了，找个亲近的人下手，发发脾气，是一种一不小心就会流露的释放。

从北京出差回来后，我发现小陈明显比过去热情多了。

以前叫他来接机，通常有两种情况：一种是来晚了，我取好行李走出出口，他还在半路上；一种是直接发给我一个停车场地址，“你来 × 车库 × 号车位找我”。当我拖着行李车走到停车场，车里的小陈就像以前的黑车司机一样，放倒座位在睡觉。

这次他竟然亲自在出口迎接，我有点受宠若惊，不至于吧？已婚男人忽然热情，为什么总是有点让人胆战心惊？

刚上车他就开始了工作汇报，这周小孩放寒假，周二去幼儿园和老师期末面谈，说到小孩运动能力要加强，行为规范方面还是要多加引导。儿子不知道什么时候开始，发起脾气来十分可怕。带他去医院检查有没有得流感，棉签插进鼻子，他相当生气，不停地说：“我要拆了这个医院，我要扔一个炸弹，我要把所有人都杀了……”

我们听了又气又急，幼儿园老师说，这个年纪的小孩就是这样，他还不知道这些话真正的意思，家长别太故意强调，反而会引起他的叛逆。小陈在车上絮絮叨叨说着这个，到底该怎么面对，怎么纠正……

我听了觉得有点烦，忽然间大男子主义上身了，出差回来就给我说这种婆婆妈妈的事，就不能说点高兴的吗？

我转头问小陈："老师就没有表扬小孩吗？他总有做得还不错的地方吧？"

小陈急了："你这人……"

他又把后面半句"怎么这样"咽回去了。

不应该啊，通常的场景是，他会说"你这人怎么这样，儿子就是跟你一样没耐心"。我回："你这人怎么这样，我就是想知道小孩有什么闪光点，不能痛快点说？"双方你来我往几句废话后，通常就进入短暂的冷战阶段，一路僵硬的沉默，如同北风呼啸。

但这次小陈及时克制住了，他转头就朝我笑笑："挺好的，除了这两点，老师说他都挺好。"

我对吵架的个人理解是这样，成年人在外面太忙太累太坎坷，无论如何都要藏着掖着，我们不能跟小孩一样直接发脾气。但在家里就方便多了，找个亲近的人下手，发发脾气，是一种一不小心就会流露的释放。

几天吵一架，是一种正常现象。太平洋小岛瓦努阿图有座火山，隔几天喷发一次，随时通过小喷发来释放能量，人人都可以近观。有些火山几百年喷发一次，惊天动地直接改变生态环境。

关键是，小陈不找我吵架了，他忽然之间好像大彻大悟了一样，问什么都说："好的。"

"去我妈家吃晚饭？""好的。""你带小孩去趟公园？""好的。""帮我拿个快递？""好的。"

不正常，太不正常了。

他的反叛去哪了？

尤其让我感动的是，小孩开始放寒假后，每天早上八点起来，准时扑到我们床边，像大魔王一样三分钟问一次："你们谁起来陪我玩？"往常这种节假日，小陈会说："我昨晚三点才睡，你就不能弄一下吗？"现在他改了，他跟小孩说："你先去刷牙洗脸，准备好了才能玩。"

小孩走了，我们抓紧睡十分钟。十分钟后他又来了，小陈跳起来去厨房电饭煲抓出预约煮好的鸡蛋、肉包，倒一杯牛奶，跟小孩说："吃完早饭才有力气玩。"

小孩边吃边玩，大人又能抓紧睡半小时。

每次小孩过来，小陈都能找出一个理由，什么床底下藏了个万花筒，什么你去剪十个窗花，我们一次又一次，像茶楼里反复蒸煮的叉烧包，回笼了五六七八回左右，终于自己也觉得，再不起来像什么话，才施施然起床。

某一天早上，还发生了这样的奇迹，我睡到十二点起来，发现父子俩已经早早出门，去看牙，公园野餐，泡温泉……为了我能安心创作，小陈竟然做出了这样的牺牲。

我有点感动，难道是我的无私奉献，感动了他吗？

直到周末晚上，去亲戚家提前吃团圆饭，我才恍然大悟。本乡风俗，吃团圆饭是硬性业务，每家都有召集并举行的义务，吃完团圆饭后，过年期间可以随便去谁家吃饭。在团圆饭桌上，人们特别喜欢谈论一些直指人心的话题。

鉴于所有适龄亲戚都结婚了，最后大家热烈地讨论了下年终奖。一个亲戚问小陈：“你有年终奖吗？”

小陈喜气洋洋地说：“我还没发呢。”

我坐在旁边有点懵，三秒钟后忽然大彻大悟，原来埋伏在这里！

大概每个人当员工的时候，一到过年就在想：“老板准备了点什么？”我一直没有想到这一层，因为过去这一年，我的大方令自己都叹为观止。小陈说看中了相机，买；小陈说需要个 GoPro 拍动态，买；小陈说有个无人机空中俯拍更酷炫，买；小陈说要买个新电脑方便剪辑视频，买。

虽然他有了这么多先进武器后，剪出来的视频依然一言难尽，我助理在一旁笑着说：“小陈剪的视频，小学三年级水平吧。”

我说：“你别这样，你还让不让人有进步空间了？”

小陈说：“新一代无人机解决了很多技术难题。”我咬咬牙：“行吧，买。”

都这样了他还在渴望年终奖？我想不通。

可能很多老板一到年底都是这么想的，看着不争气的员工，心想你这一年也没干什么，值得发奖金吗？不倒扣点就不错了。但出于一种企业文化吧，不发奖金的老板，不管过去一年待人如何，年底都会被钉在耻辱柱上。

小陈笑眯眯地在饭桌上听着我的表弟表妹讨论年终奖，有人发了十六薪，有人发了十三薪，我跟小陈讨论：“二月份我们一个月都在外面玩，差旅费都是我出的，二月份工资就不发了吧？”

这不是很正常吗？

他转头说："十六薪我觉得有点多啊，不用发那么多了。"

这事就很难办了。

我在脑海中思索了一番，过去这一年，他的确很忙，但在我脑海中滞留的，都是一些无事忙的行为。

不小心擦了 A 车，跟 A 车商量怎么修，怎么报保险；不小心又追尾了 B 车，跟 B 车商量怎么走保险；不小心把高尔夫球包落在饭馆，急匆匆跑去拿回来……

一想到这些事，我只想无情无义扣工资。

但再想到小孩现在早上张嘴就喊爸爸，小陈的作用又是如此不可替代，曾经陪孩子吃饭做作业的人，完完全全能够体会那种痛苦。

六岁左右，逢双数发作的叛逆又开始萌芽了，每次在饭桌上，看到小孩头一昂，放出一句："为什么？"我都有点庆幸，幸亏坐在他旁边的不是我。

出发旅行前一天，本想把年终奖发了让小陈高兴高兴。

可这天晚上我太困了，直接睡过去了，小陈说他收拾行李到了三点。

第二天一大早，出发去机场，小陈在车上自言自语："奇怪，你那本驾照怎么找不到了？"

你收拾到三点，都没找到？

我以为随手就能拿呢。

……

我再观察观察吧。

艾文爸爸说：为什么两万月薪不够花？还不都是为了这个家

临近月底的时候，夫人时常会关切地问，你的工资还够不够花？我有几次吐露要开始存私房钱，我猜她这时大概以为能看到我露出一线天的笑脸，羞涩地告诉她：也没剩几千块啦。

每个月下旬我通常会对花呗以及信用卡账单预盘点一番，做到心里有数。夫人总算是问了，免得我自己尴尬地开口。

“不太够的，月底我有空的时候给你看看账单。”先预亏，让她有点心理准备，我这么想。

“什么！！你钱都花哪儿去了！”不论是语速还是分贝，都在明显提高。大概，她以为我在明目张胆地谎报，希望用气势震碎我藏私房钱的小算盘。

我把一些大项支出给列举二三，小项如天猫超市水果这种虽金额小至二三百但频率较高的一类，也给列举了一二。这不就花完了吗？

“这就完了啊，这不只用了几千嘛，还有一万五呢？”原来她在掐指精算着，气势依旧。好像在给我最后通牒，别幼稚了，你当我数学水平跟艾文一样吗？

所以，我能理解为何少数全职爸爸干不长时间就炒了女老板换一份更低薪的工作。士可杀而不可辱啊！

旅行中的男人，总要有点事做

——全职爸爸工作报告春节特刊

一出来旅行，女人就全面丧失了统治上的权威性，很明显，男人在路上已经极速膨胀了。

女人出来玩，一般最渴望的状态是无所事事。我们喜欢在每个地方拍下自己无所事事的身影，假装很享受地蹲在薰衣草花田里，好像已经在那里沉醉了一下午，其实里面有几千只胖蜜蜂在飞，蹲下来的瞬间，身上会落二十只。

没问题的，只要看到照片，任何女人都愿意进去蹲十次。

男人不行，男人如果像女人一样，喝着一杯果汁，坐在泳池边摆拍，不知道为什么，你很想把这个男人打死。

十几年前我爸妈带着我和另外几家人出去玩，途中我爸和另外几个男人，对什么景色啦美味啦，张嘴就是："我看也就这样。"最惊心动魄的一个情节是，载我们的小巴车坏了，顿时所有男人沸腾起来，好像找到了什么可以为之奋斗一生的事业，站在路边一个个唾沫横飞，不停地在车旁边打转，几个大男人围着司机，打开车前盖，不知道从哪里找出一个白色水桶，一个男人跑得飞快去小河里打水……那架势，好像他是去比武招亲一样。

这就是男人。

旅行的意义对男人来说不是看夜的巴黎看下雪的土耳其，重要的是给他点事情做。

小陈自从开上房车，整个人精神焕发，一路专注于发现问题、解决问题。我开始明白为什么很多男人痴迷房车，房车这玩意儿因为体积的庞大，到处都有着让人无法琢磨的小问题。

刚上车的时候，入夜，我一直琢磨着，后座的开关在哪？我像熊瞎子一样找了半天，几近于精神崩溃的边缘，终于按捺不住开始求助："哎，你过来帮我看看，后面的灯开关在哪？"

小陈得意扬扬地过来，啪嗒一下打开藏在窗帘后面的开关，还附赠了一句："土人，这你都不知道。"

他忽然变成了房车上的"什么都知道"先生，把头搁在说明书上看一会儿，知道了该怎么开煤气，又搁回去看一会儿，知道了怎么铺床，等到弄懂排污、排水、充电，小陈的神色已经跟先知差不多了。每次听到我问："这个怎么弄？"他脸上总会出现一抹神秘的微笑，一种先知对待愚人的态度，在我身上收割了无数的智力优越感后，我助理又在旁边添柴加火："小陈先生真不容易，又要对付你，又要对付小孩。"

我只是在一个八度的夜晚提醒了他八次，能不能先把车上的暖气开一下！

我助理善解人意地劝慰我："其实你说一次，他就听到了，你何必说八次？"

年轻女孩完全不了解，妻子说的话丈夫会忽略掉95%，只吸收里面的5%，我做过好多次实验，说一个以前说过的笑话，小陈有时候哦一下，有时候哈哈大笑起来。

结婚久了，习惯了某一种声音经常在旁边叽叽喳喳，很容易把它当成背景音。

他对交流显然没多大兴趣，但对干活兴趣很大。

做年夜饭的时候，我助理很高兴，用一种无知的雀跃蹦着说："好的好的，你做饭我洗碗，我最喜欢洗碗了。"小陈把冰箱里所有的食材搬出来，花二十分钟填满了房车上的二十个碗，牛排煎一煎，每人盘子里放一块，玉米煮一煮，每人拿个碗放，还有水煮过的香肠蔬菜……

这熟悉的一切啊，去年我在房车上，都是靠一次性纸质碗碟混过去的。

在雨中草草吃完后，助理不得不履行她的承诺，她一边洗一边站到了我这边，偷偷说："你家先生，怎么能用这么多碗呢？"

因为折腾是他的本能。

昨天刚到瓦纳卡，小陈去观察了一下，这回营地的厨房特别大特别明亮，他从冰箱里拿出羊排牛排意面水饺，雄赳赳气昂昂走向了公共厨房。

正值煮饭高峰时段，厨房里先是两个中国大妈，手脚麻利地切青菜洗青口，还有几个外国人烹制着自己的独门美食，看上去一片花花绿绿煞是好看。小陈把所有食材放在桌子上，忽然叹了一口气说："虽然我有很多食材，但是我应该从哪个开始呢？"

我平均十分钟去一次厨房，中国大妈用三十分钟奋斗出了一桌美食，六七个长辈坐一桌，让人特别想搬个凳子过去一起吃。外国人的食物还在烤箱里，散发出迷人的气息。第一次去，小陈在择豆角，第二次去，他在切蘑菇，第三次去，他终于慢悠悠地起锅了，开始烫蔬菜。

一个小时后，他捧回一锅番茄意面，并且带着一种惜败的表情说：“以后高峰时间我不去煮饭了，那么多人看着，压力太大。”

说句良心话，这次众目睽睽下煮出来的意面，是本次房车旅行的最佳发挥。但显然，离他的自我要求有点远，小陈还说：“旁边有个高大的德国大帅哥，煮的饭看起来五颜六色可好吃了。”

我助理拔腿就想往外走，可惜天色已晚，眼看那德国小伙子像一阵清风，从厨房门口一晃而过。

小陈坐在房车里，只惦记着那桌中国大妈的菜：“听口音是福建人，要是再年轻点，我就去搭讪了……”

新西兰是个很奇怪的地方，从照片看上去都是蓝天白云青葱绿地，看起来特别适合人类居住。其实它经常让人困惑，就像一片还不太成熟，不会控制好温度的人类移居基地，人在房车里觉得外面热极了，是可以赤膊穿短袖短裤的温度，一站到外面，冷风一吹，实际温度十六度，整个人的认知都开始困惑了：怎么回事？

小陈在这种天气里，知道了什么叫功能性穿着，他经常在户外店里兜兜转转，出来就拿出一件新武器：“你看我这个衣服，防晒的，看我这个裤子，速干的……”他给小孩买了一双登山鞋，儿子穿上后那傻乎乎的德性和他一模一样：“妈妈你看我这个鞋，不会坏的，它前面这个黑色的地方，是防水的哦。”

儿子穿着这个鞋，去湖边测试防水性能了。

啊，男人。

我努力观察了一下别的房车里的男人，在房车里，你可以找到每一个年龄段的男人，二十岁出头的小伙子，刚有了小宝宝的男人，带着一双儿女的中年男人，白发苍苍带着老伴的男人……

每一个人看起来都像身负重任，脸上挂着坚毅的表情，准备开着一辆房车，征服全世界。

征服世界的意义就是：找点别人没弄过的东西。

小孩去到哪里，都积极寻找着宝藏，随时拿起一块石头问我："这是陨石吗？"

小陈也一样，当我们去到一片传说中海豹的栖息沙滩，小陈拍完近处躺着睡觉的几只海豹后，忽然满脸惊奇，发现新大陆一般大喊："快看，那边有只海豹在跑啊。"

我顺着他的视线望过去，又听到他说："它跑起来怎么这么像一只狗？"

那其实的确是一只黑色大猎犬，正开心地跟主人玩追逐游戏。

小陈的眼神黯淡下来了："原来真的是只狗。"

我忍不住笑出猪叫声。

几天后，他终于找到了证明自己的方式，报名去跳伞。

连续两天早上七点，小陈穿着一身保暖衣，匆匆下车去集合，却被教练告知，今天风太大跳不了。

等到第三天，英雄凯旋归来，回到房车上，激动得像说书先生，从怎么坐飞机开始，一路说到怎么降落。

他发了朋友圈，发现点赞的数量每分钟翻倍增长，小陈觉得值了。

现在他把世界分成两种人，一种人跳过伞，一种人没有。

一出来旅行，女人就全面丧失了统治上的权威性，很明显，男人在路上已经极速膨胀了。

艾文爸爸说：从这一刻起，我可是跳过伞的人啦！

跳伞约两千人民币。值！完成人生挑战之后，我身上流淌的可是极限运动的血液。

后来我们再次经过吊桥时，我又想跳一次。不行，我得去跳一次。体内的极限血液开始沸腾了，但小姚和艾文纷纷劝阻。

“太高了吧，万一你跳歪了伤到了脚，车子谁开回去呢？”只有夫人发出最现实的担忧。

哪听得住劝，我迅速回车上穿好泳裤赶回来。

快要靠近吊桥时，我的内心已激动到无法言语。正要踏上桥面时，艾文从一边心急如焚地窜出来，一把拉住我：“我要大便，我忍不住了。”

“等五分钟行不行，爸爸先去跳完桥。”

“不行啊，现在就去，真的忍不了，快走啊！”

咋办，艾文往常确实是在最后一刻才通知我要去大 / 小便，这种事不能冒险，容不得我犹豫，我拉起艾文又往房车跑去。感觉这条路像兰州拉面一样被拉长了一倍，离房车二百米时，艾文已经双腿挤在一起畸形地向前走了。

第三次来到吊桥的位置时，夫人又急匆匆地往回走。我见她全身湿透，难不成她先跳啦？

“你们怎么这么慢，我都已经跳完半天了。”

不等我开口，夫人先证实了我的猜测。

“不能等我两分钟再跳吗？”

“我身上湿湿的太冷了。”

话音未落，夫人已经消失在雨中。

是的，这时已经下起了雨，桥上桥下剩下稀稀散散的几个人。大雨已经淋湿了我的热情，脱光了衣服翻栏杆时，我竟打起了退堂鼓。十多米啊，真的好高啊。

跳桥其实比跳伞可怕，因为站在栏杆外往下望时，才发现血液里那一丁点新生的极限细胞，早已被恐惧大军给吞噬。虽然自己的大脑不断发出这样的指令：“跳”“跳啊”“别磨叽了，下去”，自己的身体明明也接到了指令，但就是腿软脚发麻，迟迟执行不了。

但，一想到刚才夫人已经先跳了，我若就这样爬回去穿上衣服，丢不起人啊。

不行，我可是一个跳过伞的人啊！

啊——下去！

空中的那零点几秒，我心里无比舒畅。

入水后感觉都要在河底冻住了。那天气温还行，但水温感觉像是在夏天里喝过的最冰的水。

注：后来我才知道夫人只是下河游泳给冻得哆嗦，她根本没跳。

伟大的生活艺术家如何在海岛生活？
——全职爸爸第四十六周工作报告

我站在海边，想到毛姆所有小说的结局，都是白人青年不辞而别，或者快活两三年后，疯了一样怀念文明世界。

毛姆有一篇名为《红毛》的短篇小说，写了萨摩亚小岛上，一个白人青年和土著少女陷入热恋的故事。那地方离汤加不远，他形容土著少女的一双大眼睛，仿佛棕榈树下两汪宁静的水潭，皮肤就像夏天一片成熟的麦田。

少女带着少年，住进一间当地人的小屋。“两条睡觉的草席，一片破镜子，一两只碗，就是他们的全部家当。”小屋四周有很多芭蕉，少女把它们拿来烤，作为他们俭省的晚餐。她知道怎样拿椰子做出可口的食物，河旁的面包树供给他们果实。少年有时去礁石上钓鱼，有时晚上提了灯笼去捉龙虾，碰到什么节日，他们就宰口小猪，在火热的石头上烤……

小陈像个土著少女一样，来汤加的第一天出门转悠，带回来一袋袋的食物，七八只椰子、一大串香蕉、一只冷冻鸡、两大袋吐司，其中最卓越的，是一只巨大无比、脸盆一样大的螃蟹，和一大袋贝壳。

小孩跟在后面，眼睛里全是光："妈妈，贝壳！活的贝壳！"

作为一个谨慎的内陆人，我不得不追问一下："能吃吗？"

小陈满不在乎地挥了下手："能吃，怎么不能吃？烤烤就能吃。"

他打开厨房里的烤箱，开始琢磨：这个烤箱怎么用呢？

我的疑虑又上升了一分。租的民宿除了没有空调，其他都十分现代，听说主人一半时间住澳大利亚，一半时间住汤加。唯一让我不太能接受的是，从房间到客厅，都是大大的落地窗，一半是纱窗，一半可以关起来。土著人的生活似乎是半开放式的，没有空调，你永远不可能关上落地窗，里面会变成一个大蒸笼。开着窗，浩荡的风吹进来，吹起印染的蓝色窗帘，啊，也吹走了一大半的隐私。

毛姆的小说里，白人总会建造自己的房子，那些房子跟当地人的不一样，远远就能看见。我们租的房子，外表跟当地人的一模一样，一整间屋子分为两个部分，一部分是三十平方米的卧室，一部分是宽阔约八九十平方米的客厅，包含一个开放式厨房。

太大了，没有安全感。

但是小陈在厨房开始做饭的时候，很神奇，我感觉房子变小了，房间里到处都是人间烟火味，他把那只脸盆一样大的螃蟹，架在平底锅的锅沿上，这是厨房里最大的一个锅。随着热气蒸腾，螃蟹开始挣扎起来，我一下有点慌。

这好像有点残忍啊？

毕竟是这么大的一个螃蟹……大自然培养它多不容易……而且这样能吃吗？

小陈没说话，他已经开始吃烤出来的贝壳了，福建人吃贝壳跟嗑瓜子一样，好像他们生来就该如此。他一边吃一边点评："或许这个贝壳不应该这么煮……”

他买的贝壳可能是国内一种叫贵妃蚌的东西，我在饭店吃过，里面会放上很多蒜蓉和粉丝。在中国人超市，小陈带回来酱油、芥末、粉丝，还有两颗大蒜。

我以为他要给我惊喜，没想到他跟土著一样，随便烤烤就完事了。

螃蟹煮着煮着，侧身掉入锅里，开始红了。接着他开始忙活另一道菜，献给小孩的椰子鸡汤，小孩跟我一样，对吃贝壳持保留态度，他只为了贝壳本身疯狂。

看着小陈在厨房用榔头敲碎螃蟹的壳，再用另一把刀大砍椰子，我不得不佩服他，真是生活的艺术家。生活中的我是个智障，如果我一个人来，每天最多用白面包和水果填饱肚子。

第二天去海滩，傍晚的海水，果然跟书里写的一样：“在夕阳照耀下，是酒红色的，像是《荷马史诗》里希腊的大海”。海滩上有几个黑黑的人，正在用叉子叉一种银闪闪的鱼。小陈看起来丝毫不心动，他告诉我，这里的海鲜市场，便宜极了，根本不需要下海自己动手。

想到昨天那只大螃蟹挣扎的场面，我提议今天不如去中餐馆吃。兜兜转转找到最出名的一家，大概去的时间点不对，大堂里除了老板和服务员没别人。那是一顿乏善可陈的中餐，小陈点了一大盆水煮鱼，遭到我一个大白眼，全家只有他一个人吃辣，他什么意思？

每当这时候，我站在小陈的角度，都觉得，他要是娶一个普通的、爱吃辣的、同样热爱生活的女子，可能日子会好过得多。来到中餐馆，我立刻发现了自己讨厌中餐的原因，油大，什么都油大，炒青菜是油汪汪的一盘，炒细粉也是油汪汪的一盘。油，是健康的敌人。

唯独一盘白灼章鱼，儿子一边蘸酱油一边吃得飞快。

只要稍稍停下手，现代文明的另一个敌人——苍蝇，就会很快停在盘子上。

小孩看到苍蝇飞落，哭起来：“苍蝇爬过了，怎么办？”

小陈漫不经心地用矿泉水冲了一下章鱼：“好了，吃吧。”

土著人，我在内心说着。

当晚九点多，儿子开始趴在沙发上说肚子疼，好久没看过不舒服的儿子了，问他哪里疼，他从心脏开始比画到肚脐：“这一片都在疼！”

我内心撕裂了，我的天，在汤加这种地方，该怎么办？半夜去看急诊吗？

小陈给儿子喂了几粒藿香正气丸，又不知道从哪里弄出来一碗鸡粥，说：“吃了就好了。”

小孩勉为其难吃了一口，大声说道：“我要吐了！”

随即在地上吐出一大摊章鱼。

这该死的章鱼。

吐完，奇迹般的，小孩说：“没事了，我现在饿了，可以吃了吗？”

他嚼了一大只鸡腿，喝了一大碗粥，跟半小时前判若两人，马上又活蹦乱跳得近乎烦人了。

小陈松了一口气，说：“看，恢复能力多快，没事。”

出于做母亲的本能，我又开始担心了，小孩刚才到底是因为什么肚子疼呢？海鲜？苍蝇？中暑？吃太多？

老实说，带上一个女的，去落后地区生活，可能是件非常烦人的事，我可不会跟白人青年一样，快快活活地一头扎进热爱自然的生活。当父子俩在南太平洋小岛静谧的夜空下沉沉睡去，我一般都开着电脑，享受片刻文艺青年的孤独。

然后，我会听到各种奇怪的声音。岛上的公鸡，大概是整个岛最勤奋的动物，二十四小时都在打鸣，每天半夜叫得最起劲，一只鸡连着一只鸡，喔喔喔个不停。紧接着，是一种鸟咯吱咯吱的叫声，有点古怪，不过还不算可怕。最可怕的是猪叫声，就是小说里说的什么宰头小猪。汤加的猪，个头极大，这些黑乎乎的猪经常在大海里游泳，然后半夜开始号叫，发出一阵令人可怖的声音，让人头皮发麻。

有天睡着，我清晰地听到外面有金属的碰触声，赶紧一脚踢醒小陈："你听！什么声音？"

小陈睁开原本就是一条缝的眼睛，醒了两秒钟后，告诉我："是狗。"

还有一天早上，不知道为什么，外面传来沙沙沙的声音，不会是响尾蛇吧？

我总是不惮以最坏的恶意，揣测这座人间天堂一般的小岛，不知道有多少次，半夜不敢靠近窗，总觉得外面黑漆漆的夜里，会有什么让人大吃一惊的东西。看过那种土著人的木雕吗？个个凶神恶煞，上面涂着花纹，这玩意儿没准就在院子里站着呢？

小陈和儿子一点不怕，他俩就像一对没头脑的兄弟，哪里都敢去。

把中餐馆列入黑名单后，我们陆续去了几家岛上的西餐厅，汤加人吃得真可怕，连续吃了好几顿，竟然没有一样菜能让我说出“喔，还不错嘛”这种评语。几乎所有的菜，都是我心目中的高热量垃圾食品，叫一杯白葡萄酒，发现是甜滋滋的，叫一份 T 骨牛排，牛肉也是甜滋滋的，本来就高热量的奶酪千层面，上面还浇了一大份奶油酱。服务员都是甜美可人的胖妞，笑起来咯咯咯，而且一笑就停不下来。有一天吃完饭，已经近晚上十点，穿过中心城区回家，我发现镇上的小炸鸡店里，坐满了一桌子黑漆漆的胖妞胖小伙。

喔，小镇青年的夜生活。

他们快快活活坐在里面，喝着大杯饮料，但丝毫找不到书中那种拥有金黄色肌肤和水汪汪大眼睛的土著少女，听说稍微勤奋一点的年轻人，都去了新澳打工。

小陈在汤加最浓墨重彩的一笔，是某天下午，提回来一大袋龙虾，那是我一生中见过的最大的龙虾，被人敲碎了脑袋，还能看出来鲜活狰狞的面目。

他搓着手准备大干一场，儿子在院子里，已经跟邻居小孩玩成一片，我抱着双臂站在厨房边缘，看着三只大龙虾，陷入深深的思考。

怎么徒手做龙虾？那是小陈的问题。

我的问题是，如何处理房子里越来越多的苍蝇，一开始只有一两只，后来小孩进进出出，苍蝇乘虚而入，很快，变成了一支队伍。

苍蝇削弱了房子里的文明气息，让我变得非常烦躁，好几年没在私人生活领域见过这么多苍蝇了。世界上所有地区的苍蝇，都是一个德性，看起来真够讨厌的。

不过万幸，汤加的苍蝇灵敏度欠佳，随手拿起一本书，手起书落，一只苍蝇应声而亡。啊，这痛快的感觉，随后在小陈目瞪口呆的表情中，我一口气打死了七只苍蝇，每一次都是，恶狠狠的一记，“啪——”弹无虚发。

呵呵，让你们看看谁是生活的艺术家。

我回头看小陈，一边警告他：“看见没，惹我的下场就是这样。”

在汤加的最后一个夜晚，跟往常一样吵闹，公鸡打了一夜的鸣，猪也叫了一夜，各种奇怪的声音，从不知道的什么角落蹿出来，但这时候我已经没那么害怕了。

几个小时前，我们开车去了北部的一个海滩，小陈把租来的日本小轿车开得像越野车一样，然后停在一大片花花绿绿的坟地前，我让他往后停一点：“你你你，你都压到这个坟了！”

他照例满不在乎：“没事的，你看别人也把车停这里。”

离我们最近的一个坟地，被装点得像只大蛋糕，上面插满五颜六色的假花，一个土著妇女的大幅彩照，插在里面。我在心里朝她说了声：Sorry……

不过她看起来挺和蔼的，好几个当地小孩，正在墓碑间跑来跑去。很奇怪，这里的小孩，从来不去海边玩。

又一辆车停在坟地前，一辆跟我们的车一样大小的小轿车，车上下来五个两百斤的胖女人，快快活活地去海边的大石头上摆姿势，拍下到此一游的照片。

我站在海边，想到毛姆所有小说的结局，都是白人青年不辞而别，或者快活两三年后，疯了一样怀念文明世界。

以前觉得这些城市动物虚伪，在海岛生活了整整一周后，我是这么想的：这些白人青年，可真能熬啊，居然能在这里靠椰子和面包果，待上好几年。

小陈花了整整一个晚上的时间，烤龙虾、吃龙虾，吃到后来，他说：“我今年都不会再吃龙虾了，吃够了。”

离开汤加这天，我们一家人都有点如释重负，这的确是一个人间天堂一般的小岛。

但是，小陈说：“怎么一点旅游项目都不开发呢？”

我松了一口气，从这天开始，终于不用担心，夜晚外面有什么了。

艾文爸爸说：在达尼丁的时候，我为队友们准备了一餐年夜饭

我知道大家对我煎牛排的技术不太放心，所以前两天超市补给的时候，羊排、猪排不同的排我都给买了。还有艾文喜欢的牛肉丸子汤。

看场面略有一点成就感，但是被夫人投诉没有她喜欢的菜。可能是因为调料不够（只有酱油），一定是。

那天夜里暴雨来袭，狂风不止。先是小姚摸黑去公共浴室，不一会儿又退回来了，说是找不到路。海边的营地设施简单，竟没有路灯。

第二次夫人同去，两人出门几秒后便消失在夜里。一分钟后，两人又一同回来了，异口同声说："真的太黑了，太可怕了。"

夫人望着车上的卫生间，又向我投来乞求的眼神。

"不行，小姚刚才洗碗已经把车上的水用完了。灰水箱也满了。"

于是我提出护送她们前往公共浴室。第三次出门，走了五十米远，女人们最终还是被呼啸的狂风给吓退了。

这一年的除夕夜，她们没洗澡。

旅行结束的时候，伤伤感情谈谈钱吧

——全职爸爸第四十七周工作报告

生活啊，处处都是谈不拢的价值观。

三月，再次回到新西兰，已是这个国家的秋天。

小陈的表弟又来奥克兰机场接我们了，我想他的亲戚一开始可能还挺雀跃，祖国来人了，一月份接一次，二月份南岛回来又接一次，接到第三次，大家都有点疲惫，只好聊聊天气：“哟，新西兰的秋天，还挺干燥啊。”

网上不停有人问我，出去玩这么久，到底要花多少钱？

实际上在小陈第一次跟我报销机票时，我顺嘴吐露出了真实的想法：“这么贵啊？不如别去了吧，春节待在家也挺好的……”

从那以后，小陈就掌握了报价的艺术，先轻描淡写，再重拳出击。比如制定去汤加的行程时，我问贵吗？他说：“不贵啊，来回机票就一千块吧一个人。”那太便宜了，我没放在心上，一口答应说：“去吧去吧。”这是去不发达国家的好处，汤加有点像国内的小县城，市场上买什么都是按袋卖，一袋苹果三块钱，一袋橘子三块钱，一串香蕉，还是三块钱。去城里最高级的咖啡馆坐着，一盘意面二十。即使乘以三的汇率，依然让人过得非常踏实。终于摆脱了新西兰花钱如流水的生活，那是无比轻松自在的一周，离开汤加时，我说：“我们在这里一个礼拜，也就花了几千块人民币吧？”小陈把视线望向远方，开始一项项列举：“不止，不止，租房快四千，租车三千多，取了三千块，再加上机票就七八千了。”

“啥？不是一千块一个人吗？”

“那是单程。单程也要一千五呢。”

我沉默不语，内心开始流血。人跟人真的很不一样，我喜欢生活先苦后甜，小陈就喜欢先甜后苦，先用幻觉把人迷晕，全玩完了才开始展示残酷淋漓的真相。上次在皇后镇报名跳伞，我就上了他的当，他当时也说，一千块多点。

“到底多多少？”

“一千七百五。”

对我来说，那是两千块钱，但对小陈来说，那就是一千块钱。

生活啊，处处都是谈不拢的价值观。

一想到在汤加这么朴素、落后的地方，噌噌噌花了这么多钱，我心情很复杂，脸色也很不好看。汤加开超市的福建人，雇佣当地人打工，一星期才给三百人民币，可想而知人均消费多低。

斐济的花销更大了，印度司机等在门口，张嘴就说去酒店要八十五斐济币。想当年我穷游的时候，总要跟司机砍砍价，小陈坐上车，告诉我：“不贵的，很远呢。”

……

到酒店，发现省钱根本是徒劳一场，那是一个远离市区的五星级酒店，三天的所有消费都需要在酒店进行。落座吃饭的时候，我很怀念汤加，怀念那些难吃但是便宜的食物。仔细想想，这里跟国内五星级酒店比，还挺便宜。但毕竟玩了一个月，我非常焦虑，没有钱了，而且更棘手的是，助理老是在祖国叹息：“哎呀，有个要参加活动的项目，可惜你不在。哎呀，有个品牌要拍照，可惜你不在。哎呀……”

焦虑，对于生存的焦虑感，一点点蔓延开来。

夕阳西下，跟小陈漫步在晚霞绮丽的沙滩上，我开诚布公说：“出来这么久了，确实花的钱也够多了，很多方面，最好还是不要那么奢侈吧。”

小陈拿着酒店卖的二十块一罐的可乐，笑得有点尴尬。

这天晚上，我们去吃了海鲜自助，发现五百块一位的自助餐，还不如国内一百九十九一位的内容多。我开始怀念祖国了，什么都便宜，什么都划算，只要不进行奢侈消费，几乎能在网上买到所有东西。儿子闹着要买纪念品店里的鸡蛋花，斐济人不管男女都插着一朵，我拿起那朵塑料花，发现竟敢售价二十块。

“别买了，傻瓜，这里买一朵，回家能买二十朵呢。”

小孩懵懵懂懂，小陈主动提出，他以后在吃饭上要省一点。

第二天，小陈舔着一个冰激凌说，他不吃饭了，不饿。

儿子说：“我也一样，我吃冰激凌就饱了。”

别胡扯了。

如是来了两顿，我终于忍无可忍，一坐到餐厅椅子上，不管不顾先点四个菜。一个狮子座，绝不允许这么寒酸地生活，更何况是在五星级酒店。

我开始给自己做内心建设：那个谁谁，去墨西哥过海关罚了六千刀呢，够我们一家在路上花大半个月了。朋友老跟我说，该买块劳力士。不如我就当买了一块劳力士，在路上丢了。或者买了几个名牌包，结果通通被猫抓了。这么一想，我开心了许多，啊，竟然有一种白白捡到旅行的感觉。

小陈变得格外贤良淑德，他开始用水壶灌机场的免费饮用水了，他禁止小孩再买纪念品，就算后者哭得格外伤心，为了节约粮食，小孩必须吃完饭才有冰激凌吃。好不容易去一趟塔纳，坐在酒店里，小陈第一次没为行程心动，他只选了火山，还一个劲地强调，看火山真的很贵，一千块一个人。

说完又去酒店餐厅买五罐可乐，可乐是他的精神食粮，他用来喘息的港湾，他休憩的圣殿，省什么他都不能省可乐。

小孩看中了一张手绘卡片，火山喷发图那种，睁大眼睛发着惊叹声说："好想要。"他用渴望的眼神看着我，我告诉他："没有钱。这种小纪念品店一般都只收现金。"

他去找他爸爸，用一种讨好的嬉皮笑脸的眼神，嘿嘿笑着，从这点上看父子俩有点一脉相承，为了达到目的，一开始都非常友好，小孩傻笑了一会儿，提出要求后，爸爸说："没有钱。"

儿子的脸马上就暗了。

这时我的母性按捺不住，愤然起身，我知道小陈身上至少藏着一点买可乐的钱："把你的钱交出来。"

在那一瞬间，我想的是，反正旅行要结束了，不如破罐破摔吧。

我把那家小店所有看得上的纪念品，什么草编的热带小鱼、什么贝壳耳环、什么火山明信片，统统拿下。

人赚了钱，不就是用来花的嘛。

从瓦国回斐济转机，一整天我十分劳累，坐了两段飞机，还有一堆活要干。我想起来为什么出发前一直叮嘱小陈，订好一点的酒店，至少要两张床，我不能跟小孩睡一张床，不然根本睡不好。

这一晚的酒店，就在斐济机场附近，这次小陈学乖了，出机场先去服务台，问清楚去酒店打车大概需要多少钱。伶俐的工作人员顺口对着旁边的印度司机砍价："十块钱，去不去？"

"去。"

到酒店一看，我眼前一黑，这未免也太简陋了。

是个快捷酒店？

小陈反问我："不是你说，不要太奢侈吗？"

推开房门，只有一张床，那怎么睡？

小陈说："反正你要工作，你看，这个酒店有书桌。"

这家简陋的快捷酒店，让我想起很多年前去埃及开罗，住在一家国际青旅的单间，里面有一张床，一张书桌，我半天在那个书桌上写作，半天出去游玩。

我在房间里奋发图强，小陈带着儿子出去吃饭。

回来后他眉飞色舞地说："太棒了，你知道吗？这里中餐馆的酸菜鱼是用石斑鱼做的，海鲜炒面里面全是海参，铁板牛肉也很好吃，我还想再点个海鲜汤，老板不同意，说点多了。"

"喏。"他顺手递过来两个快递盒，"这是吃剩的炒面和给你打包的炒青菜。"

"……"

小陈躺在快捷酒店的床上说："其实我是可以住差一点的，小孩也可以，是你不可以。"

是的。

家庭就是这样，旅行把一切问题都突出了，在家的时候看着还像一家人，出门后三个人三个方向。有人，比如我，渴望住好一点；有人，比如小陈，渴望顿顿都是生猛海鲜；有人，比如儿子，只惦记着把全世界的纪念品搬回家。

我们一家凑在一起，就成了超级豪华旅行团。

这或许就是，命运的安排……

回国前，我终于付清了小陈所有的旅行费用，再加上三月份的工资。

看着账单一阵怆然，脑海中全是那些著名企业家刚毅的脸，他们不是老爱说一句话：一个企业再苦再难，也不能不发工资。

家庭企业，也要有一样的决心吧。

艾文爸爸说：

夫人总有一种错觉——我喜欢乱花钱。很不幸，她在某著名公号上几次吐槽之后，这已经成为我人设的重要成分。

我承认我很能买，可每次我晒完账单，少数明事理的网友们都会站出来为我申诉，小陈在买买买上的倒腾源自于他对平凡生活的不屈服。

所以我喜欢晒账单，可以重新找回底气倒腾我的生活，顺便微调一下我的人设。

昨天，我逛完超市回到家门口，看见夫人正在跟送水师傅争论，差点要吵起来了。“肯定不是我们家的，不可能，我没那么傻吧，一次买六桶水。”

“是我下的单。”我小声又小心地说完，顺手从门口拎起一桶，从夫人撑在门框上的手臂下钻进家门。

“你在新西兰跳伞时把脑子给冻坏了吗？！”

夫人看着仅仅九十平米的家被占去一平米存放一个月的水，感到非常气愤和不解。

论男人带小孩到底有多野蛮？

——全职爸爸第四十八周工作报告

在娇贵的环境里，只有野蛮的男人适合抚养小孩。

旅行的最末尾，小孩发了一次高烧。

凌晨四点半，我在斐济机场附近的酒店醒来，看了一眼旁边的儿子，他睡得很熟，但是没盖被子。盘踞床尾的小陈裹着一整条被子，像一只大花卷一样。

我赶紧把被子扯一半出来，盖在儿子身上，顺手摸了一把他的额头。

完蛋，滚烫得好像可以烙鸡蛋一样。

小孩发烧啦！我一脚踢醒小陈，同时陷入无比的恐慌之中，怎么办怎么办？早晨六点半要退房赶飞机，从斐济飞新西兰，这下还能飞吗？不能飞的话，机票怎么改？从新西兰回国的机票呢？小孩怎么就在这个关键时刻发烧了？

小陈摸了几下儿子，说："我感觉他烧得不是很高。"

"别废话，快把体温计找出来。"

小陈很像被周扒皮叫醒的长工，百般不情愿爬起来，先在我的箱子翻了下，又在他自己的箱子翻了下，辗转到背包、小孩书包，开始呓语："我记得我好像放进来了呀……"

即使凌晨四点半，我的白眼也一如既往地闪亮。

他重复道："我摸着还行，不高的吧。"

五分钟后他终于找到了体温计，小孩高烧直达三十九度六，我的心脏都快稳不住了，怎么会呢，难道是瓦努阿图带回来的传染病？还是热带地区有什么登革热？

小孩还在昏睡，竟然一点吵闹没有，这让我更加担心。一般来说，最担心小孩生病的节点，一个是出发前，怕发高烧耽误出行，一个是返程前，怕发高烧耽误回家。海岛旅行本来是后加的行程，所以返程极其折腾，先从瓦努阿图回斐济，再从斐济回新西兰，然后直飞回上海。

连续的行程，只需要一次高烧，可能就打水漂了。

我开始搜斐济直接回国的机票，结果发现不行，大部分都要转机两次以上，时长十几个小时到三十多个小时不等。与此同时，小陈给儿子喂好退烧药，抱着被子又开始睡了。

"喂，不是六点半要走吗？"

"对啊，我还可以再睡二十分钟。"

小孩的体温在六点钟左右降到三十七度左右，我又开始担心另一个问题，新西兰让发烧的小孩入境吗？万一让我们一家住机场咋办？作为一名作家，我可是有丰富的联想能力的。

要不，我们还是在斐济多住两天，观察一下再走？

小陈断然拒绝，六点二十分，我们从酒店出发去机场，小孩醒来后，看着有点不对头，完全不如原来活蹦乱跳，一路都有点蔫巴巴的。

小陈甩给他一瓶水："快喝水，生病了要喝半瓶。"

平常他会反抗的，这天竟然一声不响地喝起来。

天，肯定病得相当严重了。

于是我情不自禁地对小孩说："今天你生病，你可以随便买一样东西好不好？"

听到这句话，儿子终于露出了惊喜的表情："真的吗？随便什么都可以吗？"

我点头："对，随便买。"

儿子愉快地冲进了机场的纪念品商店，看到他还有这种活力，我略略放了点心，他先选了一个木头做的打击乐器，被小陈拒绝："安检过不了。""贝壳呢？""这么大的当然也不行。""那这把吉他可以买吗？""不行，想什么呢？"

最后千挑万选，小孩选了一个五斐济币的塑料小海龟。啊，当时我多想把所有他看中的东西都买下来，小孩都生病了，不值得拥有一座城堡吗？

他那个野蛮的父亲，小陈，显然觉得，发烧有什么大不了的，小孩还能走能跑呢。

飞机上小孩不停地说冷，问空姐要了两条毛毯，又加上我一件外套，此时我脑海中已经开始盘算，或许等下需要广播问问，飞机上是否有医生？新闻里不是经常出现这种情况吗？机舱忽然响起广播，一名四十多岁的中年男士站起来，主动表明自己是个经验丰富的执业医师……

小陈给小孩喂完退烧药，眼睛一闭，又睡着了。

父子俩在里面睡成一团，男人，难道就不知道担心为何物？

在我检查完新西兰的入境卡后，发现上面最关心的问题就是，“带食物了吗？带生鲜食物了吗？带任何野外的食物了吗？”对人，倒是关心程度一般，上面半个字都没提，您有任何疾病吗？

煎熬的三小时航程中，我写了篇专栏，下飞机时儿子已经退烧了，只关心他捡的几个贝壳能不能过境。

回新西兰，还需要再待上三十多个小时，小孩以五小时一次的频率，发着接近四十度的高烧。每当他开始发脾气，大喊说冷的时候，高烧就来了，我焦虑地想，要不要去医院？

小陈表弟表示，在新西兰，医生不会看这种感冒发烧，最多开点药片，或者让你去超市买 Panadol（一种镇痛药），“去医院也没用哦。”

那万一不是简单的感冒发烧呢？我心中始终怀揣着这样的隐忧。

小陈大手一挥：“只要还能玩就好。”

儿子的体温上升到了四十度，卧在沙发上，看起来极其虚弱，小陈表弟在旁边问：“今天晚上，要去天空塔吗？”

儿子挣扎了一下，回答：“去。”

“那就没事。”表兄弟俩朝我呵呵一乐，我不知道说啥好。

他们还在商量，明天要出海去钓鱼。

什么？带高烧四十度的小孩去钓鱼？

“没事，明天就好了。”小陈安慰我。

儿子从沙发上坐起来，脸色惨白地下决心：“我要去钓鱼的。”

我怀揣着十二万分的担心，离开了男人们盘踞的沙发，回到房间一边打字一边想：小孩要是有什么事，呵呵，小陈和表弟都会被我剁成肉饼。

是这样的，国内一般都会警告生病的小孩，千万别去人多的地方，容易感染病毒，也千万不要去户外活动，需要静养。当晚在人头攒动的天空塔里，小孩已经开始跑起来了。我想我妈要是在现场的话，儿子肯定被当成国家重点保护动物，紧紧搂在怀里了。他不仅在天空塔痛痛快快玩了半小时，还在旋转餐厅俯瞰了奥克兰夜景。没人记得他发烧了，不过临近晚餐结束的时候，一向是冰激凌狂热分子的小孩，说这里的冰激凌不好吃，毅然推开了眼前的甜点碟。

第二天一大早，小陈把睡梦中的小孩抱起来，摸了一下说："没有发烧，我们出海了。"

"真的行吗？"

"行的。"

我留守家中，感觉出海已经不是享受，而是一种折磨。这让我终于敬畏起了男人，他们好像一听到大海、钓鱼、龙虾、海胆、浮潜这些单词，整个人已经没了大脑只剩下一身热血沸腾，打渔和打猎一样，都是他们最原始的冲动。

就这样，小孩去了遥远的海边，在快艇上吹着海风，在海浪上颠簸，看大人们钓鱼，下海捉龙虾，一直到下午六点，小陈才流连忘返地说："我们要回来咯。"

我能说什么？担心，就像女人附加的功课，全是一遍遍毫无意义的复写。小孩一回来趴在床上说："我们捉到了海胆！"他边说边比画："这么大的海胆！"

他看起来没有一点高烧的迹象了，周身散发出一阵淡淡的海水味。

行吧。

看来生病最好的治疗方法，是忘记生病本身。

小陈又跟我商量了一件事："你看，我们明天七点到上海，九点回家，正好送他上幼儿园怎么样？”

这下我没什么话说，在这场四十天的旅行里，我最好承认，最需要赶紧躺下来歇着的是我自己。

我脆弱了，父子俩都更加坚强了。

他们在归来的飞机上，开始讨论起暑假该去哪里，是去森林采蘑菇还是去小岛捡海星？

我只想躺下来，静静地躺着，再也不用担心今天是否能赶上飞机，晚上住的房间有没有两张床，卫生间里会不会有虫。

经过这件事，小孩充分发现了我多么没用。回来后，他不小心摔倒，磕得满嘴是血，一颗牙还松了，我照样冲在紧张第一线：“怎么办怎么办，赶紧去看医生啊。”

小陈冷眼旁观，先开始骂小孩：“叫你不要做这种危险动作，你是不是活该？”

小孩一边大哭一边爬到爸爸身上：“会好吗？会好吗？”

看着这一幕，我心情十分安慰，他已经不是哭着找妈妈的小孩了。

过了这一年，他终于变成了哭着找爸爸的小孩。

我胡思乱想了几分钟，心想儿子的门牙一辈子都长不出来怎么办？

看，女人果然不适合带孩子。

在娇贵的环境里，只有野蛮的男人适合抚养小孩。

艾文爸爸说：

在国外行走多年，医院其实没少去。严重的两次报过保险，一次是自己在印度感染登革热，住院躺了一星期；一次是艾文在巴厘岛从床上掉下来，满口是血，不过去医院一查也就只有嘴唇上有一点伤口，医生还告诉他痛的时候你就吃冰棒，所以接下来两天他过得还挺开心的。

比起全职妈妈，你的成长空间还很大啊

——全职爸爸第四十九周工作报告

小陈每天都觉得自己是撑起全家的男人，像太阳一样，有了他，整个家才能运转自如。所以每次我稍微提点什么意见，太阳公公当即开始发火。

小陈最近有点飘。

大概是因为刚从国外回来，又冒出一家知名媒体要采访他。采访完我发现他的脖子明显变硬了，他开始有了一句口头禅：我就是这样的。

言外之意：你还能换了我怎么着？

某天早上，微信群里有一个作家正在夸他的妻子，说小孩上一年级前，他每天定时坐在家里长吁短叹，发愁儿子在学校饭堂吃早饭吃不好，不卫生还吃不饱，念得久了，老婆自动开始学做包子做云吞做花卷做蛋糕。

我抬头看了一眼小陈，自从搬出来后，好几个月了，儿子的早餐一直都是牛奶泡麦片，我也忍不住长吁短叹："小孩老吃麦片不好吧，早餐还是应该营养一点，来点蔬菜弄碗馄饨煎个鸡蛋什么的嘛……"

小陈回头白我一眼，断然拒绝，“牛奶麦片哪里不好了？”

哪里不好呢？我苦思冥想，竟然想不出来，小孩没什么意见，但我总琢磨着，全职妈妈仿佛都长了三头六臂，虽然绝大部分没收入，但勤劳细致十项全能。

跟别人的全职太太比，小陈的性价比似乎，有点低。那些太太们烘焙烤饼干做面包全都不在话下，一天三餐随便做做就是四菜一汤，家里窗明几净，出门明媚动人，每天为了摆脱黄脸婆气质，还得运动瘦身两不误。

都这么厉害了，很多全职妈妈依然得不到尊重。我听说了这么一件事，一个事业有成的独立女性，有了小孩后，犹豫要不要为了小孩的健康成长做全职太太。老公一口答应说：“你放心，我绝不会因为你是全职太太，在家带小孩，就看不起你，不尊重你。”于是老婆放弃工作，回家带起小孩，过半年后自己沉浸在家务的海洋之中，男人则开始违背诺言，越看她越不顺眼，每天在家带孩子的黄脸婆，怎么能跟事业有成的老公比？

这个故事的结局挺好的，女人毅然离婚，又开始了打拼的岁月。故事仿佛要告诉女人们这么一个道理：全职妈妈就是被嫌弃的下场，千万不要轻易入坑。

小陈一点没有这种想法，他每天都觉得自己是撑起全家的男人，像太阳一样，有了他，整个家才能运转自如。所以每次我稍微提点什么意见，太阳公公当即开始发火：“你来啊，你为什么不做，你给我示范一下，应该怎么做？”

罢了罢了，这时我就畏缩了，家务活的确是摧毁人类精神文明的利器，我观察我妈很多年了，只要她辛辛苦苦打扫了一番卫生，必定将家里所有人结结实实骂上一顿，之后方才心平气和。

这样想的话，小陈平日脸上笑眯眯，一定是因为他不用早上五点起来做花卷。

全职的作用，主要还是体现在带小孩上。上周末早上，我们一家出发去三亚，小孩本来蹦蹦跳跳很开心，要去三亚捉螃蟹了，他太兴奋了。

中途杀出一个程咬金，他爸忽然问："五加六等于多少？"

儿子像一根被摁住的弹簧，顿时安静，支支吾吾什么都答不出来。

"什么？你连五加六等于几都不知道？"小陈勃然大怒，立刻找出一本数学练习题，撕下一张说："做完这张纸我们再出发。"

小孩闹起来："我不要。"

"那做两张。"

"我不要做！"

"你不做就不要去三亚。"

"哇——"

当时我躲在房间里，静静听着局势变化，小孩的确不乖，小陈又暴烈了点，哎呀这种事情就不能温柔一点处理吗？

两人互相大打十八回合，生气的儿子发飙说："我不去了，你现在送我去外婆家。"

小陈一口答应："好，我们现在就走。"

两人又在门外吵起来，儿子继续猛烈大哭，小陈继续猛烈大骂。

可怕，真可怕，这时候我满脑子都在想：被邻居听见咋办，多丢人啊，算了我就当不知道这个事吧。

一阵啊呜啊呜的哭声后，儿子又回来了，坐在位子上，噘着嘴开始做五张数学练习题。

我跟小陈说：“你这是何必呢，可以不用这么激烈的方法嘛，家丑不可外扬不是？”

小陈完全没听到我说什么，继续宣读铁血政策：“数学题看来还是以后隔两天要练一张，不然全忘光了。”

我只关心面子问题：“小孩哭那么大声，有没有邻居出来看啊？”

“没有，邻居都知道不要多管闲事。”

好的吧。

这天下午，小陈把孩子丢了。

当时我们一家已经恢复了和美的景象，快快乐乐走在虹桥机场的候机厅里，我抓紧时间买了一副墨镜，跑去和父子俩汇合，一起往登机口走去。

儿子总归是皮的，他又开始得意忘形地往前飞奔，小陈在后面叫着：“不要乱跑。”

当然小孩完全当作听不到，无忧无虑奔跑的童年啊，我把包交给小陈，去上了个卫生间。

上完出来，看到拎着女士挎包的小陈，正慢悠悠往前走，儿子已经完全不见踪影。

“他人呢？”

“不见了。”

啥？我想小陈一定是在开玩笑，小孩应该就躲在柱子后面，他很喜欢吓人一跳，于是我绕到柱子后面，探头一看，没人。

“他人呢？”

“真的不见了啊。”

我不敢相信，“小孩不见了你还在这里慢吞吞走路？”

小陈自言自语道：“我叫他不要瞎跑的，他非要瞎跑。”

我急了，往前狂奔起来，妈呀，小孩丢了那还了得，回头一看，他的亲生父亲竟然还没跑起来，这哥们儿的心果然是铁打的。

奔跑二十米后，发现前方有点骚动，一辆载客车上，我看到了儿子的后脑勺，听到他断断续续的哭声，旁边有几个大人正在关切地问他话。

人找到了，我退缩了，当场去认领的家长断然不能是我。

我回头拉住小陈：“快点，你儿子在那。”

小陈昂首跑过去，正在哭的儿子从车上下来，一把抓住爸爸开始大哭，我在外场看着父子相认的这一幕，还是没挪步。

在机场把小孩丢了真的太丢人了，果然，五秒钟后小陈开始接受群众的批评，开车的机场工作人员率先发声：“小孩怎么没看好呢？”旁边大妈说话了：“小孩真的要看好！”

小陈眯着小眼睛，向众人赔着笑脸，拉着小孩走了，临走还被说了一句：“下次别让小孩乱跑了！”

后来我看了个日剧，里面有个小女孩走丢了，身为全职太太的母亲，因为患有育儿神经衰弱，被怀疑为凶手，立刻就自杀了。

女人真脆弱啊，像小陈这样的钢铁男人，二十分钟后就忘记了丢小孩的事情，飞机一起飞，立刻睡得像个婴儿。

每当这种时候，我就觉得，全职爸爸的功能，主要体现在心理强度上，虽然羡慕别人家五点起来做花卷的太太，但好歹在外面丢人的是小陈，不是我。

艾文爸爸说：这可能是我人生中最大的一个项目

有一阵子艾文经常质问他妈："你不是上过小学中学大学吗，你怎么连这都不知道呀？"我也是从全心投入陪伴艾文后发现，要升级成高配版的自己才能胜任爸爸这个角色。

暂不说带娃的技术含量到底有多高，先问为什么爸爸不爱干这事？

一是过不了自己这关。平时工作忙，抽不出太多的时间。

二是过不了朋友圈这关。爸爸带孩子放哪儿都还算是稀奇，至少是绝对少数的。粘上了孩子，十次聚会有九次缺席，朋友哪能不调侃几次。

三是父母不同意，老一辈人最渴望看到孩子出息点，窝在家里带娃算个什么嘛。

综上所述，养孩子就是个没有技术含量的琐事。找家里最闲的人干这事就行了。

有一次我的父亲来电话，问我最近忙不忙，跟我以前上班时一样的问法。我就说有点忙啊。

"工作室有多少人？你主要负责些什么？"父亲接着问。

我听出来了，他大概听说了夫人要组工作室，以为我们搞大项目了，我应该是身居要职。

“就俩人，她和她助理，没办公室，都在自己家里待着。我啊，我负责带孩子啊。”

我是个实诚的孩子，辞职前没主动和父亲谈这事，既然问了，我有一说一。

……

隔着一千公里的话筒，我都能感觉到父亲的失望。下一句，他停了好几秒才开口：“让你丈母娘带不就好了。”

虽然不指望父亲能即刻理解我，但他这么直白的一句话还是令我有些生气。

“我不就是为了带我儿子才辞职的嘛。”

我跟父亲平时沟通并不多，所以彼此还保留了一层客气。若是在大多数的家庭里，是不是分分钟闹翻甚至断绝关系啦。

若把养娃当作一个工作，和我干了十年的工作相比，无论学识、技术、品德、情商、智商、体能、脾气……通通要求更高。

如果养娃可以外包，我会列这样的要求：

基本要求	**考核标准**
不抽烟喝酒	绝对不可。犯禁一次即开除
面相极具亲和力	头不宜太大
脾气爆好	即使气到内伤，也要笑着吐血
文明礼让	走两步
积极乐观	内心始终阳光灿烂，无论对自己或对孩子

续表

基本要求	考核标准
三观正确	放纵一下可以，但是非要分明
品德崇高	以你的榜样示范为主，不必强制约束
情商要高	EQ150 分以上为佳
智商不低	140 以上就别来了，不影响您成就伟大事业。110 以下请举例其他特长项可弥补
体能较好	微信运动长期一万步以上优先
学识	天文、地理、生物、化学、语文、数学、英文、IT、美术、历史科科优秀
技能	只要你会做的，都是加分涨薪项： 抓知了、找蜗牛、找海参、找贝壳、放风筝、钓鱼、游泳、驾照 A 证、剪纸、缝纫、烹饪……
备注：等我想起来别的什么，随时要加上去的	

比比看吧。若不是为了亲生的孩子，你没必要把自己逼得这么优秀。甚至得集一个团队好几人之所长才能满足呢。

最终还是没能逃过职业病的魔掌

——全职爸爸第五十周工作报告

带小孩的人通常很难会瘦。能瘦下来的，要么家里有个过劳肥的保姆，要么是自制力极强的成功人士。

从三亚回来，小陈脸色一黑，站在客厅中央，沉痛宣布：“你知道吗？我现在七十四公斤了。”

噗——我愉快地喷了一口水。

没想到，真没想到，我想到小陈会胖，但没想到他竟然一年能膨胀这么多。一年前这个时候，他跟我说的上岗第一件事，就是他要减肥了。

那时候他大概六十八公斤，他以为在家带小孩是一件非常简单、非常幸福的事呢。

肯定没有上班累吧？

经过整整一年的全职生活，体重猛涨十二斤，中间几度起起伏伏沉沉落落，小陈总是一脸自信告诉我：“会瘦的，马上就瘦了。”

呵呵，我不忍心戳破他的幻梦，作为一个过来人，我深知带小孩的人通常很难会瘦。能瘦下来的，要么家里有个过劳肥的保姆，要么是自制力极强的成功人士。普通人肯定扛不住这一关，而小陈似乎还生活在幻梦中。

春天到了，是杨梅和李子的季节，从小在山里长大的小陈，每天晚上都会洗上一大盆各色水果，站在洗碗池旁边，开始静静享用他的每日五斤水果。

我基本都是拒绝的，跟福建人没办法一起吃水果，小陈在李子上撒盐，在阳桃上抹酸辣粉，杨梅酸溜溜的也没什么好吃。但这些水果对小陈来说，就像每晚的芳香疗愈会所，他有时一边吃一边问出灵魂问题："最近这个肚子怎么这么大呢？"

或许，从五斤水果减到三斤，会好一点。

但小陈很认真地告诉我，杨梅、李子、草莓，都不是发胖的食物，吃多少斤都不会胖，同样，他爱吃的鸡爪鸡胗鸭掌鸭脖，这些东西都没有肉，怎么可能会胖？

不过我一点不介意小陈的发胖，就跟俄罗斯男人坦然面对俄罗斯女性的发胖一样。在三亚海边，到处都是熊一样的俄国人走来走去，偶尔，会有几个叫人弹眼落睛的金发少女，让人感叹世间竟有这般美丽的肉体，整条街的人都望着那些轻盈高挑的女孩，然后再看一眼旁边的妈妈，如铁塔一般雄壮宽阔。

在网上碰巧看了个问答，问为什么俄罗斯女人结婚后立刻少女变大妈？百分之八十的回答都是，因为大部分俄国妇女都有三年产假，连续生几个小孩后，基本都是全职妈妈，照顾小孩没有时间运动，太过疲劳容易用甜食放飞自我，而且俄罗斯男人觉得，自己老婆不胖，说明婚后生活不幸福。

必须让她放开了吃。

这点上我没有俄罗斯男人大方，经常小陈从超市买两大袋食物回来，我劈头盖脸递上一句："怎么又买那么多？"

他有时极其哀怨地回答："家里三口人，不用吃东西吗？"有时很不耐烦地甩甩头说："没有为什么。"

大部分带小孩过劳肥的人，都是吃消夜胖的。小陈每晚把小孩放倒后，关上门，会大大伸一个懒腰——他准备要开派对了，水果弄一盘，零食弄一盘，可乐开一罐，再打开球赛频道，滋啦，这美滋滋的生活。

在三亚的时候，我经常恳求小陈："一起出去散个步？吃完海鲜自助，难道你不觉得撑吗？"

他点了点头，又摇了摇头："如果只是饱，我可以陪你散散步，但问题是实在太饱了，我要坐下来休息会儿。"

我拉起儿子："走，你陪妈妈去散步。"

小陈抓住小孩说："你妈要去散步了，你回去换个好走的鞋吧。"

"哎呀，不至于，我们就去酒店门口的水果店买点水果就回来。"

小陈听到这句话，立刻来了精神："那我也去，真的就在门口？"

"真的。"

我觉得就在门口，只是要走上那么二十分钟。

小陈走到第十五分钟的时候，开始身心崩溃，站在路上发脾气："你告诉我店在哪？看得见我就走，看不见我就不走了。"

"马上，走二百米就到了。"

走到之后，他二话没说，拿着一堆水果，带着小孩打车回去了。

"不去海边吹一下海风再走吗？"

我一个人转向通往海边的小路。

不过如果你要带小孩，晚上去海边散步通常不是什么好主意，小孩会在沙子里滚一遍，一边滚一边撒开欢不想回家，本来晚上九点全职爸爸能下班，海边去一趟十点半下班，没有人愿意加班，带小孩的人尤其不愿意加班。

这就是为什么那些试图哄睡小孩的家长，后来总是气个半死。

怎么还不睡？

好比你本来想入非非，五点半下班要去看电影，和朋友约会吃好吃的，连要发的朋友圈都想好了。后来莫名其妙拖到九点十点一直不下班，一开始是电影毁了，后来是约会毁了，再后来深夜火锅也飞了，气不气？

我很欣慰地看到，以前我带小孩受的气，现在小陈统统受了一遍。但为了表示他不生气，他总是若无其事地，一口一口猛吃着东西。

过了两天，小陈把电子秤从小孩房间挪到客厅正中央，每天没事上去踩一下，踩完下来说："你看，我能正视自己，你能吗？"

他真是精神对决的王者。

要说怎么解决全职爸妈的职业病，我认真觉得，非常难，一份每天工作时长经常达到十四小时的工作，比东莞电子工厂还要苛刻，一天到晚都要盯着小孩，没事就把自己气个半死，"ABCD 的 D 你为什么不会写？""五加六等于多少怎么可能不知道？"

像炸弹一样燃烧完自己，谁还会在意食物的热量？

全球的大妈都会发福，总结经验教训，都是带小孩带的。

看到小陈胖了，我也安心多了。过去几年的婚姻生活中，每次我吃完一板巧克力、一袋面包，他都会像看见世界第九大奇迹一样，惊讶道："你吃这么多啊？你全吃完了？"

好像他人生前三十年从来没看过这么能吃的女人。

看到七十四公斤的小陈后，终于有了我翻盘的机会，我每隔一天都要问一下：“怎么样，瘦了吗？”

小陈的脸朝着别的地方，不屑地回答道：“我一点也不担心，这都是暂时的。”

最近小孩又开始上补习班，学习拼音、英文、数学，我观察到小陈的小冰箱里，再次塞满了可乐，大冰箱里一包包的速冻牛杂、泡椒凤爪，都在等候着深夜的召唤……

艾文爸爸说：

夫人时不时地要制造机会让艾文发自内心地对比妈妈和爸爸谁更好，局势看起来对我相当不利。

并且，夫人似乎还有 B 计划。比如近期她那边公号的阅读量颇令人欢喜，于是我提议：“不如我们叫一餐像样的夜宵庆祝一下。”

不吃夜宵是我保持 BMI 指数的最后一道防线，但为了夫人，这一切皆可抛至脑后。

在我向夫人汇报水果和餐饮都在派送之后，她却回房秒睡。

几天前夫人追着艾文问：“你说妈妈胖不胖。”

“胖。”实诚的艾文脱口而出。

哈哈哈，想扳回一局，最快的办法当然就是把对手给养胖。

七年之痒纪念日

——全职爸爸第五十一周工作报告

一个早上，收了十七个快递。疲惫，非常疲惫。婚姻有时候会走进这样一条死胡同：难道我的人生，就是为了给别人收快递吗？

对纪念日这种东西，我一向不放在心上。不过上周末一盘算，和小陈结婚，到今年刚好是第七年，不禁问问小陈："怎么样呀，第七年了，有什么感觉没有？"

七年之痒，类似于宣称结婚到第七年的人很容易得一种怪病，我们自诊自医一番，觉得目前没什么具体症状。日子跟平常一样，繁忙嘈杂，零零碎碎，一地鸡毛。上述对话，发生在纪念日前夜的厨房，小孩睡着后，小陈一边吃西瓜，一边说："没啥感觉。"

我噢了一声。

第二天早上，我感受到了婚姻带给我的疲惫不堪。八点半，他送小孩去幼儿园，八点四十开始，快递以五分钟一次的频率按响门铃，咚咚咚上楼，笃笃笃敲门。本人，一个昨晚三点才睡的加班人员，从床上跳起来，怒不可遏。

快递员在门口，抱了五个大箱子，眼皮都不抬，连报五遍小陈的名字，每报一次名字，放下来一箱快递。

哎，他也辛苦了。我把冷脸收回来，箱子放在门口，刚刚爬到床上，又案情重演。

一个早上，收了十七个快递。疲惫，非常疲惫。婚姻有时候会走进这样一条死胡同：难道我的人生，就是为了给别人收快递吗？

等小陈回来后，大概看到我脸色不对，开始呵呵傻乐，他的套路一般是这样的，先用微笑掩饰心慌，如果无法挽回，就立刻开始晴转暴雨，说一些“我买的都是家里用的垃圾袋、小孩穿的游泳衣、游泳圈”这种话。我不知道为什么家里需要二十卷垃圾袋，大概就像小孩需要第十一架飞机模型一样。小孩的套路跟他爸爸一模一样，先嘿嘿傻乐说：“可以给我二十块钱吗？”被拒绝后，一秒变脸，闭眼大哭：“啊——呜——为什么不给我？”

婚姻都把我折磨成什么样了，我竟然面对十七个快递还能神色自若。但是事情是这样的，正常人绝对不会为了十七个快递离婚。微博上老是有人在讨论，当代婚姻有什么好处？其实好处很明显，比如对小陈来说，他有了个专门给他收快递的。对我来说，嗯，我有了个专门跑腿的。有一天我想喝杯咖啡，但是苦于没有车位，我把小陈放下去说：“给我买一杯。”

他说：“那我咋办？”

“走回来啊。”

他会为了一杯咖啡跟我离婚吗？

不，我们不会的。我们早就已经过了会因为一点小事就离婚的阶段，七年在别的地方可能只是普通的七年婚姻，在上海，意味着小陈离做一个新上海人，只差三年时间了。这时候他就算宣布说，爱上别人了，我也会拍拍肩膀劝劝他：干吗呀，还有三年，就能换身份证了，到时候离婚不好吗？

一开始以为七年就可以，我和小陈都很高兴，后来发现看岔了，只有残疾人满七年可办理。我打量打量他，说他是残疾也没啥问题啊，要不就去弄张残疾证吧？

小陈没说话，后来再查，发现是上海人残疾才行。

那倒也不用牺牲这么大。但就是在这一天，上海略有一点雾霾，小区里桃花开得很盛，小陈打开后备厢拿东西，我探头过去看看他拿什么，他到底有没有看到我支脑袋，我不太确定，说时迟那时快，他啪一下盖上了后车盖。

我的脑袋在下面，后车盖完美扣在了我额头的天灵盖位置。

一时间天旋地转，痛得有种脑浆溢出的感觉。

我想我完了，从此将变成一个废人了，我对小陈脱口而出："你死定了。"

他很镇定，说："没流血，应该还行。"

看到我的眼神，又加了一句："这件事也不都是我的责任。"

你猜怎么着，就算这种时刻，我也没有想过离婚。

脑袋被砸后的第二天，我就去看房了，我一想到家里的十七个快递，就觉得寝食难安。是时候让小陈开源节流了，买房可以让我们一无所有，让他尝尝无米之炊的滋味。

小陈买了新西兰轻风苹果，我说以后最好不要买进口水果，他说："好，新疆阿克苏苹果可以吗？""不行，新疆也太远了，那么远的地方运过来，多浪费，你最好支持本地水果。"

"上海产苹果吗？"

“上海不产，但是你熬一熬，六月就有本地葡萄吃了。”

小陈买了两瓶农夫山泉，我又开始说他了：“水为什么要买两瓶，一瓶不够你喝吗？”

他说：“我一下子就喝完了。”

“你一下子喝完给我看看。”

不过当时我的外卖到了，里面有一杯二十块的咖啡和一盒三十块的三明治，阻止了我继续发挥。

但小陈没有生气，他正在想，如果真买了房子，他就可以在门口造一个快递投放柜，每次都通知快递员，潇洒一扔，完事了。我想了想，那倒的确不失一种完美的手段。

正当我想尽办法要买房的时候，我发现小陈和儿子偷偷开始搞了另一个家。

客厅中央忽然出现了一个巨大的双人帐篷，小孩钻进里面说：“今天就要在里面睡！”小陈劝他：“不行，充气垫还没来。”他的快递又开始多起来，今天是两把折叠椅，明天是五个野营锅、两个气罐。有一天晚上，我提前收工躺到床上，发现他故意侧着身子，意图想隐瞒点什么……

“你在干吗啊？”我把手机夺过来。

一般情况下，我是不看男人手机的女人。但是看又怎么着，为这个跟我离婚吗？

小陈正在搜索一把野营铲。

“买这个干吗啊？”

“用处可多了。”

“你不会要用铲子去埋大便吧？”

“对啊，我要挑一个儿童大人都能用的。”

“为什么？你知道人类用了多少年才发明出抽水马桶吗？”

小陈把手机夺回去：“你不懂的，这是种乐趣。”

“那你们去公园睡觉不就好了，我为什么还要买房？”

一时我又陷入了沉思，当我想着买乡村大别墅的时候，身边的男人，竟然在想埋大便的方法。

噢，对了，后来我终于弄明白了，他为什么要买二十卷垃圾袋。

有一天家里送来一个巨大的快递箱，我刚想发火，小陈站起来说：“别人送我的！送的！”

他有一个粉丝，送了他三个不锈钢垃圾箱。

小陈一边喜滋滋，一边手足无措：“这垃圾箱倒是还不错，可是送我三个我要来派什么用场呢？”

他人生第一次体验到当网红的滋味，居然是收了三个垃圾箱。

我再一次在网上看起房子，好歹，收到第一笔垃圾箱赞助了……

艾文爸爸说：有了私房钱，才有做人的尊严

夫人委我以一项重任：看房。

在乡下挑选一个上学便利且进城路线又不能太坎坷的房子，并不太难，看房的第二天我们就锁定了区域。难的是，筹钱。

夜里，夫人一边在计算器上复盘白天已经推算过多次的买房方案，一边将这个月的工资准时汇给我。这时候，作为一个男人，我不能再沉默下去了。立即举手向夫人报告，其实我是有私房钱的。

“你有多少！”

夫人停止计算，抬头眼前一亮，内心一定是被我无私的气魄感动万分。

“保守估计有二点七万。”

“你这不就是苍蝇肉嘛。”

夫人的目光又回到了计算器上，神态是那么的平淡，丝毫未显失望。

居然用苍蝇肉形容我的贡献，我气愤不已。但这不是重点，重点是既然暴露了私房钱，我认为接下来必然要交待我为什么会有私房钱，平时不是经常喊着钱不够花吗？

首先，我要赞一下夫人给予全职爸爸的灵活的财务制度。我的月薪，平时家用略紧张但仍有少额盈余，遇到艾文兴趣班交学费等大额支出时，夫人通常是另有拔款的，并不存在不够花的现象。遇到半个月甚至全月都在外旅行时，工资全额照发，路上支出则由旅行经费全部覆盖。

第二，我也是有年终奖的。至少第一年是有的。数目虽不及在公司上班那些年，毕竟是冉冉升起的家庭工作室嘛，会越来越好的。

第三，最近一个月以来的开源节流。节流成效虽不足挂齿，但在开源这条路上，我算是迈开了一小步。

……

小陈上岗一年了

——全职爸爸第五十二周工作报告

我发现成年人的生活，从来就没有安安稳稳的幸福这一说，通常是一个挑战迎着下一个挑战，一开始是培养小孩的独立能力，紧接着幼升小，一系列问题解决后，新问题又出现了，我们要买个属于自己的房子。

我妈一直清楚记得她下岗的日子，她喜欢摆出一副自己劳苦功高的样子，坐在我面前忽然说："去年三月十五日，我才开始不帮你带小孩，那天你老公开始带了。"

到今天，整整一年零一个月，小陈已经上岗十三个月。

本来想延续着以前的快乐气氛，在年终报告里，表扬一下我们所有人，我听说很多已婚男人正在关注着这个专栏，看完之后就跟老婆说："我等你请我当全职爸爸的那一天。"

多好啊，这就是我作为一名独立女性想要创造的世界。

但在上周的星期四，我毅然决然，离家出走了。

那是一个天气还不错的四月天，早上被小陈的两个闹钟惊醒后，我一脸不快。他最近大概在服用豹子胆胶囊，告诉我，运用多个闹钟辅助起床，会对身体比较好。我躺在被子里很绝望，这是正常现代夫妻都会碰到的现实，只要有一个人活得开开心心，另一个人相应就不会很开心。因为本质上，我和他性别不同、工作不同、作息不同、食物偏好不同。

我俩为啥会结婚呢？

这个不重要。小陈在我离家出走前的那一个礼拜，活得非常开心。

他每天都跟着中介去看房，从早上九点看到下午天黑，看完接送小孩上补习班，回来监督小孩写作业、洗澡、睡觉。晚上十点钟，小陈的夜间派对开始了，他打开电脑，打开一袋鸡爪，再打开一罐可乐……

问题是我还没下班，在整个看房过程中，我已经充分体验到了，没钱很痛苦这件事。我的心中有一个巴尔扎克在冉冉上升，我要像他老兄一样，疯狂写作拼命赚钱才对。于是我把那台巨大无比的台式机运回了父母家，准备像每一个缺钱的作家一样，先写点能卖钱的小说。

每天早上十点出门，晚上十一点回家，开门的时候，心情总是不太好，在一大堆乱糟糟的杂物里，小陈正吃着外卖烧烤，对着一部傻电影傻乐。小猫海星在后面聚精会神地盯着小陈，眼神中闪过一丝怨念：怎么不给我来点？

看到他吃烧烤我不生气，看到屋子那么乱，我很生气。连八十九平方米的房间都能堆满，我这每天起早贪黑，是为了买个大房子，再让他多收快递吗？

等等，上一周工作报告已经提到了，想买房主要的原因，就是家里真的太小了，导致我每天看到有人送快递来，怒气都会上升一格。那天晚上我保持着良好的涵养没有发火，到第二天早上，快递员又准时在八点五十分，小陈送小孩回来前的十分钟按响门铃，我终于怒不可遏，火气冲天。

我又想到了经常因为有人打扰，所以连一封信都没办法写的契诃夫，最后他操劳过度，年仅四十四岁就撒手人寰……小陈回来后，脸上依然带着喜滋滋的表情，告诉我："快递就是这么多的。"

我当即如龙卷风一般，回房间拿起自己的 LV 旅行袋，以前我说过这个旅行袋对普通人一点都不实用，现在我告诉你们，已婚妇女一定要买一个驴牌（LV）大袋子，这样你收拾行李的时候，看起来总归比拿个环保马夹袋有气势多了。

拿着驴包，我雄赳赳气昂昂离开了小陈租的公寓。

这就是婚姻生活，上个礼拜还在说，绝对不会离婚的，大家放心吧。但只要出现新的矛盾，人性瞬间发生改变，世界上哪有绝对的事情？

之后坐在我妈家里，我的心态又峰回路转，开始想另一个问题：小陈的翅膀好像真的很硬啊，这都几个小时过去了，竟然连个电话都没有。

他变强了，大概是受到了我说无论如何都不会离婚的鼓励，当晚一直到半夜，才姗姗来迟，嬉皮笑脸站在我巨大的、有两千本书的书房。

然后我们坐在一起，直接跳过了道歉和反省这一步，开始聊，他那天看的房子。

小陈想要一个有地下室的房子，这样他就能跟他的一万个快递睡在一起了。

我的想法很简单，我需要一个视野范围内，看不到他，也看不到小孩，同时又能放下书和衣服的房子。

我们一起憧憬着未来，在同一套房子里，大家互不打扰地生活。憧憬完后，开开心心地，又回到了八十九平方米的出租房。

不过在离家出走的十二个小时里，我还是感知到了微妙的变化。明明我已经暴跳如雷，我妈竟然还是站在小陈那边，说着一些不痛不痒的废话：“他也很辛苦的，你到底什么时候回去啊？”

沈女士变了。自从不用带小孩，我们全家又搬出去住后，她变成了最佳受益人，每天忙着安排吃喝玩乐，并经常做对比：“以前你们在家的时候，我多么辛苦啊，要给你们准备一日三餐，现在好了，哈哈哈，我随便吃点就好了，你知道吗？我瘦了十斤呢。”

沈女士大概想：“你们可千万别搬回来跟我住，我再也受不了被束缚的人生了！”

写了一整年的工作报告后，我发现成年人的生活，从来就没有安安稳稳的幸福这一说，通常是一个挑战迎着下一个挑战，一开始是培养小孩的独立能力，紧接着幼升小，一系列问题解决后，新问题又出现了，我们要买个属于自己的房子。

小陈在看房后的某一天，忽然跟我提了一件事：“前同事叫我一起去出差，我帮他一个礼拜好不好？”

“他给你多少钱一天啊？”

“一千五，友情价。”

我仿佛突如其来接到一份涨薪申请，他要用一千五一天的日薪去友情帮忙他的同事，意思就是说我月薪两万的工资，已经完全不够满足他了？

小陈腼腆地表示，这是同事给的底薪，如果项目成了另外算钱。

“那小孩怎么办？”

小陈很自然地表示：“叫你妈带呗。”

“那我怎么办？”

“也回你妈家呗。”

我感到瞠目结舌：什么！我还没想着辞退你，你现在变相地想走人吗？

上周末，小陈又跟我请了三天假，他要带着小孩回老家一趟。

我一个人去看了两天房子，深深感觉到：当你在外面奔波一天，回家坐在椅子上，好像的确什么事都干不了。家人是什么？家人就是宝贵的免费劳动力。

朋友问我：“小陈后来收拾房间了吗？”

我说：“收拾了。”

她说：“那他好惨啊，他以后每天都要这么收拾，才能像现在这样干净。”

小陈和儿子不在的这几天，我一个人看了两集日剧，《离婚的二人》，丈夫是个编剧，天天都在写有关夫妻的事情，妻子作为家庭主妇，经常因为没烧泡面的水这种事情被骂。丈夫明明天天描摹着妻子的举止行为，来作为写作的灵感，但是他又跟我差不多，谁妨碍他写东西，先找最近的伴侣出气。

实际上，写不出来，根本不关任何人的事。

相反，用一个作家的话说，家人，是宝贵的写作素材。

本来打算高高兴兴圆满结束的一年工作报告，因为小陈的缺席，只能暂时到此为止。

实话实说，周末我独自看了两天房后，发现成为一个庸俗且快乐的中年人，还真不是简单的一件事。

或许小陈有着这样的天赋，上周有一天，我去银行办事，气急败坏地在好几份文件上签字时，小陈叼着一根山楂棒冰走进来了。他就是有这样一种神功，无论面前有多么着急的事，他下车第一件事，都会先打量打量有没有小卖部，进去买一根山楂棒冰。

我怎么从来就没想到过呢，我是那个被生活折磨完后，回来怒写五千字的人。

小陈却有着用山楂棒冰消化生活的能力，一想到这一点，我不免觉得，或许接下来这一年，应该适当给他调整一下薪水？

艾文爸爸说：陪孩子幼升小后，我是不是要失业了

轰轰烈烈的幼升小即将接近尾声，近期不少朋友询问我，是不是艾文升小学之后我就要失业了。

可是夫人好像没有让我下岗的意思。之前听闻辅导小学生作业的凄惨案例太多，夫人想必是要留我在小学阶段继续鞠躬尽瘁。

我自己也还没打算下岗再就业。在全职爸爸这份要求全能的岗位上，我还有很大的成长空间，并且，我还没干过瘾呢。